Rolf Niederhauser
Nada

Rolf Niederhauser
Nada oder
Die Frage eines Augenblicks
Roman

Luchterhand
Literaturverlag

Gefördert vom Deutschen Literaturfonds e. V.

Lektorat: Klaus Roehler
Copyright © 1988 by Luchterhand
Literaturverlag GmbH, Darmstadt
Alle Rechte vorbehalten
Umschlagentwurf: Max Bartholl
Satz und Druck: Druck- und
Verlags-Gesellschaft mbH, Darmstadt
Printed in Germany
ISBN 3-630-86678-6

Für Stefan

Der ockerfarbene Zwerg steht in der Luft, hat zwei Spinnenbeine, zwei strichdünne Arme ohne Ellbogen, gespreizte Finger. Sein Bauch ist kurz, dick, darin ein großer Nabel. Er hat den Kopf zur Seite geneigt, und still betrachtet er den Betrachter des Bildes. Er hat ein Minimalgesicht, Punkt Punkt Komma Strich, die Ohren fehlen, dafür trägt er eine Zipfelmütze, die ihn erkennbar macht als Zwerg. Der Zwerg steht etwas abseits von einem Haus oder einer Hütte, über deren schiefem Dach ein rotes Pantoffeltierchen zappelt, eine Sonne. Das Haus steht auf der Erde, die ein einziger dicker brauner Strich ist, und zwischen Haus und Zwerg wächst aus diesem Strich auf dünnem Hals ein Kopf, ein wäßrig trauriges Gesicht mit großen Augenflecken, erschrockenem Mund, abstehenden Ohren. Der Kopf ist grau und größer als der Zwerg. Der Mensch ist eingegraben – sagte Nada, nachdem sie die Zeichnung beendet hatte – in den Boden, nur der Kopf schaut heraus. Der Zwerg will ihm heraushelfen, das nützt aber nichts, weil der Zwerg zu klein ist. Deshalb ist die Sonne traurig. Im Haus wohnt niemand.

Wie sie dasteht, Nada, und: Uh, immer nur reden-reden-reden-reden-reden! sagt – wann ist das gewesen? Vor ein paar Tagen, ein paar Wochen, vor einem Jahr; abends in einer Wirtschaft, vor der Wirtschaft auf der nächtlichen Straße, an einem Samstag kurz vor Mittag auf dem Marktplatz, wo man in einer Gruppe beisammen stand: – Komm, hat Nada gesagt, und immerzu am Ärmel seines Regenmantels gezerrt: Komm jetzt endlich!

Einmal angenommen, er heißt Naumann, nicht Neugebauer, auch nicht Moll, und es ist ein Jahr her, ein gutes Jahr, daß er mit der fünfjährigen Nada hier eingezogen ist. Neugebauer hieß vielleicht der frühere Mieter, jedenfalls stand der Name noch eine Zeitlang draußen auf dem Briefkasten, und erst vor kurzem, als habe er sich lange nicht recht für diese Wohnung entscheiden können, hat Naumann auch das Schild im Treppenhaus überklebt:

HANS & NADA NAUMANN

steht jetzt da. Schräg unter den Namen eine Kinderzeichnung, ein großer und ein kleiner Mensch, Strichmännchen.

Naumann ist kein schweizerischer Name, das stimmt, aber Naumann ist Schweizer, geboren und heimatberechtigt in Zwingen, Kanton Bern. Naumann wird dreiunddreißig.

Als er und Regina vor sieben Jahren heirateten, studierte er noch in Zürich, und sein Beruf steht nach wie vor im Telefonbuch: dipl. Arch. ETH. Regina, nach Abschluß ihrer Kunstgewerbeschule, arbeitete noch eine Zeit als Grafikerin, aber im Jahr darauf, als Nada zur Welt kam, gab sie ihren Beruf auf, und sie kamen hierher, wo Naumann seine erste Stelle antrat.

Müßig ist beispielsweise die Frage, was gewesen wäre, hätte Regina teilzeit weitergearbeitet und auch er, als einfacher Bauzeichner wenn nötig, vorerst nur eine Halbtagsstelle gesucht, um ebenfalls Zeit zu haben für das Kind, was er sich zeitweise überlegt hat; er hat es nicht getan. Und eine ganz andere Geschichte wäre es auch, wenn sie damals – es war Reginas Vorschlag gewesen – in die Wohngemeinschaft von Bekannten gezogen wären, wo Nada in einer Gruppe von vier Frauen und drei Männern mit dem gleichaltrigen Flo zusammengewesen wäre. Möglich, daß dann auch Regina und er, wie Regina später einmal gesagt hat, etwas mehr Zeit füreinander gehabt hätten, daß es nicht zur Trennung gekommen wäre; wahrscheinlich ist es nicht. Angenommen, Naumann konnte sich einfach nicht vorstellen, in dieser Wohngemeinschaft zu leben. Zudem sollte Nada auch kein Einzelkind bleiben (wie Naumann es beispielsweise gewesen ist), aber zu einem zweiten Kind kam es nicht.

Regina, mindestens am Anfang mit dem Kind oft allein, hat wieder angefangen zu malen, nur so für sich zuerst, und eine Zeitlang schien es ihr auch ganz gut zu gefallen, ihr Leben als Künstlerin und Mutter. Daß sie auch Zeit haben wollte für sich selber, Naumann konnte es durchaus verstehen, und er hat versucht, wo immer der Beruf es erlaubte, ihr die Arbeit mit dem Kind abzunehmen. Als Nada, dreijährig, dann in den Kindergarten kam, hat Regina sich ein Atelier außerhalb der Wohnung eingerichtet und hie und da auch einen Auftrag als freie Grafikerin angenommen. Kurz darauf hatte sie eine erste kleine Ausstellung mit einigem Erfolg, während Naumann noch immer in seinem Architekturbüro Pläne zeichnete für Neu- und Umbauten aller Art . . . Jetzt, vormittags, wenn Nada im Kindergarten ist, arbeitet Naumann bei Gehrig, Velos und Mopeds, in der kleinen Reparaturwerkstätte. Nachmittags sieht man ihn manchmal mit dem Fahrrad durch die Stadt fahren, im Kindersitz vor sich auf der Fahrradstange Nada, die ihre Augen zukneift im Fahrtwind. Nada ist eine sehr schöne kleine Frau (auch wenn Naumann ihr einmal erzählt hat, gleich nach ihrer Geburt sei sie häßlich gewesen, zum Erschrecken häßlich, wie aber eigentlich alles Neugeborene), und sie ist kleiner als andere Kinder ihres Alters; sie hat braunes Haar bis auf die Schultern, Nesselhaar, dazu Kirschenaugen und eine Nase wie Mowgli, den sie zusammen im Trickfilm gesehen haben, Naumann und Nada.

Nada, im Wohnzimmer auf dem Teppich sitzend, baut eine Stadt aus Holzklötzen, während Naumann am Tisch steht und Wäsche sortiert, faltet und stapelt: manchmal kann sie stundenlang ganz für sich allein spielen. An die Unordnung, die dabei überall entsteht, hat er sich inzwischen gewöhnt; auch wenn man immer wieder aufräumt und auch wenn Nada ihm fast immer dabei hilft, wird das Durcheinander nicht weniger. Nada dauernd an Ordnung zu mahnen, wäre jedenfalls anstrengender und würde zum hoffnungslosen Kleinkrieg. Nur in seinem eigenen Zimmer haben Kindersachen nichts zu suchen, dafür braucht das Kinderzimmer nicht aufgeräumt zu werden, wenn sie es nicht will.

Einmal kommt sie aus der Küche gelaufen und schreit ihn zornig an, Tränen im Gesicht, weil er ein paar dürre Zweige weggeworfen hat: – Du kannst auch fragen, wenn du etwas wegwerfen willst, sonst werf ich dir nämlich deine Sachen auch fort!

Naumann sieht sie an, muß lachen, aus Verlegenheit vielleicht, aber dann wird es doch ein überlegenes Lachen. Und warum es nicht immer gelingt, das Kind wirklich ernst zu nehmen, zu achten, was es sagt: mag sein, daß er sich das später fragt, wenn er einmal in Stille darüber nachdenkt. Natürlich erinnert das hie und da auch an eigene Kindheit, dieses diffuse Geflecht von Gefühl, Gedächtnis und Gewissen, überwachsene Träume, ein noch nicht ganz erledigter Wunsch, dazu die Erinnerung an das eigene Ringen um Anerkennung, diese schwarze Magie der Selbstbehauptung, halb Zaubertrick, halb Zwangsarbeit, ein unablässiges Jonglieren mit Leistungen, die den Großen gefallen. Und zu diesen Großen, ob es einem nun paßt oder nicht, gehört man inzwischen offenbar selbst.

Kinder, hat Pius einmal gesagt, kriegt man klein, indem man sie groß werden läßt; das ist Anfang August gewesen, als er zum letzten Mal hier auftauchte, plötzlich wie immer, und genauso plötzlich wieder verschwunden war – Pius, der sich stets geweigert hat, ein Leben lang, oder es irgendwann auch nur aufgegeben hat, ein erwachsener Mensch zu

werden. Erwachsenwerden, so sagte er, ist ein Erosions-
vorgang. Und vielleicht ist es das, was Naumann Nada
ersparen möchte, denn Pius hat schon recht gehabt: Das
einzige, was Eltern ihren Kindern offenbar nie ersparen
können, ist ihr ewiges Bedürfnis, ihnen alles Mögliche
ersparen zu wollen durch Erziehung.

Dabei ist es Naumann, der sagt: Erziehung kann nur
mißraten –

Und Nada?

Sie weiß zum Beispiel genau, daß sie ihre Kappe nicht
wirklich anziehen muß, wenn der Vater meint, es sei kalt
draußen.

Du frierst an die Ohren! behauptet er.

Woher weißt du's?

Naumann weiß es eben: – Nachher wirst du krank, und
ich muß dich pflegen.

Das hast du schon letztes Mal gesagt, sagt Nada, und
nachher bin ich auch nicht krank geworden, obwohl ich
keine Kappe anhatte.

Nada gewinnt meistens in solchen Auseinandersetzun-
gen, indem Naumann, die Augenbrauen hochziehend,
kapituliert, indem er die Brille abnimmt, um in die Gläser zu hauchen, obschon sie gar nicht besonders schmut-
zig sind, um dann, indem er Nada stillschweigend ansieht, die Gläser an einem Zipfel seines Pullovers sauber-
zuwischen.

Später gehen sie zusammen durch die Stadt, selten sieht
man, daß Nada dem Vater dabei die Hand gibt. Sie geht ein
paar Schritte hinter ihm, Blick auf den Asphalt, und redet
pausenlos. Naumann bleibt immer wieder stehen, wartet,
bis sie ihn eingeholt hat, und es nützt wenig, daß er sie
bittet, sich zu beeilen: sie tut es, vergißt es aber im nächsten
Augenblick. Sie redet und redet, erzählt Geschichten; immer ist es Naumann, der irgendein Ziel hat. Mitunter wird

seine Geduld strapaziert, wenn er sie hinter sich herstoffeln sieht in ihrem kindlichen Überfluß an Zeit, und was sie ihm zu erzählen hat, interessiert ihn im Augenblick nicht im geringsten. Dabei hat sie offenbar eine Frage gestellt, vermutlich schon zum zweitenmal, jedenfalls steht sie da und wartet auf Antwort.

Komm doch jetzt, sagt er, ich will heute noch nach Hause.

Und bis zur Hilflosigkeit ärgert ihn dann ihre Weigerung, die Hand zu geben. Nimmt er sie trotzdem, ihre kleine Hand, um endlich vom Fleck zu kommen, und auch wenn Nada sich ausnahmsweise nicht dagegen sperrt und nicht schreit, bis er sie wieder losläßt, kommt er sich blöd vor in seiner erwachsenen Ungeduld. Er steht da und beobachtet sich selbst mit dem rücksichtslosen Unverständnis des neutralen Beobachters.

Du bist doch unmöglich! sagt er, faßt Nada unter den Armen und schwingt sie im Weitergehen auf seine Schultern.

Was Nada immer alles wissen will: hie und da ist Naumann schlicht überfordert von ihrer Fragerei. Es hindert sie nicht, wenn man schon zweimal versucht hat, eine Antwort zu geben, dieselbe Frage nach fünf Minuten zu wiederholen – beispielsweise die Frage, warum die Menschen in New York, wenn es so gefährlich ist, dort zu leben, nicht einfach woandershin gehen, zum Beispiel nach Basel? Naumann weiß es auch nicht, ist selber noch nie in New York gewesen, und warum eigentlich Regina nach New York gegangen ist, das hat er Nada schon oft zu erklären versucht, offenbar ohne Erfolg. Dann aber, auf seinen Schultern, schweigt sie, ihre Hände um seine Stirn, ihre blauen Gummistiefel in seinen Händen.

Am Daumen seiner linken Hand begann plötzlich eine Warze zu wachsen. Einmal angenommen, das war Ende April, jedenfalls kurz vor Nadas fünftem Geburtstag, und als Naumann versuchte, die Warze wegzumachen mit Lebewohl, entstand an derselben Stelle der rechten Hand eine zweite. Schließlich gesellte sich zur ersten noch eine kleinere hinzu, und Naumann gab auf.

Die große Warze bist du, sagte Nada, und die kleine bin ich.

Und die an der andern Hand?

Das ist Regina.

Jemand hat behauptet, Warzen lasse man am besten in Ruhe, sie verschwänden plötzlich und ganz von selbst.

Zum Abendessen sieht man die beiden hie und da in der Schmiede sitzen, einer Wirtschaft, die von einer Gruppe junger Leute genossenschaftlich geführt wird, und Nada bestellt immer das gleiche: Spaghetti mit nichts. Aber meistens essen sie zu Hause in ihrer kleinen Küche. Naumann kocht und Nada hilft ihm, schneidet Tomaten, Zwiebeln, bis die Augen tränen, oder sie sitzt einfach am Küchentisch und zeichnet.

Daß Nada viel zeichnet, das hat sie natürlich von Regina. Die beiden Frauen konnten oft stundenlang in Reginas Zimmer, später in ihrem Atelier zusammensein und zeichnen, malen, manchmal gemeinsam, manchmal jede für sich; es genügt, daß man sich ein paar Minuten intensiv mit Nada beschäftigt, damit sie nachher weitermacht mit erstaunlicher Geduld. Sofern es wirklich ihr eigenes Ziel ist, das sie verfolgt, gelingt ihr meistens, was sie will – oder sie nimmt es auch einfach an, was dabei herauskommt. Erst wenn sie glaubt, daß sie etwas können muß, was man ihr vorgezeigt hat, wird sie ungeduldig, unwirsch, wenn sie es nicht kann. Aber Regina, wenigstens da, in ihrem Atelier, konnte Nada machen lassen, stundenlang versunken in ein arbeitsames Schweigen, das sie nur hie und da unterbrachen, um einander zu erklären, was sie gerade malten. Und was Naumann nie verstanden hat: wieso Regina so oft behauptet hat, daß sie einfach nicht zurechtkomme mit dem Kind, überzeugt davon, daß sie alles falsch macht. Woher diese schier panische Angst, Nada keine gute Mutter zu sein?

Nada, während ihr trockener Farbstift auf dem Papier kratzt, kaut still an einer Spitze der Haarsträhne vor ihrem Gesicht. Ihr ernstes Gesicht dabei, Blick auf die allmählich entstehende Zeichnung, und wenn sie etwas gezeichnet hat, zeigt sie es und erklärt, wenn nötig, beantwortet Fragen. Naumann, von seinen Skizzen und Plänen in technischem Grund- und Aufriß abgesehen, hat von Zeichnen keine große Ahnung, und über Nadas Sinn für Formen und Farben kann er nur staunen. Was ihm aber dazu einfällt, interessiert Nada selten.

Das sieht aus wie ein Schmetterling, sagt er –

Das ist aber kein Schmetterling, sagt Nada und beginnt eine neue Zeichnung.

Plötzlich, wenn ihre Lust nachläßt, löst sich alles auf in wildem Gekritzel. Dann kniet sie auf dem Schemel am Tisch, das Kinn zwischen beiden Fäusten, und schaut ihm beim Kochen zu.

Nada hat selten groß Hunger, ihretwegen brauchte er nicht zu kochen. Es langweilt sie, daß immerzu gekocht werden muß. Auch daß immerzu eingekauft, immerzu die Post aus dem Briefkasten geholt und die Zeitung gelesen werden muß, immerzu die Badewanne geputzt, im Ofen ein Feuer angemacht, noch rasch ein Postscheck ausgefüllt, noch ein Telefon erledigt und immerzu noch irgendwohin gegangen werden muß, langweilt sie. Immerzu müssen die Haare, die Füße gewaschen, immerzu neue Schuhe gekauft, andere Kleider angezogen und schon wieder muß gegessen werden. Kaum ist sie damit fertig, will sie ein Mikado spielen, auf dem Tisch, auf dem noch das schmutzige Geschirr herumsteht.

So laß mich doch wenigstens in Ruhe ausessen! sagt Naumann.

Wenn er nach dem Essen gelegentlich noch einen Kaffee trinken geht, nimmt er Nada mit; natürlich will sie nachts nicht allein in der Wohnung bleiben, und er hat auch versprochen, daß er nicht mehr ausgeht, wenn sie schon schläft. Also trinkt sie einen Sirup oder ißt ein Eis, und daß man Naumann nur noch selten allein in der Wirtschaft trifft, das ist vielleicht das erste, vielleicht das einzige überhaupt gewesen, was Freunden und Bekannten aufgefallen ist. Wenn er dann über die Ergebnisse der vergangenen eidgenössischen Abstimmung redet – man ist wieder bei der Minderheit wie stets, wenn man sich etwas erhofft hat von der Demokratie, es gehört ja sozusagen dazu, daß man immer wieder das Unmögliche erwartet, und natürlich wird man nie im Ernst annehmen dürfen, die Schweizer Bevölkerung sei beispielsweise offen für den mutigen Vorschlag, die Armee abzuschaffen –, sitzt Nada dabei und langweilt sich.

Kinder, hat Pius oft gesagt, haben ein Recht auf Langeweile. Nämlich es fällt ihnen sonst nie etwas Neues, etwas Eigenes ein. Der Mensch wird Mensch, laut Pius, überhaupt nur dadurch, daß er sich langweilt.

Pius immer mit seinen Sprüchen –

Du siehst doch, sagt Naumann, daß ich jetzt am Reden bin!

Also spielt Nada oder redet mit anderen am Tisch, baut Kartenhäuser aus Bierdeckeln, spickt Papierkügelchen über den Tisch. Später sitzt sie zwischen seinen Armen und spielt, während er weiterredet, mit seinen Händen. Sie führt seine Hand zur Tasse und die Tasse samt Hand zu seinem Mund: – Trink!

Du bist mein Roboter, sagt sie – und für den Augenblick ist das Gespräch natürlich unterbrochen.

Später schlägt sie ungeduldig ihren Kopf gegen seine Brust: – Ich will jetzt nach Hause!

Wir gehen gleich, sagt Naumann, bleibt aber sitzen und kommt nicht los von der Diskussion. Wenn es ihr zu spät wird, schläft Nada ein, in seinen Armen oder neben ihm auf der Bank, und nachher muß er sie nach Hause tragen, zu Fuß durch die halbe Stadt.

Nada heißt nicht »nichts« wie im Spanischen, sondern ist ein serbokroatischer Name. Eine junge jugoslawische Kellnerin in dem Café in Zürich, wo sie sich kennengelernt haben, Regina und er, hieß Nada. Ein sehr schöner Name, das fand Regina schon damals, so hellklingend und sonderbar dunkel zugleich: – Na, Nada, wie geht's? Und da Nada die flinkste Serviererin in der Stadt war, blödelten sie: – Nada ist immer im Nu da. Nanu! Dada, Nada . . . Sollte sie je eine Tochter haben, sagte Regina einmal in so eine Blödelei hinein, müsse sie Nada heißen, und Nada lachte. Ihr Lachen hat Naumann noch heute, wenn auch nur für jenen Bruchteil einer Sekunde, bevor er versucht, sich wirklich daran zu erinnern, im Ohr. Ebenso ihre Stimme und wie sie mit ihrem jugoslawischen Akzent das Wort »Hoffnung« betont, obschon gar nicht sie es gewesen ist, die ihnen einmal erklärt hat, was Nada auf deutsch heißt.

Später allerdings, wenn er sich recht erinnert, als es darum ging, einen Namen zu finden für das Kind, war er es, dem Nada wieder einfiel, und Regina war natürlich einverstanden. Nur die Hebamme, während Regina bereits in ihrem Klinikbett in den Wehen lag, schüttelte den Kopf: – Tut mir leid, Nada gibt es nicht.

Sie weigerte sich nicht ausdrücklich, den Namen für den Fall, daß es ein Mädchen ist, auf dem amtlichen Formular zu notieren, wies aber beharrlich darauf hin, daß Nada auf der Liste der zugelassenen Namen nicht vorkomme. Mit Nada, so meinte sie in einem Ton, als lehne sie bei einem so ausgefallenen Namen jede weitere Verantwortung für das Kind ab: – Mit Nada werden Sie Schwierigkeiten bekommen. Und später, da Nada gewaschen, gewogen und gemessen schon in den Armen der Mutter lag, noch einmal mit aller Entschiedenheit: – Nada gibt es nicht!

Es kommt vor, daß Nada sehr still ist, in sich gekehrt, beinah reglos, und Naumann möchte wissen, ob sie traurig sei: – Was denkst du?

Nichts –

Dabei kauert sie zwischen ihren Spielsachen im Kinderzimmer, vielleicht eine halbe Stunde schon, oder in der Küche bei ihren Meerschweinchen, reglos wie eine Topfpflanze, auch ihr Gesicht bleibt stumm. Ihr Schweigen wie das Schweigen von Regina (– natürlich erinnert Nada ihn oft an Regina, wenn sie die Stirn runzelt wie Regina oder wenn sie am Tisch sitzt, das Kinn zwischen beiden Fäusten).

Das gibt es doch gar nicht, behauptet er, daß man nichts denkt. Aber sein Einwand erreicht sie nicht. Sie verharrt, ohne aufzublicken, beide Arme um ihre Knie geschlungen, Blick in den Meerschweinchenkäfig, als beobachte sie aufmerksam die Tiere, und dann klappert sie mit dem Fingernagel über die Gitterstäbe, was die Tiere erschreckt, so daß sie raschelnd in die gegenüberliegende Ecke ihres Käfigs flüchten und eine Weile zittern, dann wieder schnuppern . . . Vermutlich will sie es selber gar nicht wissen, was sie denkt. Und Naumann steht, die Arme vor

17

der Brust verschränkt, unschlüssig, ob es einen Zweck hat, weiterzufragen, bis Nada vielleicht plötzlich sehr entschieden sagt: – Du störst mich!

Oh, sagt Naumann, entschuldige –

Vielleicht ist es wirklich nichts, was sie beschäftigt, nichts von Bedeutung. Weshalb es aber gelegentlich so schwerfällt, ein Kind einfach sich selbst zu überlassen, sobald man zu spüren meint, daß es sich nicht wohlfühlt oder nachdenklich ist, warum es schwerfällt, einfach zu warten, bis es von sich aus reden will: das fragt sich Naumann, während er ihr den Rücken zukehrt. Ist es wirklich die Sorge, daß Nada nicht sagen könnte, was sie beschäftigt? Oder ist ihm nur die Vorstellung unheimlich, daß sie es ihm vielleicht gar nicht sagen will? Und einmal angenommen, er läßt sie dann, entschlossen, endlich seine Zeitung zu Ende zu lesen, allein, so ist sie kurz darauf wieder sehr munter, steht hinter seinem Schaukelstuhl und zieht die Rückenlehne herunter, bis er an die Decke sieht, dann ihr Gesicht von unten, ihre kleinen Nasenlöcher, ihr Lachen von unten mit verzerrtem Mund. Dann, als habe sie die ganze Zeit nichts anderes beschäftigt, will sie wissen, welches Meerschweinchen er schöner finde – natürlich hat Naumann sich das noch nie überlegt.

Sag, welches?

Vielleicht möchte er gar nicht, daß ihm eines von beiden besser gefällt –

Du mußt aber, sagt Nada, ich will es wissen!

Gelegentlich ist Naumann auch ganz froh, wenn Nada eine Zeitlang überhaupt nichts von ihm wissen will.

An einem sommerlichen Straßenfest einmal, während er an einem Tisch sein Bier trinkt, spielt sie abseits irgendwo allein oder mit anderen Kindern, und mitten im Gespräch schaut er sich um: – Die Kinder, wo sind sie eigentlich?

Sie haben sich selbständig gemacht, sagt eine Mutter, die ebenfalls am Tisch sitzt, und jemand meint noch: – Es scheint, sie brauchen euch nicht mehr.

Also bleibt Naumann sitzen, oder er holt sich noch ein Bier. Aber wenn Nada zu lange wegbleibt, kann er's doch nicht lassen, durch das Gedränge zu gehen, bis er sie irgendwo entdeckt (sie steht ganz allein bei einer Gruppe von Jugendlichen, von denen einer Mundharmonika spielt, ein Bursche mit schwarzen Armee-Stiefeln und mit einer goldenen Irokesen-Mähne, und ein andrer auf Blechbüchsen trommelt, und schaut zu –); dann geht er allein zum Tisch zurück: Nada braucht ja nicht zu wissen, daß er sie gesucht hat. Und früher oder später ist sie auch wieder da, rutscht neben ihm auf die Bank, hat Durst, dann Hunger, aber doch nur Hunger auf ein Eis –

Freunde und Bekannte sind sich einig: Nada ist ein aufgestelltes Kind, so sagen sie, ein selbständiges und aufmerksames, ein äußerst lebendiges Kind. Nada weiß, behaupten sie, was sie will, und kann es auch sagen, und natürlich freut es den Vater, wenn sie meinen: Ein zufriedenes Kind. Er glaubt es. Dabei sieht er, was alle sehen: ihr waches Gesicht mit den unvermeidlichen Sommersprossen, ihr schalkhaftes Lachen oder ihren Ernst, ihren stillen Eifer, ihre Beharrlichkeit, ihre Fähigkeit manchmal, auch nur dabeizusein und zuzuhören.

Jemand am Tisch, vermutlich um den Vater zu foppen, fragt, wie sie das eigentlich aushalte, so ganz allein mit dem da? Und Nada, ein bißchen unsicher vielleicht, ob sie die Frage richtig verstanden hat, zuckt bloß die Achseln: – Es geht so . . .

Natürlich lacht der ganze Tisch.

Auch Nada lacht, sichtlich etwas verlegen; sie bleibt aber unbefangen, auch wenn die Erwachsenen ringsum über sie reden, dabei hellhörig, sie widerspricht, wenn es nicht wahr ist, was der Vater erzählt: daß sie gestern Abend die längste Zeit nicht habe ins Bett gehen wollen. Nämlich er hat auf der Straße die ganze Zeit mit dieser Frau geredet und geredet, bis es dunkel war, und daß er mit Nada nachher noch ein Spiel machen würde, das war versprochen. Und was versprochen ist, muß man halten, das sagen alle am Tisch: – Recht so, erzieh ihn nur!

Wenn dann eine Band spielt, will Nada tanzen, sie ist aber nicht gern allein in der tanzenden Menge. Naumann muß sie in die Arme nehmen und mit ihr herumhopsen, sie hin und her und rundum schwingen, und obwohl er sich dabei sichtlich mit ihr freut, ihr ab und zu etwas zuruft im Lärm, ist er nachher erschöpft, schweißnaß im Gesicht. Nada möchte nochmal und noch einmal, bis der Vater aber wirklich nicht mehr kann –

Nur noch dieses allerletzte Mal!

Es stimmt schon, was Pius damals behauptet hat: Naumann ist nicht ungern ein stolzer Vater. Und vermutlich gelingt es ihm in Gesellschaft, wenn die andern sehen, wie er sich Mühe gibt mit dem Kind, auch leichter, vor Nada zu bestehen beziehungsweise vor sich selbst, vor seiner eigenen Vorstellung, wie ein Vater zu sein hätte. Aber ein toller Vater, wie sie dann wieder sagen, das will er nun auch nicht sein, nur ein wirklicher Vater, auch wenn er im Augenblick, nach dem fünften oder sechsten Bier, nicht ohne weiteres erklären könnte, was er damit meint. Unnötig auch, zu erklären, was alle schon wissen, alle, so scheint es, außer eben ihm. Und warum alle Welt offenbar meint, man müsse ihn, den Mann, der mit seinem Kind allein lebt, dafür bewundern, nämlich für etwas, was jeder Frau eine Selbstverständlichkeit wäre, das fragt er sich auch nicht zum ersten Mal. Er fragt sich und trinkt: – Ein wirklicher Vater, nämlich einer, so meint er, der sein eigenes Kind annehmen könnte, nicht bloß, weil es zufälligerweise sein eigenes ist, sondern so, als wäre es irgendein Kind, das man annehmen muß, wie es ist, als Person, wenn auch eine kleine Person, und indem man also offen bliebe für eine wirkliche Begegnung von Mensch zu Mensch, im Bewußtsein zugleich, und darin liegt ja gerade die Schwierigkeit, daß eben dieses, zufälligerweise gerade dieses Kind einen braucht, mindestens vorläufig und unter den gegebenen Umständen, aber stündlich und täglich, und das heißt auch: bereit sein zu einem wirklichen Alltag, einem erfüllenden vielleicht, jedenfalls aber anstrengenden, oft zweifelhaften, auch das. Wenn er dann, indem er so redet, gelegentlich einmal Nada ansieht, die ihm offenbar die ganze Zeit zugehört hat, verstummt er. Er ordnet mit einer flüchtigen Geste den Scheitel in ihrem Haar und schweigt. Ihre dunklen Augen – während man jetzt, er weiß nicht wieso, plötzlich über Pflanzen redet, Topfpflanzen und Pflanzen im allgemeinen – wie die Augen von Regina. Er wundert sich beiläufig bei dem Gedanken, daß diese Augen von innen heraus ins Helle sehen, während man von außen her, in der dunklen Pupille, wenn man nahe genug herangeht, nur sich selbst erkennt, das eigene Gesicht mit den eigenen Augen darin, beziehungsweise mit den Brillengläsern davor. Diese Unmöglichkeit, je durch fremde Augen hineinzublicken in die Person, die dahinter lebt! Die Pupille als ein winziges Schlüsselloch, schwarz und glänzend, atmend im Licht, und dahinter, was man aber bloß ahnen kann: die Welt noch einmal und zugleich ihr Gegenteil. – Puhh! macht Naumann, und die großen dunklen Augen zucken leicht zusammen. Dann Nadas Lachen, halb erleichtert, halb ausgelassen, ihre kleinen weißen Zähne, während Naumann wieder trinkt und schweigt und jemand darüber redet, daß man mit den Pflanzen reden müsse, was allgemein bekannt ist . . . Erst später, auf dem Heimweg dem Fluß entlang, wenn sie still nebeneinander gehen oder Nada von Steinplatte zu Steinplatte hüpft, stets darauf bedacht, daß ihr Fuß nie die Fuge zweier Platten trifft, spürt er vermutlich, daß er wohl doch zuviel getrunken hat. Er hätte jetzt nur noch das Bedürfnis, Nada ins Bett zu bringen, um nachher allein zu sein. Es ist aber noch früh am Abend, warm, eine blaulaue Luft, und auf den Bänken unter den Linden sitzen ein paar alte Männer, vorgebeugt, das Gesicht zur untergehenden Sonne, die Ellbogen auf die Knie gestützt, mit gefalteten Händen, während türkische Großfamilien vorbeispazieren, Frauen in weißen Kopftüchern und ihre Mädchen in Jeans, und am Wasser sitzen ganze Rudel von Jugendlichen bei Musik aus Kassettengeräten, und andere schwimmen draußen im Fluß, der schwarz ist, schwarz und träge, ein Strom von schwarzer Lakritze –

Du hast doch gesagt, sagt Nada in seine Stille hinein, daß wir Regina einen Brief schreiben wollen. Wann machen wir das?

Heute nicht mehr, sagt Naumann.

Warum nicht?

Einmal angenommen, es ist ein Augenblick gewesen, der alles entschieden hat, ein einziger dummer Augenblick von Unaufmerksamkeit, läppisch, aber geschehen und nicht wiedergutzumachen, ein Zufall, idiotisch, aber unwiderruflich – Was heißt Schuld? Man macht sich schuldig, indem man wählt und indem man nicht wählt, sich entscheidet beziehungsweise nicht entscheidet, indem man handelt oder nicht handelt: es gibt keine Wahl zwischen Unschuld und Schuld. Unschuld, hätte Pius vielleicht gesagt, ist Mangel an Phantasie, nichts weiter, oder Verlogenheit, was auf dasselbe herauskommt. Aber was ist Naumanns Schuld?

Daß er die Verantwortung gehabt hat für Nada, ist klar, und daß er sich zugetraut hat, warum auch nicht, diese Verantwortung zu übernehmen – Was heißt das?

Daß er sich immer alles viel zu einfach vorstellt, wie Regina einmal behauptet hat, das kann er sich vorstellen; was hat das damit zu tun!

Daß das Leben allein mit dem Kind, für das er sich nun einmal entschieden hat, aus purem Verantwortungsbewußtsein oder auch nur aus Abenteuerlust, aus Bedürfnis nach Gleichberechtigung oder aus Trotz, aus einem Spleen, aus reiflicher Überlegung oder aus einer momentanen Laune heraus – einerlei: daß dieses Leben ihn auch gelegentlich überfordert hat, mag sein. Daß Nada ihm hie und da auf die Nerven gegangen, daß es manchmal zum Verzweifeln gewesen ist mir ihr, daß er das Durcheinander in der Wohnung einmal nicht mehr ertragen hat oder die nächtliche Stille, wenn Nada schon schlief, daß es gelegentlich zum Davonlaufen war oder auch nur zum Heulen, das stimmt. Aber so ist es jedenfalls nicht gewesen an jenem friedlichen und warmen Aprilabend, an dem er, nach dem Streit mit Nada am Nachmittag, der vieles geklärt hatte, zuversichtlich gewesen ist wie selten –

Was hat das damit zu tun?

Hätte Regina, wie die meisten Frauen, es selbstverständlich gefunden, daß das Kind nach der Trennung bei ihr bleibt, und hätte sie von ihm, dem Vater, nicht mehr erwartet, als daß er pünktlich seine Alimente bezahlt, Naumann wäre genauso einverstanden gewesen. Er hätte sich Reginas Vorwurf erspart, daß er ihr das Kind im Grund weggenommen habe – aber darum geht es ja nicht.

Was heißt Schuld, wenn sie nicht den Zweck hat, daß man es ein andermal besser macht, und wenn einer nicht an Sühne glaubt?

Es baumelt ein Haus an einem dünnen Faden, ein kleiner Baum, hellblau und mit blattlosem Geäst, und darüber kreist eine Sonne in gelbem Glanz. Ein anderes Haus ist blau, und es staunt aus großen viereckigen Augen und mit weit offenem Mund – fast alle Häuser, die Nada zeichnet, haben Gesichter, die staunen. Das Dach ist ein spitzer Hut, auf dem ein Federbausch von blauem Rauch steht. Wie auf einem Karussell gleitet ein kleiner roter Roller, still und leer, und ein Auto dreht mit ihm zusammen seine lautlosen Runden, dreht langsam ab, verschwindet, während auf seiner Rückseite ein Mannli erscheint, ein Mannli mit dickem Bauch und Hut, ovalem Gesicht, ohne Ohren, es grinst. Das Mannli taumelt, wenn man ins Mobile bläst, es wippt auf und ab, und am anderen Ende des Drahtgestänges, an dem es in der Mitte des Zimmers hängt, wippt ein Mädchen, runder Bauch mit dickem Nabel, mit ausgebreiteten Armen und gespreizten Fingern, mit kleinen roten Augen und wirrem Haar. Es schlenkert durch die Luft, es lacht, es berührt im Vorbeigehen leicht ein anderes Bild, auf dem eine Frauengestalt flüchtig skizziert ist: ihr Rock als Dreieck ohne Arme, kurze Strichbeine mit Fußwinkeln, und auf der Spitze dieses halslosen Rumpfes ein Gesicht ohne Mund, eine Frau, die langsam abdreht, verschwindet. Über allem zieht ein rotes und blaues Gestirn seine kreisrunden Bahnen, dazu ein einziger dicker roter Blitz –

Alles ist auf kleine Zettel gemalt, die kaum größer sind als Nadas Handflächen.

Was gibt das? wollte Naumann wissen, als er Nada am Tisch sitzen und diese Bilder malen sah, Zettel um Zettel, als arbeite sie in Serie, ein Haus nach dem anderen, eine Katze und so weiter, manches nur skizzenhaft angedeutet, anderes sorgfältig ausgemalt –

Eine Welt! sagte Nada ohne aufzublicken. Und diese Welt-Bildchen später auf Karton zu kleben, beidseitig, und damit dieses Mobile zu basteln, ist seine Idee gewesen: eine Welt auf weißen Zetteln, die nun lautlos kreist, in der Mitte des Raumes, beim leisesten Luftzug um sich selbst.

Wie sie dasitzt, Nada, in eine Ecke ihres Kinderzimmers verkrochen, Tränen im Gesicht und mit dem Rücken zur Wand, die Hände beide fest zwischen die zusammengepreßten Knie geklemmt, mit Lippen, die schluchzen und zittern vor Zorn – weshalb? Naumann hat es vergessen, man vergißt so schnell. Ihre rot unterlaufenen Augen, ihr Gesicht dann zur Wand gedreht, damit er ihr nicht in die Augen sehen kann, ihre Achseln, die vor seiner ausgestreckten Hand zurückweichen: jedenfalls hat sie seinetwegen geheult, und er ist selber schuld, daß sie jetzt zornig ist auf ihn. Will er sie aber in die Arme nehmen, um vernünftig mit ihr zu reden, um sie zu beruhigen, wehrt sie sich, strampelt, tobt. – Komm, sagt Naumann, ich hab's doch nicht so gemeint! Aber ihr Zorn duldet keinen billigen Trost. Unmöglich, auch nur ihre Hand zu nehmen, und wenn er nicht abläßt, steht sie auf, um an ihm vorbei aus dem Zimmer zu rennen und sich auf der Toilette einzuschließen.

Regina, wie gesagt, ist in Amerika, und nachdem sie lange überhaupt nichts von ihr gehört haben, kommt jetzt hie und da ein Brief, manchmal auch nur eine Karte: Times Square am Nachmittag oder die Freiheitsstatue hinter dem Gitter eines gigantischen Baugerüstes –
Sicher wieder nur Rechnungen! sagt Nada, wenn Naumann zum Briefkasten geht, und er muß lachen über diesen Satz, den sie natürlich von ihm hat. Auch dieser Tonfall von gespieltem Ärger, als wäre dieser Ärger ihr gemeinsames alltägliches Thema: – Sicher nur wieder Rechnungen! Sie ahmt den Satz nach, um zu demonstrieren, daß man sich

versteht: nachahmen und verstehen, einunddasselbe für sie, so scheint es, ein Spiel.

Dann aber, nachdem er den Brief zweimal in der Hand gedreht und den Absender vorgelesen hat, will Nada ihn sehen: – Zeig! und sie gibt ihn nicht mehr aus der Hand. In der Küche, während er die Einkaufstasche hinstellt, um zuerst einmal die Milch und den Salat zu versorgen, hat sie schon ein Messer zur Hand: Ob sie den Brief aufschneiden dürfe. Klar, sagt er, während er seinen Regenmantel in die Diele hängt. Offenbar sind es zwei Briefe, einer an Nada, der andere an ihn, und während er ein Fenster öffnet, dann das schmutzige Geschirr vom Morgenessen ins Spülbecken beigt, während er die Krümel vom Tisch wischt und mit einem nassen Lappen über die Tischplatte geht, während er die Zeitung und die übrige Post nimmt und ins Wohnzimmer geht, läßt Nada ihm natürlich keine Ruhe, bis er vorgelesen hat, was Regina schreibt.

Sie entschuldigt sich, daß sie so lange nichts von sich hat hören lassen.

Ihr erster Brief, drei Wochen nach ihrer Abreise und nachdem die erste Bangnis in der Fremde offenbar überstanden war, kam aus Philadelphia, wo sie bei Freunden oder Bekannten wohnte. Sie finde sich jetzt allmählich doch einigermaßen zurecht, obschon sie noch immer Mühe habe, dieses Amerikanisch zu verstehen. Schlimm muß es vor allem in den ersten Tagen gewesen sein: Regina zum ersten Mal mit sich allein in der Welt. Wie sie irgendwo in diesem Midtown-Manhattan sitzt, allein unter Millionen Menschen, mit dem komischen Gefühl, es müßte doch jeden Augenblick jemand vorbeigehen, den man kennt. Anscheinend hat sie auch schon früher Briefe geschrieben, aber nicht abgeschickt. Dann wieder, schreibt sie, sei sie einfach verwirrt gewesen, überwältigt von allem, was dieses New York zu bieten habe, ein einziger Rausch, ein monströses Delirium, ein Wirrwarr von Idyllen und Zivilisations-Brutalität, dabei aber doch alles sehr anders als vorgestellt, obwohl man ja alles schon irgendwo meine gesehen, gehört, gelesen zu haben. Regina, stolz, wenn sie endlich begriffen hat, wie die Subway funktioniert! Phantastisch natürlich, wie leicht es sei, sich in dieser Stadt zu orientieren; das Netz der rechtwinkligen Straßenzüge, alles numeriert, eine geradezu irre Ordnung, als hätten die Männer, die diese Geometrie vor hundertsiebzig Jahren geplant haben, während New York noch eine vergleichsweise bescheidene Siedlung war, bereits geahnt, welch gigantisches Chaos ihr Projekt anrichten würde, und als hätten sie versucht, über dem Plan dieses künftigen Dschungels zugleich ein immenses Fangnetz auszuwerfen, um die Wildnis, die sie selbst hervorgebracht haben, in den Griff zu bekommen. Regina, wie sie den Broadway hinabwandert vom Central Park bis zur Battery, ein Tages-Fußmarsch, und wie ihr bei Einbruch der Dämmerung plötzlich schwindlig wird vor lauter Eindrücken, übel vor Kopfschmerz, ihre Panik, auf offener Straße zusammenzubrechen und liegenzubleiben, wehrlos und unbeachtet, ihre Flucht in ein kleines italienisches Restaurant: natürlich weiß sie manchmal nicht, was sie überhaupt in dieser Fremde will und soll. Von dem bärtigen Maler übrigens, den sie kurz vor ihrer Abreise noch kennengelernt – Nada versucht vergebens, sich zu erinnern an den Mann, der damals einmal zum Essen bei ihnen eingeladen war, obschon sie sonst ein verblüffendes Gedächtnis hat – und der ihr damals angeboten hat, in New York eine Zeitlang bei ihm zu wohnen, hat sie sich offenbar schon bald wieder verabschiedet. Und jetzt also ist sie in Philadelphia –

Lieb sind ihre Briefzeichnungen an Nada! Ein kindlich gemaltes Sebstportrait von Regina, wie sie in einem Park die kleinen grauen Baumratten füttert, die wie Eichhörnchen aussehen, im Hintergrund zwei schwarze Mädchen mit einem Ball, und wie sie dabei an Nada denkt, die um diese Zeit im Bett liegt, denn zu Hause ist es schon Mitternacht, wie der große Wecker zeigt, während in Amerika noch die Sonne scheint – und so weiter.

Die Briefe an ihn, die Naumann natürlich auch vorlesen muß, sind wie dieser erste Brief im allgemeinen sehr sachlich, informativ, dabei freundschaftlich, als wäre die Welt zwischen ihnen in Ordnung, als hätte es nie einen Streit gegeben, keinerlei Enttäuschung, nichts, als gäbe es überhaupt keine Vergangenheit, die zählt, sondern nur Gegenwart dort und Gegenwart hier –

Lies weiter! sagt Nada.

Natürlich will Regina wissen, wie es geht, vor allem, was Nada macht – sie sitzt, während Naumann vorliest, auf seinem Knie, den Briefumschlag in der Hand, sehr still. Und was sie immer wieder beschäftigt: daß die Leute dort, wo Regina jetzt ist, sie alle nicht verstehen können, wenn sie deutsch spricht, dabei ihrerseits eine Sprache reden, die Regina kaum versteht. Warum eigentlich reden nicht alle Menschen dieselbe Sprache? Kannst du englisch? will sie einmal wissen, und Naumann sagt Yes, und No heißt Nein, und Ich habe Hunger, Ich habe Durst, und so weiter, Ich liebe dich.

Und was heißt: Wie heißt du?

Und was heißt: Ich verstehe nicht?

Einmal, während er den Brief weiterliest, spürt er, wie sie sein Gesicht mustert, ihre Hand fährt plötzlich über seine Stirn, leicht, über seine Augen, seine Backe, seine lesenden Lippen – als sein Mund nach ihren Fingern schnappt, lacht sie.

Was meinst du, was Regina macht, jetzt gerade?

Naumann blickt auf die Uhr: in Amerika ist es jetzt halb sechs Uhr morgens.

Später, während er die Zeitung liest und Nada mit ihren Puppen spielt, fragt sie plötzlich: – Was heißt jetzt auch schon wieder auf englisch »Ich verstehe nicht«?

Sie redet englisch mit ihren Puppen.

Und beim dritten oder vierten Mal hat sie es begriffen: – I don't understand.

Es klingt lustig, wie sie es ausspricht, und das sagt sie jetzt oft, wenn der Vater irgend etwas von ihr will: I don't understand.

Eine ganz andere Geschichte wäre es, wenn Naumann damals getan hätte, wozu er eines Abends schon entschlossen war. Er stand in seinem Arbeitszimmer, das seit einigen Monaten auch sein Schlafzimmer war, und packte in den großen schwarzen Koffer Kindersachen: Pullover, Röckchen und Hosen, Blusen und Unterwäsche, Socken und Spielsachen, LEGO-Steine, Stofftiere, Bilderbücher; er packte sorgfältig, um nichts zu vergessen. Er war ganz ruhig jetzt. Dann und wann horchte er in die Stille hinaus, es war spät nach Mitternacht, und was er antworten würde auf Reginas fragendes Gesicht, wenn sie jetzt plötzlich ins Zimmer käme, er wollte es nicht wissen. Sie schlief, war anzunehmen, längst in den Armen ihres Freundes, war anzunehmen. Sie war mit Roger ins Kino gegangen, es war ihr freier Abend, und sie hatten sich nicht deswegen gestritten, sondern wegen irgendeiner Lappalie, die Naumann vergessen hat. Vielleicht ist es der Abend gewesen mit jener dummen Schlüssel-Geschichte, jedenfalls: schließlich hatte er sie gebeten, auf ihren Kinobesuch zu verzichten, nicht ihm zuliebe, sondern einem, wie ihm schien, längst fälligen Gespräch zuliebe, von dem er allerdings auch nicht sagen konnte, wieso es ausgerechnet an Reginas freiem Abend stattfinden mußte. Es hätte in der Woche zuvor vermutlich Abende genug gegeben, an denen so ein Gespräch möglich gewesen wäre. Einen Moment lang spürte er eine Art von Erschöpfung oder auch nur Müdigkeit, die ihn ins Bett zwingen wollte, dazu ein Herz, das pochte und pochte, als habe man es in eine Kammer gesperrt. Nadas langbeinigen Frotté-Dreß mit dem auf dem linken Fuß aufgestickten Zwerg durfte er nicht vergessen, ebenso die Wollkappe: es war Anfang März, und auch im Süden waren die Abende noch kalt. Er schloß den Koffer und stellte ihn neben den Schrank. Was er spürte, er wußte es, war nicht Müdigkeit, sondern er wußte natürlich, daß es Unsinn ist, was er vorhat. Hingegen hatte er einfach genug von dieser ewigen Unentschlossenheit. Ein paar Herzschläge lang stand er in der Mitte des Zimmers, das ihm plötzlich sehr leer vorkam, als hätte noch nie jemand darin gewohnt, und es blendete, als seien überall Scheinwerfer aufgestellt, dazu dieser unerhört hohe Pfeifton der Stille, die Helle des Zimmers in der Spiegelung der Nacht vor dem Fenster. Auch Medikamente für Nada, Hustensaft, Fieberzäpfchen für alle Fälle, Vita-Merfen hatte er schon eingepackt, zudem zwei Tuben von der Donald-Duck-Zahnpasta, dazu Waschzeug. Kinderstrumpfhosen zum Beispiel sind auch in Italien zu kaufen. Später öffnete er nochmals den Koffer und packte das Transistorgerät und ein paar von Nadas Geschichten-Kassetten dazu: Nils Holgerssons wundersame Reise, das Heidi-Märchen etc. Fast vergessen hätte er Nadas Sandalen. Wohin er wollte mit ihr, er wußte es allerdings nicht. Und viel mehr wird es nicht gewesen sein als diese etwas romantische Vorstellung: sein Leben allein mit dem Kind, ein Leben, in dem man wenigstens weiß, worauf es ankommt, Tag für Tag. Nada, in der Dunkelheit ihres Kinderzimmers, schlief, ihr leiser Atem in kurzen, regelmäßigen Stößen. Auch Regina, so glaubte er, schlief längst, und es war unnötig, an ihr Gesicht am anderen Morgen zu denken. Als er dann aber eigene

Wäsche auf dem Bett zusammenlegte, stand sie plötzlich da, ohne anzuklopfen natürlich. Sie habe nur gesehen, daß in seinem Zimmer noch Licht sei – und hinter ihr der reisebereite Koffer neben der Tür . . . Er habe noch Wäsche gemacht, sagte er, und staunte nicht nur über die Ruhe in seiner Stimme, sondern ebenso darüber, daß Regina sich offenbar nicht wunderte, wie rasch diese Wäsche getrocknet war. Seine Gewohnheit war es nicht gerade, seine Wäsche selber zu waschen, immerhin kam es gelegentlich vor. Aber auch, daß er offenbar den Regenmantel mitgewaschen hatte, irritierte Regina wenig. – Stimmt etwas nicht? fragte sie nur. Während er den Mantel im Schrank verschwinden ließ, war es ihm recht, daß seine beiläufige Frage wie eifersüchtig klang: Ob ihr Abend mit Roger nicht gut gewesen sei? Regina, beide Hände unter den Gürtel ihres Kleides geschoben, stand noch immer bei der Tür und sah zu, wie er jetzt auch die Hemden, die frisch gewaschenen, in den Schrank versorgte. Einen tristen Film habe sie gesehen, sagte sie. Die Geschichte einer Frau, die eines Tages ihren Mann aus dem Haus jagt und dann versucht, in diesem grauenhaften Dorf – irgendwo in Bayern, glaube sie –, wo der Mann sie verleumdet und als Hure verschimpft, weiterzuleben, allein mit ihrem fünfjährigen Kind, bis er zurückkommt, der Mann, und bettelt und fleht, vor ihr auf die Knie fällt und sie unter Tränen um Verzeihung bittet – ein idiotischer Film!

Siehst du, sagte Naumann, und da Regina nicht sogleich verstand: Armin und Ines, die Eltern von Flo, die vor ein paar Tagen zum Essen bei ihnen gewesen waren, hatten den Film ja auch gesehen und davon abgeraten.

Jedenfalls weil die Frau dann entschlossen bleibt, zieht er einen Revolver aus dem Mantel, der arme Kerl, und erschießt sich vor ihren Augen – ein gräßlicher Film, ein

dummer Film, fand Regina, ein Männerfilm eben, wehleidig und brutal. Der Mann, sagte Regina, dürfte sich
wirklich mal etwas Neues einfallen lassen; sie meinte den
Filmemacher, der nachgerade berühmt ist dafür, daß er
beharrlich bei seinem Thema bleibt.

Ja, sagte Naumann, leicht gesagt!

Das hätte sie sich jedenfalls ersparen können, fand Regina, diese Männerphantasien habe sie nun doch allmählich
satt, und Naumann, indem er die letzten Wäschestücke in
den Schrank legte, nickte in stummem Einverständnis, als
sei er selber sprachlos über diesen Film.

Dann war es eine Weile still. Er wußte nicht, was reden,
er sah: seine Hände zitterten, während er eine Zigarette
anzündete, als stehe man nicht in diesem Zimmer, sondern
irgendwo draußen in der kalten Märznacht. Er verstand
noch immer nicht, wieso Regina nicht zu Roger gegangen
war, verstand nur: damit hatte er nicht gerechnet. Er stand
und sah: die kurzgeschnittene Strenge von Reginas Haar,
ihre schmale Stirn mit den Zeichen eines ersten Alters, der
Ernst ihrer Augen, dieser ungemein offenen und schönen
Augen, dazu ihre Lippen, ungeschminkt wie immer, mit
dem ein wenig spöttischen Zug, wenn sie lächelte wie jetzt,
da sie offenbar auch nicht wußte, was sagen. Naumann, um
nicht dazustehen wie ein ertappter Bub, ordnete allerlei
Papier auf dem Tisch, stellte auch die Bücher, die er hatte
mitnehmen wollen, ins Regal zurück, wurde allmählich
ruhiger, bis Regina endlich sagte: Vielleicht, habe sie
gedacht, könnte man jetzt doch noch reden, bei einem
Schluck Wein, wenn er möge.

Natürlich war's jetzt Naumann, der nicht reden mochte,
nicht mehr jetzt, vielleicht morgen. Es klang versöhnlich,
wie er es sagte, war vermutlich auch so gemeint, und
Regina, nach ein paar Sekunden des Schweigens, sagte Also
und wünschte eine gute Nacht.

Die verlegene Stille, da sie einen Augenblick noch stehenblieb – hätte Naumann sie halten können? Hätte er diesen einen Schritt auf sie zugehen sollen, ihren Kopf zwischen seine Hände nehmen, ihr kurzgeschnittenes Haar in seinen Fingern, ihre Augen in seinen Augen – was dann? Hätte er ihr sagen sollen, daß er sie doch liebe, daß alles nur wie ein blödes Mißverständnis war, ein einziges fortdauerndes Mißverständnis, das sich wieder und wieder wiederholt?

Es ist unwahrscheinlich, daß Regina beim Hinausgehen nicht den Koffer sah, der neben der Tür stand. Am anderen Morgen vielleicht würde ihr einfallen, daß sie ihn gesehen hatte, den großen schwarzen Koffer, reisebereit. Und Naumann, plötzlich wieder allein, stand da und wußte nicht, was denken . . .

Wie er dann also, nachdem er eine Zeitlang am Fenster gestanden hat mit Blick in die Nacht, sehr hastig seine Wäsche wieder aus dem Schrank holt und alles in die Reisetasche stopft, auch die Taschenlampe nicht vergißt, die er später braucht, um draußen das Gepäck im Kofferraum des FIAT zu verstauen und auf dem heruntergeklappten Rücksitz mit Schlafsack und Decken einen Liegeplatz herzurichten für Nada, die nicht aufwacht, während er sie hinausträgt und samt Decke ins Auto bettet, Nada, die sich schlafend zurechtkuschelt, einen kurzen Moment lang ihr Gesicht, das die Helle einer Straßenlampe widerspiegelt, in friedlichem Kinderschlaf, die mondscheinfahlen Lippen, das feine Haar über der Stirn, und seine Hand, die flüchtig über diese Stirn streicht, und er weiß: Männerphantasien! würde Regina sagen. Im langen Zwischenraum zwischen zwei Herzschlägen abermals die bange Unsicherheit, jetzt aber vermischt mit einer leisen Euphorie, bevor er noch einmal in die Wohnung zurückgeht, um sich zu versichern, daß er wirklich nichts vergessen hat, um in seinem Zimmer gut sichtbar einen Zettel zu hinterlegen, keinen Brief, nur einen Zettel mit einer kurzen Bitte und einem liebgemeinten Gruß, um aus der Küche noch eine Flasche Fruchtsaft mitzunehmen, ferner seine Stiefel und Nadas Regenjacke, die er nun doch beinah vergessen hätte, während langsam der letzte Rest von Bangnis einer unerhörten Wachheit weicht, einem Übermut fast, und wie er für einen kurzen Moment in das nächtliche Schweigen dieser Wohnung horcht. Wie er dann im Halbdunkel des Korridors noch das Couvert mit einer unbezahlten Rechnung einsteckt, sich ein letztes Mal umsieht und die Wohnung verläßt, das Haus verläßt, den Motor anspringen läßt, was freilich erst beim dritten Anlauf gelingt, und wie er langsam, fast gemächlich den Wagen durch die nächtlichen Straßen steuert, nun wirklich erfüllt von frommer Zuversicht, und nur das Steuerrad schwitzt in seinen Händen. Dann Autobahn, die grünen Schilder in der Nacht: ZÜRICH, LUZERN, GOTTHARD, die bleiche Fahrbahn in der Nacht. Und wie ihm viel später erst, nachdem es langsam warm geworden ist im Wagen, indem er sich einmal nach der Schlafenden umsieht, plötzlich doch einfällt, was er vergessen hat: die Fridolin-Wollpuppe aus Reginas Kindheit, ohne die Nada abends nicht einschlafen will und die jetzt also zu Hause liegt im leeren Kissen, so daß Nada wird lernen müssen, ohne ihren Fridolin einzuschlafen . . . Das wäre, wie gesagt, eine ganz andere Geschichte. Pius wäre vermutlich auf und davon gefahren in dieser Nacht. Bei ihm, Naumann, wäre es aber nur kindisch gewesen, und Naumann ist nicht einer, der Geschichten macht. Das Gespräch mit Regina dagegen hat stattgefunden, ein paar Tage später, ein langes, ein ruhiges und vernünftiges Gespräch, in dessen Verlauf man sich auf Trennung einigte. Kurz danach kam dann auch der Bescheid von der kantonalen Kommission, daß Regina ein Kunststipendium erhalten soll. Und es ist sein Vorschlag gewesen, das stimmt, daß Nada nach der Trennung, mindestens vorläufig, bei ihm bleiben könne. Regina hat nur gesagt: – Wenn du meinst, daß du mit ihr allein zurechtkommst –

Nada! Nada, weißt du, was wir vergessen haben?

Wie sie aufrecht in ihren Decken im Fond des Wagens sitzt, ganz benommen natürlich: – Was?

Sie reibt ihre Augen, blickt in der Dunkelheit umher.

Deinen Fridolin haben wir vergessen!

Was? Warum.

Ach komm, sagt Naumann, schlaf weiter.

Dann steigt er aus, drückt leise die Wagentür ins Schloß; die leere Tankstelle in der Nacht, Avia, ihre grelle Beleuchtung, und woran er ebenfalls nicht gedacht hat: kleine Geldscheine, die so ein Nachtautomat annehmen würde, Zehner oder Zwanziger, und jetzt steht er da mit fast leerem Tank, wartet, nimmt die Brille ab, um sie an einem Zipfel des Pullovers sauberzureiben, und wartet.

Was zählt, ist die Gegenwart.

Jetzt, wenn er Nada nach dem Mittagessen aus dem Kindergarten abholt, gehen sie zusammen vielleicht eine halbe Stunde in den Park, wo Naumann seine Zeitung liest, während Nada wie alle anderen Kinder im Sandkasten sitzt, die Rutschbahn herunterrutscht oder im Klettergerüst herumturnt: – Schau, was ich kann! Sie hängt kopfüber im Gestänge, und es ist nicht auszudenken, was passiert, wenn sie abrutscht –

Natürlich kommt man keine zehn Minuten still zum Lesen, aber viel Neues ist es ohnehin nicht, was die Zeitungen zu berichten wissen: Bomben in Beirut oder Gipfel in Genf, Verschuldung der Drittweltländer oder Verschärfung der Asylgesetze, Abrüstungsverhandlungen oder Arbeitslosenrate – lauter Trostlosigkeiten, während Nada doch zeigen will, wie gut sie den Purzelbaum schon kann. Dann sitzt Naumann auf seiner Bank mit übereinanderge-schlagenen Beinen, die Hände hinter dem Kopf gefaltet, und sieht Nada zu beziehungsweise blickt durch sie hin-durch in irgendeine blaue Ferne, und er sieht absolut nicht ein, warum er es ist, immer er, der mit Nada auf die Wippschaukel muß.

Es geht doch viel besser, behauptet er, mit einem anderen Kind!

Aber Nada zerrt nur an seiner Hand: – Komm.

Komm jetzt! wiederholt sie unwillig, und zwar mit einer so barschen Betonung auf Jetzt, daß Naumann leicht in Versuchung kommen könnte, ihr zu erklären, daß, wenn sie meine, ihn derart herumkommandieren zu müssen, er erst recht keine Lust habe, mit ihr zu gehen – aber was soll's. Sitzen sie dann zusammen auf der Schaukel – wobei er sich natürlich Mühe geben muß, überhaupt vom Boden wegzu-kommen – so kann sie sich kaum festhalten vor Lachen, wenn Naumann sein Ende der Schaukel auf dem Boden aufschlagen läßt, so daß es Nada am anderen Ende in die Luft spickt, leicht, lustig, ihr Lachen in der hellen Luft zwischen den Baumkronen, und Naumann ist es doch eigentlich recht, wenn Nada zufrieden ist.

Schwieriger wird es, wenn es einmal ein grauer Tag ist, ein öder Tag, der Park schon kühl und leer, und Nada weiß nicht, was sie machen soll: – Sag, was soll ich machen?

Naumann weiß es auch nicht. Er liest seine Zeitung, und sie sitzt neben ihm auf der Bank, langweilt sich und lehnt ihren Kopf an seinen Arm, klopft dabei mit ausgestreckten Beinen auf die Bank, so daß die Zeitung in seinen Händen zittert, dann zwängt sie sich zwischen seinen Arm zu ihm hinter die Zeitung und findet es plötzlich ungemein lustig, herauszufinden, was er gerade liest, indem sie versucht, eben diese Stelle mit ihrer Hand zuzudecken.

Laß das doch, sagt Naumann, du gehst mir auf die Nerven.

Dabei, das ist richtig, hat Nada schon zweimal gesagt, daß sie sich langweilt.

Ja, – und? fragt Naumann: Habe ich gesagt, daß du dich langweilen sollst? Mach doch einfach etwas anderes!

Ihr Gesicht, einen Moment lang ratlos, dann halb beleidigt, halb belustigt, indem sie ihre Faust auf seine Brust haut und: Uh, du bist blöd! sagt. Dabei hat er nur gemeint, daß sie jetzt beispielsweise doch endlich einmal alle Seilschaukeln auf dem ganzen Platz für sich allein hätte.

Also, sagt Nada: Aber du mußt mich anstoßen!

Was zählt, ist die Gegenwart, und Naumann hat natürlich gewußt, daß es nicht immer leicht sein wird, diese Gegenwart mit Nada zu bestehen.

Eine Weile geht es vielleicht, indem er Nada einfach erzählt, was in der Zeitung steht, wieso diese selbstmörderische Aufrüstung zum Beispiel, wieso Krieg und Terror überall – wie erklärt man das einem Kind? Die Männer, sagt er, die die Welt regieren, meinen halt, daß sie die Probleme lösen können, indem sie einander Angst machen.

Welche Probleme? fragt Nada, und für einen Augenblick ist ihre Langeweile verflogen.

Der Hunger in der Dritten Welt und der Reichtum hierzulande, die Ausbeutung und Unterdrückung und die ewige Angst der Sklavenhalter vor dem Sklavenaufstand – es interessiert Nada tatsächlich, was dem Vater dazu einfällt: die Angst der Starken vor der Schwäche, die Angst der Reichen vor dem Armwerden, die Angst der Mächtigen vor dem Ohnmächtigsein – einfach, weil sie es nicht gewohnt sind.

Oder: der technologische Wettlauf und die Angst, diesen Wettlauf zu verlieren. Überhaupt die Angst, zu den Verlierern zu gehören, und die Machthaber in aller Welt, die nie gelernt haben, daß man auch einmal verlieren können muß – das kann Nada sich gut vorstellen, sie weiß auch ein Beispiel aus dem Kindergarten.

Als ich vielleicht so alt war wie du, erzählt Naumann, da wurde zum ersten Mal ein Mensch in eine Rakete gesteckt und auf eine Erdumlaufbahn gefeuert. Der Wettlauf zum Mond hatte begonnen, die Angeberei mit enormem technischem Aufwand, wer die größere und schnellere Rakete hat, und die Welt, die westliche Welt war erschrocken und entsetzt, als dieser erste Mensch im Weltraum dann kein Amerikaner war, sondern ein Russe, ein Sowjetmensch, ein Kommunist sozusagen. Heute natürlich, sagt Naumann, spricht kein Mensch mehr davon, aber damals – und Nada lauscht gebannt seiner Erinnerung wie einem Märchen aus der alten Zeit, in der das Wünschen noch geholfen hat.

Dann wieder allgemein: die Angst vor dem Leben, vor dem bloßen Dasein, die tödliche Angst vor der Langeweile, vor der Leere, wenn es einmal grad keinen Erfolg zu verzeichnen gibt –

Wie meinst du »verzeichnen«? fragt Nada.

Kurzum: es gibt praktisch nichts, worüber man mit einem fünfjährigen Kind nicht wenigstens versuchsweise reden könnte, und eine Zeitlang ist Nadas Wissensdurst kaum zu löschen. Dann allerdings steckt die Zeitung im Papierkorb neben der Bank, und Nada weiß noch immer nicht, was sie machen soll.

Weißt du was, sagt Naumann, ruf doch die Auskunft an.

Wie meinst du »die Auskunft«? fragt Nada, und Naumann muß erklären, wie die Telefon-Auskunft, Nummer 111, funktioniert und welche Auskünfte sie normalerweise erteilt: – Vielleicht kann die Frau von der Auskunft dir sagen, was du machen sollst, sagt er.

Natürlich sieht Nada ihn nur ungläubig an.

Ich meine, sagt Naumann, daß ich jedenfalls nicht deine Telefon-Auskunft bin!

Eine Weile dann sitzen sie vielleicht nur da und sehen den Spatzen zu, die mit ihrer Zeit auch nicht mehr anzufangen wissen, als über den Kies zu hüpfen, zu zanken und in den grauen Pfützen zu baden, ihr Gefieder im Wasser zu zausen, daß es spritzt, dann dazusitzen mit geplustertem Gefieder –

Nein, sag doch jetzt! sagt Nada unwillig.

Was muß ich sagen?

Sie hängt sich schwer an seinen Arm, läßt den Kopf nach hinten fallen, so daß ihr dunkles Haar zu Boden baumelt, und zieht sich dann mit einem Ruck wieder hoch: – Was ich machen soll!

Komm, sagt Naumann, indem er aufsteht, froh, daß es noch einiges zu erledigen gibt an diesem Nachmittag: Gehen wir!

Wie sie auf ihrem Dreirad vorausstrampelt, Nada in ihrer hellblauen Windjacke, und hie und da anhält, um sich nach ihm umzusehen, um zu warten, bis er sie eingeholt hat –

Gehen sie dann zusammen einkaufen, einen neuen Pullover für Nada oder Pinsel und Ölfarbe, weil Naumann beschlossen hat, den alten Küchenschrank neu zu streichen, langweilt sie sich natürlich wieder oder aber neckt ihn die ganze Zeit, blödelt und hüpft herum. Und natürlich weiß sie längst, daß sie die Früchte im Supermarkt nicht anfassen soll, daß es nicht jedesmal ein Eis gibt, daß es ihm auf die Nerven geht, wenn sie im Einkaufswägelchen herumturnt, bis es kippt – warum macht sie es trotzdem jedesmal? Dann wieder schleppt sie allerhand herbei, was er kaufen soll und keineswegs braucht: – Bring doch lieber, was wir wirklich brauchen, sagt Naumann: zwei Liter Milch, vier Joghurt, einen Orangensaft!

Bringt sie aber alles zusammen, um zu zeigen, wieviel aufs Mal sie tragen kann, fällt ihr bestimmt ein Joghurt aus dem Arm, so daß der Plastikbecher auf den Steinfliesen platzt.

Immerhin ist es nicht Glas.

Natürlich ist es Nada peinlich, und es wäre nicht einmal nötig, daß der Vater, hinter seiner Brille die Augenbrauen hochziehend, nur stumm den Kopf schüttelt. Natürlich ist Nada auch selbständig genug, eine der Verkäuferinnen sogleich um einen Lappen zu bitten, damit sie die Sauerei aufwischen kann. Und natürlich ist es Naumann, der darauf beharrt, daß die Verkäuferin es ruhig Nada überlassen soll: Sie ist alt genug. Aber nachher hat sie die himbeerrötliche Joghurt-Sauce nicht nur an den Fingern, sondern auch an ihrem neuen Pullover.

Siehst du, sagt Nada, ich habe ja gesagt, daß ich nicht zum Einkaufen mitkommen will!

Und wieso sie plötzlich den Tränen nahe ist, Naumann versteht es nicht, er hat ja gar nichts gesagt.

Wie Nada dann, frustriert und still, neben ihm her geht, an der Kasse vorbei aus dem Gebäude auf die Straße, schier unerträglich brav jetzt, so daß Naumann sich Mühe geben muß, sie nicht am Kiosk draußen doch noch mit einem Himbeereis zu trösten.

Gehen sie anschließend in eine Buchhandlung, steht Nada geduldig dabei, während er noch lange mit der Buchhändlerin redet. Aber auf dem Heimweg ist es natürlich wieder der Vater, der immerzu: So komm jetzt! sagt, weil Nada schon wieder stehengeblieben ist, sei es, weil sie ihm etwas zu erklären, sei es, weil sie irgendwo etwas Rätselhaftes entdeckt hat: einen weißen Pudel nämlich, der in einem roten Mäntelchen herumspaziert, noch dazu mitten im Sommer.

Oder aber: eine betrunkene Alte, die unablässig mit ihrem Verstorbenen schimpft –

Einmal eine junge Katze hinter dem Gitter eines Kellerfensters –

Einmal eine Heroin-Nadel im Rinnstein –
Was ist das? will Nada wissen.

Was zählt, ist die Gegenwart, die Gegenwart an jeder
Straßenecke, und natürlich vergeht der Nachmittag auch,
wenn man immer wieder stehenbleibt. Ob es aber ist, wie
Naumann es sich vorgestellt hat, sein Leben allein mit dem
Kind, das ist nicht die Frage.

Naumann und Nada auf einer Alpenwanderung, Morgen-
sonne über dem Walliser Firn, blauer Himmel, während sie
das kleine Iglu-Zelt abbrechen und die Rucksäcke schnal-
len, dann Marsch durch einen feuchten Tannenwald in
Richtung Lötschenpaß, der Moosteppich unter Nadas
Wanderschuhen, sie schweigt, und Naumann kommt
bergauf ins Schnaufen, später ihre Rast mit Schinkenbrot,
harten Eiern und Tomaten, dann Baden im eiskalten und
blauen Wasser jenes Sees, wo Naumann als Bub einmal auf
einer Schulreise gewesen ist – und sonst noch allerlei, was
sie nie zusammen unternommen haben, beispielsweise,
weil Nada Wandern blöd findet.

Was ihm heute einfällt zu Reginas Vorwurf, daß er ihr das
Kind weggenommen habe: Es wäre gewiß kein Gerichts-
entscheid nötig gewesen, damit Naumann, indem er vermutlich als Architekt weitergearbeitet hätte wie zuvor,
ausreichende Alimente gezahlt hätte nicht nur für Nada,
sondern ebenso für Regina, wenigstens in der ersten Zeit,
das ist selbstverständlich. Aber einmal ganz abgesehen
davon: Regina hätte sich mit dem kleinen Stipendium der
kantonalen Kunstkommission ihr Leben allein mit dem
Kind für die nächste Zeit einigermaßen einrichten können,
ohne auf ihre Malerei verzichten zu müssen. Vielleicht wäre
sie nicht nach New York gegangen mit Nada, aber daß es
nicht unbedingt New York sein müsse, das hat sie selber oft

genug gesagt. Sie wollte einfach einmal weg, was Naumann sehr gut verstehen konnte, und Kindergärten gibt es auch in Berlin oder Paris. Er jedenfalls, auch wenn es ihm leid getan hätte, Nada für längere Zeit nicht mehr zu sehen, hätte sie gewiß nicht gehindert, das Kind mitzunehmen, und letztlich, das sagt sie selbst, hätte es ihr auch wenig ausgemacht, einfach hierzubleiben mit Nada.

Es ist aber Regina gewesen, die all das nicht gewollt hat!

Es ist Regina gewesen, die immer wieder erklärt hat, daß sie es sich einfach nicht zutrauen würde, mit Nada allein, nicht nur wegen der Verantwortung, sondern aus Angst vor dem Alltag, aus Schiß, mit dem Kind überfordert zu sein in alltäglichem Kleinkram. Ihre Panik, daß sie nicht die Kraft hätte und nicht die Geduld – es hat nie etwas geholfen, wenn Naumann versucht hat, es ihr auszureden, im Gegenteil. Nachher, indem sie ihre Befürchtungen mit allen möglichen Argumenten untermauert hatte, war sie erst recht überzeugt von ihrer Unzulänglichkeit als Mutter. Und so ist es auch gewesen, als sie sich ernsthaft überlegen mußten, bei wem Nada nun bleiben soll: im Grund, auch wenn sie von sich aus den Vorschlag vermutlich nie gemacht hätte, ist es Regina gewesen, die gewollt hat, daß Nada bei ihm bleibt. Sie hat, so scheint es ihm, geradezu von Naumann erwartet, daß er den Vorschlag macht.

In Wirklichkeit, auf dem Flughafen Basel-Mulhouse vor einem Jahr, ist es ein leichter Abschied geworden, ein kurzer Abschied wie für zwei drei Wochen. Nada, in Reginas Armen, während Naumann bei der Gepäckaufgabe die Koffer auf das Rollband schob, war gesprächig-heiter, aufgekratzt, als könne sie es nicht erwarten, daß Regina wegfliegt. Ich weiß gar nicht, was sagen! sagte sie und redete dabei ununterbrochen. Wie weit ist es schon wieder nach New York? wollte sie zum x-ten Mal wissen, und ob Regina auch im Flugzeug schlafe: Gibt es ein Bett im Flugzeug? Ich meine natürlich nicht nur eines! Und: Kann man eigentlich auch im Zug nach Amerika fahren?

Natürlich plapperte sie aus purer Unsicherheit.

Regina hatte zwar schon Wochen zuvor ihre Sachen ins Atelier gebracht und sich da provisorisch eingerichtet, im Atelier gewohnt und gearbeitet: äußerlich war die Trennung vollzogen. Am Mittag hatte sie Nada aber noch oft im Kindergarten abgeholt oder abends aus der Wohngemeinschaft, wo Nada hingehen konnte, solange Naumann noch in seinem Büro arbeitete. Und hie und da war es dann auch noch zu einem gemeinsamen Abendessen gekommen mit Gesprächen, die jetzt wieder leichter möglich schienen, weil befreit von der beklemmenden Ausweglosigkeit einer Beziehung, deren Scheitern man sich noch nicht eingestehen will. Und alles in allem wird Nada noch kaum gewußt haben, was sie von der neuen Situation halten sollte.

Hat es eigentlich schon Flugzeuge gegeben, als du so alt gewesen bist wie ich? wollte sie wissen, während man etwas verlegen noch in der Halle herumstand, während andere Passagiere die Zollschranken passierten, während die große Anzeigetafel unter der Hallendecke raschelte, und: – Wie alt bist du eigentlich?

Sie fragte, als wollte sie sich ein ganzes Reservoir an Antworten anlegen, bis Regina schließlich meinte: – Es wird Zeit!

Über Lautsprecher kamen Aufrufe für die Reisenden nach Zürich-Kloten–Athen–Kairo, Flug Nummer sowieso nach Frankfurt–Berlin und so weiter, alle die Ziele dieser Welt. Sie verabschiedeten sich vor der Schranke, wo Regina ihren Paß zu zeigen hatte, dazu die übliche Kontrolle, nachdem der Herr mit Aktenköfferchen und endlich auch die beiden jungen Araber abgefertigt waren. Nada schwieg jetzt, winkte nur, als Regina sich auf der Rolltreppe nochmals umdrehte, und Naumann, um nicht ebenfalls zu winken, hielt sich an Nadas Hand fest und steckte die andere Hand in die Manteltasche. Später, um den Liftknopf zu drücken, ließ er die kleine Hand wieder los. Während die graue Schiebetür geräuschlos aufging, sah er Nada einen flüchtigen Moment lang an, während sie mit ihren großen Augen zu einem älteren Herrn aufsah, der aus der Liftkabine trat und ihr im Vorbeigehen zulächelte. Draußen dann, auf der Terrasse, saß Nada im weißen Licht des wolkenlosen April-Tages auf der Mauerbrüstung, eine halbe Stunde vielleicht, bis sie Regina endlich im Trupp der übrigen Passagiere über die Betonpiste zur wartenden Maschine hinausgehen sahen. Ein letztes Mal winkte man einander noch zu, dann warteten sie, bis die Maschine über die Piste rollte, langsam abdrehte und hinter der Mauer eines Hangars verschwand. Im Restaurant, wo hinter der Glaswand der Fluglärm von draußen nur gedämpft zu hören war, dafür wieder die Lautsprecherstimme, ein interner Aufruf, dann wieder Aufruf an alle Passagiere nach Rom–Tunis oder irgendwohin, trank Naumann einen Kaffee, Nada eine kalte Schokolade. Dann stand sie an der Glaswand und blickte still auf die Piste hinaus, dahinter das freie Feld, Wälder in weißlichem Dunst. Sie wartete darauf, daß die Maschine, wie Naumann versprochen hatte, da draußen nochmals zu sehen wäre, weit draußen vermutlich auf einer der Startbahnen, wie sie leicht zuerst, dann steiler abheben würde in die blaue Luft, ihr Abdrehen über dem offenen Feld in Richtung Nordwest, ihr langsames Verschwinden, flimmernd in der Himmelsbläue, eine weiße Tablette, die sich langsam, sprudelnd auflöst in blauem Wasser, bis sie gänzlich verschwunden ist – sie warteten vergebens. Immer wieder waren es andere Maschinen, die starteten und landeten, dazwischen wieder Aufrufe über Lautsprecher, Schlangen von Gepäckwägelchen, die über den Beton rollten, aber die Boeing nach Frankfurt war nicht mehr zu sehen. Als Naumann schließlich meinte, es habe wenig Sinn, noch länger zu warten, war Nada begreiflicherweise enttäuscht.

Da, sagte er, das ist sie!

Bist du sicher? fragte Nada –

Es war irgendeine Maschine!

Nehmen wir's an: sagte er: Diese Flugzeuge sehen doch alle gleich aus, wenn sie starten.

Uh! sagte Nada nur, als habe er einen seiner blöden Witze gemacht, und sah wieder hinaus.

Wir werden sie verpaßt haben, sagte er, oder die Maschine startete auf einer anderen Piste, die von hier aus nicht zu sehen ist.

Nada stand noch immer, die Hand schützend gegen das Sonnenlicht, als er an der Kasse zahlte. Erst später, als sie unten aus der Halle ins Freie traten und nebeneinanderher zum Parkplatz gingen, wo ihr grauer FIAT stand, und Nada plötzlich losrannte – Wer ist zuerst beim Auto? – da erst hatte ihn das Bewußtsein eingeholt, daß er jetzt allein ist, allein mit dem Kind, das da ziemlich weit voraus schon in der hellen und kühlen April-Luft über die paar Treppenstufen hinunterlief auf den Parkplatz hinaus –

Ich! rief Naumann laut und rannte los, als wollte er diesem Bewußtsein grade noch einmal entkommen. Er holte Nada rasch ein, lief neben ihr her und überholte sie, die jetzt atemlos lachte, ein paar Schritte vor dem Wagen: – Gewonnen! sagte er und hielt ihr die Wagentür auf.

Und wer ist zuerst im Auto? fragte Nada schnell und saß schon drin.

Was zählt, ist die Gegenwart –

Es wird allerdings Tage geben, da Naumann am Fenster ihrer neuen kleinen Wohnung stehen wird, die Stirn an der

Scheibe, die Arme vor der Brust verschränkt, und sich wundern wird, wieviele Arten von Grau es gibt. Mausgrau ist der Asphalt, wenn trocken, die nasse Straße dagegen glänzt dunkel und satt wie das verwitterte Grau einer Bronzestatue. Hell ist der Himmel über der Stadt, mattgrau wie eine Gipswand, wie unreines Mehl, wie unbedrucktes Zeitungspapier, und bleigrau ist der Tag, der sich überall in den geschlossenen Fenstern spiegelt. Grau ist zum Beispiel auch das Tafelsilber in gutbürgerlichen Haushalten am Sonntag, und silbergrau glänzt die neue Regenrinne vor der Fassade eines Nachbarhauses, wogegen das Gartentor, frisch gestrichen, von einem glanzlosen, käsigen Grau ist. Die kahlen Äste des Ahorns vor dem Haus sind fast schwarz, stellenweise grünlich oder gelblich, aber im Widerschein des Lichts glänzen sie perlmuttergrau. Bräunlichgrau ist das Gefieder der Spatzen und der Schotter zwischen Bahngeleisen, das Fell eines Esels, der im Regen steht, und das Wasser der Flüsse an so einem Tag wie heute, und metallisch grau sind die Flügel der Reiher, der Granit am Gotthard und die Zungen der Pferde. Es gibt das blendende Grau von trockenem Sand an Meeresstränden und das dunkel flimmernde Grau des Kiesbodens in einer schattigen Gartenwirtschaft im Sommer. Es gibt das kühle Grau von nacktem Boden und das öde, anorganische Grau des handelsüblichen Umweltschutzpapiers. Bläulichgrau ist der Schimmelpilz auf steinhartem Brot, der Putzlappen in der Küche, die Staubkringel hinter allen Schränken sind grau, aber grau leuchten auch im Frühjahr die Buchenstämme im Wald, grau wie helle Holzasche, und glasig grau ist der Schneematsch im Winter. Die Regenwolken im November sind zementgrau, hingegen der Himmel vor einem Sommergewitter ergraut in gelblichem Glanz. Grau ist ein Ozean im Nebel, die Haut von Toten ist grau und ein ausgemergelter Acker, aber grau sind auch die Dächer von

Paris. Ungebrannter Ton ist grau, der Schlamm in Tümpeln und der Schlamm im Abwasserrohr in der Küche, wenn es verstopft ist, und grau ist alle Theorie, aber auch das Haar seiner Mutter ist grau. Grau ist die Farbe aller Farben und zugleich ihr Gegenteil, und nur Nada, die mittlerweile ebenfalls neben ihm am Fenster stehen wird, weil diese Regentage grauenhaft langweilig werden mit der Zeit, wird nicht begreifen, was es da draußen zu sehen gibt.

Nichts, wird Naumann sagen, nichts eigentlich.

Er wird Nada von der Seite ansehen beziehungsweise von oben wie meistens, ihre schmale Stirn, wenn sie zu ihm aufblickt, den hellen Scheitel in ihrem Haar, und sich fragen, was er sich eigentlich vorgestellt hat.

Macht man sich schuldig, indem man sich eine Vorstellung macht, eine falsche natürlich, immer wieder eine falsche, oder im Gegenteil, indem man sich keine Vorstellung macht beziehungsweise eine viel zu vage, allzu oberflächliche Vorstellung nur, oder ist das gar nicht der Unterschied? Und ist ein menschliches Leben ohne Vorstellungen vorstellbar?

Einmal angenommen, es war, wie er es in Erinnerung hat, ein kalter, aber klarer Novembermorgen, als Lotte ihn im Büro anrief, um zu sagen, daß sie ihn sehen müsse, und er nicht recht wußte, ob der Anruf ihn freut: den Hörer in der linken, zwirbelte er die ganze Zeit mit Daumen und Zeigefinger der anderen Hand eine Münze, die auf dem Tisch lag, aber was das Zeichen wäre, sich zu freuen, Kopf oder Zahl, die Münze wußte es auch nicht.

Das ist vor zwei Jahren gewesen.

Immerhin hatte er Lotte seit Wochen nicht mehr gesehen, und ihre Telefon-Stimme klang heiter, als habe sie soeben einen Entschluß gefaßt, als wisse sie jetzt endlich, was sie will. Eine Weile, indem er vielleicht die Brille abnahm und die Augen rieb, dann aus dem Fenster den Frachtkähnen zusah, die flußaufwärts weiße Furchen durch das Wasser zogen: eine Weile redeten sie, während seine Hand wieder Kopf-oder-Zahl spielte mit der Münze, und schließlich verabredeten sie sich für vier Uhr in einer Wirtschaft. Und weiter angenommen, spätestens jetzt, indem er den Hörer auflegt, weiß Naumann auch, daß er sich auf das Wiedersehen freut, während auf dem Tisch ein letztes Mal die Münze zwirbelt: Zahl.

Hätte er an diesem Nachmittag verstanden, was Lotte meint, und ihre Herausforderung angenommen –

Aber Lotte war merkwürdig!

Viel Zeit blieb ihnen nicht, da er versprochen hatte, gegen Abend Nada in der Wohngemeinschaft abzuholen und sie nach dem Essen ins Bett zu bringen, weil Regina mit einer Freundin ins Theater wollte. Um drei Uhr hatte er noch eine Besprechung, und vermutlich kam er wie üblich mit einiger Verspätung; trotzdem erwartete Lotte ihn vor der Wirtschaft auf einem Mäuerchen sitzend: Lotte mit ihrem rötlichen Krauskopf, der in der Herbstsonne glänzte wie das Laub in den Bäumen ringsum. Ein ganzes Jahr ist er mit ihr zusammengewesen, und ein ganzes Jahr lang hat Lotte sich hin- und hergerissen gefühlt zwischen ihrem Heini (so hieß er nun mal), mit dem sie fast von Kindheit an zusammen war, und ihm, Naumann, den sie an einem Sommertag kennengelernt hatte, als der Zufall sie nebeneinander hatte flußabwärts schwimmen lassen, und seither wußte sie nicht mehr, was sie wollte. Sie mußte es aber wissen, da ihr Freund, was Naumann sogar verstehen konnte, Klarheit verlangte von ihr. Aber Lotte, einmal vielleicht tapfer entschlossen, Heini zu verlassen, da es ja offenbar schon lange nicht mehr stimmte zwischen ihnen, fiel ihm schon am folgenden Abend, nach einem etwas längeren und intensiveren Gespräch, wieder um den Hals, um all die gemeinsamen Erinnerungen bei ihm auszuheulen. Einmal zog sie aus der gemeinsamen Wohnung aus, wohnte zum ersten Mal in ihrem Leben allein, führte aber sehnsuchtsvolle nächtliche Telefonate, um zwei Wochen später reumütig zurückzukehren. Handkehrum hatte sie kaum beschlossen, Naumann eine Zeitlang nicht mehr zu sehen, als sie sich hoffnungslos mit Heini zerstritt. Und schließlich also überzeugt, daß sie nun keinen von beiden mehr sehen wollte, wurde sie spätestens nach zwei Tagen rückfällig, so daß alles von vorn beginnen konnte.

So vergingen die Wochen und Monate; Naumann war geradezu froh um jede Pause in diesem Hin und Her. Aber was hätte er tun können? Er hatte Lotte lieb, aber den Entschluß, ob sie bei ihrem Heini bleiben oder sich von ihm trennen sollte, konnte und wollte er ihr nicht abnehmen, im Gegenteil. Er fand, daß seine Beziehung zu ihr nicht ihre Beziehung zu Heini beeinflussen, daß sich die beiden Beziehungen sozusagen nichts angehen durften. Und Lotte, so meinte er wenigstens, hatte ihm ja durchaus recht gegeben, wenngleich sie selten sehr gewillt schien, überhaupt irgend etwas auseinanderzuhalten.

Deinen Kopf möchte ich haben! sagte sie einmal ein wenig spöttisch – nämlich in ihrem eigenen habe sie ein komplettes Durcheinander.

Dabei war Lotte Mitglied einer Frauengruppe und damals gerade Mitorganisatorin einer Tagung an der hiesigen Universität über »Logik, Sprache und Frauenkultur«. Aber ebenso ist sie Ethnologin – damals noch Studentin im neunten Semester – und vermutlich schon von daher gewohnt, daß das Gefühl, etwas wirklich verstanden zu haben, selten viel mehr ist als die momentane Unfähigkeit, das Mißverständnis der eigenen Projektion zu durchschauen. Lotte, endlos verwickelt in ihre inneren Widersprüche:

über ihren Mut, sich selbst ein unlösbares Rätsel zu bleiben, hat Naumann sich oft genug gewundert, über ihre schier unerschöpfliche Kraft zur Unvernunft, immer wieder wider besseres Wissen, und über ihre trotzige Tapferkeit schließlich, alles, sei es auch noch so unverständlich, inbegriffen sich selbst, mit einem vorläufigen Seufzer der Resignation einfach anzunehmen, wie es ist.

So sag doch, was ich machen soll, konnte sie sagen, und das meinte sie ernst.

Und du bist sicher, fragte Naumann, daß du das von mir hören willst?

Sie war es durchaus nicht.

Einmal, im Frühjahr, verbrachten sie zusammen zwei Wochen, die allerdings wunderbar waren, in Italien; kaum zurück, stolperte sie wieder von Woche zu Woche von Entschluß zu Entschluß, ohne zu wissen, was sie eigentlich will, von Mal zu Mal ratloser, indem sie einmal sich selbst einen Wirrkopf schimpfte – Nicht eine Wirrköpfin? fragte Naumann mit diebischem Lächeln – und dann wieder, ebenfalls nicht ganz unversöhnlich, über die Männer lamentierte, diesen unbegreiflichsten aller Völkerstämme. Bei all dem war sie verzweifelter von Woche zu Woche, bis sie Naumann schließlich erklärte, daß sie ihn nun wirklich eine Weile nicht mehr sehen könne, um endlich ins reine zu kommen mit sich selbst – ein Bedürfnis, daß er verstand. Und jetzt, an diesem Novembertag knappe fünf Wochen später, tut sie plötzlich, als sei es in Wirklichkeit Naumann gewesen, der sich nie hat entscheiden können, als sei er es, der nicht weiß, was er will.

Ich möchte wissen, was du eigentlich von mir willst, sagte sie.

Naumann verstand die Welt nicht mehr.

Immerhin ist er es gewesen, der stets versucht hat, einen klaren Kopf zu behalten, obschon er sich unsäglich verliebt

hat in jenen Sommertagen und glücklich über Lottes Ver-
liebtheit war: ihr rötlicher Krauskopf, wenn sie ihn im
Wind schüttelt, ihre Augen voller Septemberhimmel, ihr
bleicher Mund . . . Nur änderte das alles nichts an der
Tatsache, daß er mit Regina zusammenlebte, die er nach
wie vor liebte, wenn auch auf eine eigentümlich verhäng-
nisvolle Weise, zugegeben, und mit Nada, die gelegentlich
einen Vater brauchte, und daß er nicht vorhatte, sich von
ihnen zu trennen. So war es nicht, daß er sich keine
Veränderung vorstellen konnte, in seinen oder Reginas
Gefühlen beispielsweise, oder daß er eine Einsicht für
ausgeschlossen hielt, die alles ändern könnte, so war es
nicht. Aber seine Geschichte mit Regina und seine Geschichte mit Lotte und ihre Geschichte mit ihrem und
Reginas Geschichte mit wiederum einem anderen Freund:
all das mußte man doch auseinanderhalten, ansonsten es
wirklich nur das Durcheinander gab, das komplette Durcheinander wie beispielsweise in Lottes Kopf, das sich jemand
allerdings erst leisten können muß. Er, Naumann, konnte
es sich offensichtlich nicht leisten. Aber andrerseits hatte er
nie einen Zweifel gelassen, daß er Lotte sehr liebte, fast
unbekümmert darum, ob sie es sich leisten wollte, diese
Liebe zu erwidern. Das hinwiederum, fand er, war ihre
Angelegenheit, und er hätte jeden Entscheid von Lotte,
auch den Entscheid gegen ihn, nur akzeptieren können.
Aber ihre Frage jetzt, was er eigentlich von ihr wolle,
machte ihn völlig ratlos –

Wenn du mich fragst, sagte Lotte, nach wie vor übrigens
mit ihrer heiter-entschlossenen Stimme: – Du bist ein
Chaot.

Angenommen, es war windstill und der graue Asphalt
unter den Ahornkronen war gesprenkelt von den Sonnen-
strahlen, die durch die Blätter fielen, während sie den Quai
hinaufspazierten und Lotte lieb, aber sehr klar sagte: – Die

scheinbare Klarheit in deinem Kopf ist doch wohl nichts als ein gutes Versteck für deine Unsicherheit. Die Wahrheit ist, daß ihr einfach das Durcheinander aus euren Köpfen verdrängt. Sollen doch die andern sehen, wie sie damit zurechtkommen – ja, das ist das Chaotische daran. Ihr verbannt das Chaos, es soll draußen bleiben, bei uns draußen in der Wirklichkeit. Wenn ihr nur Ordnung halten könnt in eurem Kopf.

Wer wir? fragte Naumann, um auch diese letzte Unklarheit in ihrer Erklärung auszuräumen, selber verwundert über den etwas gereizten Ton in seiner Stimme.

Das Durcheinander in der Welt, sagte Lotte, ist aber kein braves Pudelchen, das wir einfach draußen vor dem Supermarkt unserer Ideologie anbinden können.

Er verstand nicht, was sie meint –

Hingegen konnte er verstehen: immerzu hatte Lotte auf ihren Heini gehört und auf Naumann gehört, hatte die Wünsche des einen zur Kenntnis genommen und die Bedürfnisse des andern, hatte versucht, Forderungen zu erfüllen von beiden Seiten, vor allem die Forderung nach Klarheit immer wieder, und nur, was sie selbst vielleicht gewollt hätte, hatte sie großzügig ignoriert. Ihre Frustration infolgedessen, ihr Ärger jetzt, da sie etwas Abstand gewonnen hatte; sie war überfordert gewesen, das fand Naumann begreiflich. Nur wußte er nicht, was sie damit sagen will. Ist nicht er es gewesen, der immer wieder betont hat, daß sie in diesem Punkt nur auf sich selbst hören und gewisse Entscheide ganz für sich allein treffen müsse?

Ich glaube nicht, sagte Lotte, daß du begriffen hast. Daß ich jetzt ein wenig Abstand habe, wie du sagst, das ist es gerade nicht, was ich meine. Im Gegenteil: ich meine Nähe! das ist es doch, was du vermutlich nie begriffen hast, nämlich es stimmt ja auch nicht, was du von Regina erzählt hast, daß es ihr nichts ausgemacht habe, wenn wir zusammengewesen sind, du und ich, und seit ich mit ihr geredet habe, jetzt endlich, was wir ja schon lange hätten tun müssen, weiß ich auch –

Naumann war baff. Das Kinn im Mantelkragen, hörte er, wie Lotte und Regina sich also getroffen und offenbar auch ganz gut verstanden hatten im Bündnis gegen ihn. Laut Lotte stimmte überhaupt alles nicht, was er von Regina und von ihrer Ehe erzählt hat. Es war, immer laut Lotte, überhaupt nichts so klar, wie er meinte, und er hat, im Gegensatz zu Lotte anscheinend, Regina immerfort mißverstanden. Er wußte nicht, weshalb er nicht widersprach –

Sein momentlanger Ärger über Regina: weil sie ihm nie etwas gesagt hat von diesem Gespräch?

Du mit deinem Bedürfnis immer, Abstand zu wahren, den Überblick zu behalten, sagte Lotte.

An dieser Stelle vielleicht blieb Naumann stehen, indem er die Gläser seiner Brille anhauchte, um sie dann an einem Zipfel seines Schals sauberzureiben.

Wenn ich es richtig sehe, sagte er, seid ihr euch einig geworden, Regina und du, daß ich derjenige bin, der alles durcheinanderbringt.

Nein, sagte Lotte, im Gegenteil.

Beide Hände auf das Geländer gestützt, sah Naumann hinaus über das grünlich graue Wasser, über dem die Möwen flatterten, immerzu im Kreis, ihr Gekeife und Gezänk um ein paar Brocken Brot, die durch die Luft fliegen, und wie sie dazu heiser ihren Namen schreien: Meh-weh! Meh-weh! – er wußte nicht, was er denken sollte. Da Lotte ebenfalls stehengeblieben war und er sich nach ihr umgedreht hatte, faßte er sie nach einer Weile bei den Schultern, wunderte sich aber insgeheim, daß sie seine Hände nicht einfach abschüttelte, sondern ihn nur aus ihren hellen Augen ansah. Seine beiden Hände griffen sogar noch

53

in den rotglänzenden Haarschopf, bevor er sie sinken ließ und in die Manteltasche steckte: er wußte auch nicht, was sagen.

Es ist beschämend, das weiß ich schon, sagte Lotte, wenn ich nicht die Kraft habe, mich von Heini zu trennen, ohne zu wissen, daß dir unsere Beziehung auch wichtig genug wäre oder ob du dann nicht plötzlich Angst bekommen hättest, Angst vor meinen Erwartungen zum Beispiel, verstehst du?

Naumann verstand nicht. Er wußte nicht, was sie von ihm erwartete, hörte nicht das Angebot, sondern nur das Gekreisch der Möwen, das Tuten eines Lastkahns, das ferne Dröhnen des städtischen Verkehrs.

Ich meine, ich bin nicht unabhängig, sagte Lotte, und ich will es auch gar nicht sein, jedenfalls nicht so, wie du dir das offenbar vorstellst.

Naumann hatte den Eindruck, daß er sich im Moment überhaupt nichts vorstellt.

Ich bin anhänglich, sagte Lotte, unselbständig, wehleidig, mag sein, eifersüchtig, unsicher, das gebe ich zu, und ängstlich, auch das. Dann wieder finde ich mich zwar auch mutig, daß ich mich selber nur wundern kann, aber ich bin nicht frei, so wie du dir das vorstellst. Frei wovon! Ich bin nicht frei von den Menschen, die mit mir zu tun haben – frei wie dein Freund Pius etwa, der einfach davonläuft, wenn er fürchtet, daß jemand ihm zu nahe kommen könnte. Und du glaubst doch auch nicht, daß wir frei wären zu lieben wie freie Menschen, indem wir tapfer einfach alles verdrängen, was uns dabei behindern könnte, was ist, wie wir es nicht haben möchten, das ganze Durcheinander, das in uns selber ist.

Es war ein Angebot, wie gesagt –

Aber Naumann, statt darauf einzugehen, dachte nur, daß offenbar alles nicht stimmte, was er meinte, was er glaubte, was er wußte, was er dachte, und er begnügte sich damit, sich immer wieder zu sagen, daß er sein Verhalten nach wie vor das einzig mögliche fand. Im übrigen konnte er sehr gut verstehen, daß Lotte das Bedürfnis hatte, diesem Hin und Her endlich ein Ende zu bereiten, weil ihr Heini es offenbar nicht mehr ertragen konnte oder wollte, oder auch nur, weil es ihre eigenen Kräfte überstieg.

Du meinst also, sagte er, daß du beschlossen hast, dich von Heini nicht zu trennen, sondern von mir!

Ich meine, sagte Lotte, daß ich mich nicht für dich entscheiden kann, solange ich weiß, daß du dich nicht für mich entscheiden willst, was immer das heißen könnte.

Was immer das heißen konnte, es tat Naumann leid. Er schwieg und sah über die Quaimauer hinunter in das Geflatter der Möwen und sah erst jetzt auch die Frau, die unten am Wasser stand und offenbar Mühe hatte, das Brot, das sie aus ihrer papiernen Tragtasche holte, zu brechen und zu zerbröseln, bevor sie es den Möwen zuwarf: eine alte Frau, schwarzgekleidet und mit schütterem silbergrauem Haar, die mit den Möwen redete und ihnen zusah, bis ihre Tasche leer war, wovon sie sich überzeugte, indem sie sie über dem Wasser ausschüttelte.

Vielleicht, wenn Naumann noch gesagt hätte, daß er sich alles in Ruhe überlegen müsse –

Er wußte aber nicht, was es zu überlegen gab.

Statt dessen verabschiedeten sie sich kurz darauf mit einer flüchtigen, fast scheuen Umarmung, und nachher ging er, verwirrt in Gedanken, aber froh, allein zu sein, zur Wohngemeinschaft, wo Nada den Nachmittag mit Flo verbracht hatte. Einmal, da er ohne achtzugeben auf die Straße hinaustrat und dabei fast überfahren worden wäre, sah er erschrocken auf, als sei er soeben erwacht – es verwirrte ihn das Durcheinander des Verkehrs ringsum, der Lärm plötzlich überall, die Rotlichter, die Sirenen eines Krankenwagens in der Ferne irgendwo. Dann wieder versank er in stillem Ärger über Regina, als sei sie es gewesen – obschon er den Gedanken lächerlich fand –, die alles angezettelt hatte, nicht nur ihr Gespräch mit Lotte, sondern auch alles andere überhaupt, wie um ihn auf die Probe zu stellen oder so ratlos zu machen, wie er im Augenblick war, oder er wußte auch nicht weshalb und wozu – er wußte nur, daß es lächerlich war, absolut lächerlich.

Und hätte er gewußt, was er erst Wochen später von Regina erfahren hat, daß nämlich Lotte sich schon lange vor diesem Gespräch von Heini getrennt hatte, daß sie drei Monate später für ein halbes Jahr nach Afrika reisen würde, um eine Feldforschungsarbeit zum Abschluß ihres Studiums zu machen, und daß sie ihn, Naumann, eigentlich hatte fragen wollen, ob er nicht Zeit und Lust hätte, diese Reise mit ihr zu machen – was hätte es geändert?

Nachdem er Nada abgeholt hatte, ging er eine Zeitlang viel zu schnell für ihre kurzen Schritte, bis sie schließlich fragte, warum er so schnell läuft.

Als sie erzählte, wie Flo sich an diesem Nachmittag beim Basteln in den Finger geschnitten hatte, mußte Naumann wie erleichtert lachen; als sie aber fragte, wieso er lacht, wußte er es nicht und zuckte die Achseln: – Einfach so.

Und du, fragte Nada, was hast du heute gemacht?

Mag sein, auf diesem Nachhauseweg damals hat Naumann sich zum ersten Mal vorgestellt: sein Leben allein mit dem Kind, ein Leben, das überblickbar wäre, gewiß nicht immer leicht, aber in gewisser Hinsicht sehr klar, ein Leben, in dem man wenigstens sieht, Tag für Tag, worauf es ankommt, ein Leben, das sich zum Beispiel nach den simplen und einsehbaren Bedürfnissen des Kindes richtet. Mag sein, es war eine romantische Vorstellung, naiv, aber ebenso eine befreiende, in diesem Moment wenigstens, eine trotzige Vorstellung –

Vielleicht, wenn Naumann, wie er es Wochen danach wie mit Verspätung getan hat, noch an diesem Abend darauf bestanden hätte, mit Regina zu reden –

Aber als sie nach Hause kamen, Nada und er, so wird es gewesen sein, hatte Regina schon gekocht, war in Eile, und Naumann verzichtete darauf, sie zur Rede zu stellen, er wollte ihr den Theater-Abend nicht verderben.

Was Pius betrifft: es stimmt schon, daß er davongelaufen ist, immer und überall, wo es ihm zu eng wurde, oder sobald er seine Arbeit nicht mehr als Herausforderung empfand, sondern nur noch als leidige Pflicht. Und was er einfach nicht vertragen hat: wenn die Menschen seiner Umgebung ihm nicht mehr mit Neugier begegneten, sondern nur noch mit Erwartungen. Er brauchte es, wieder und wieder anzukommen in einer anderen Umgebung, Paris oder Pruntrut, Ossiek oder Oslo, und andere Menschen kennenzulernen mit anderen Vorstellungen und mit einer fremden Sprache, so daß man sich selbst ein wenig als Fremder fühlt, als wäre man eben erst auf die Welt gekommen, geboren aus dem Nichts. So hat er auch, im Laufe der Jahre, eine wahre Meisterschaft entwickelt im Abschiednehmen. Ob er sich mit einem großen Fest verabschiedete, bei dem er fast alles verschenkte, was er besaß, Bücher, Kleider, Plattenspieler, Schreibmaschine, oder ob er über Nacht und spurlos aus einer Wohnung verschwand, ob er Pläne machte und abreiste mit einem klaren Ziel vor Augen oder ob er sich wochenlang mit seinem Entschluß herumplagte, indem er sich mehr und mehr zurückzog, verstummte und sich immer weniger sehen ließ, bis er eines Tages ganz verschwunden war: fest stand jedesmal, daß ihn nichts zurückhalten konnte, wenn er es einmal nicht mehr aushielt an einem Ort. Ein Sisyphos der Geographie! Denn daß es den Ort, den er überall suchte, nirgendwo gibt, das hat Pius natürlich gewußt. Und länger als ein paar Monate hat er es nie ausgehalten, zwei Jahre allerhöchstens: einer, mit dem man nicht rechnen kann, nicht über längere Zeit, und auf den kein Verlaß ist, so gesehen. Aber um seine Kraft und Entschlossenheit, Mal für Mal hinter sich abzubrechen und aufzubrechen in irgendeine Fremde, um immer aufs Neue von vorn zu beginnen, darum hat Naumann ihn gelegentlich beneidet. Und nach Monaten oder Jahren, eines Nachmittags oder Abends, als trinke er alle Tage da sein Bier, saß er plötzlich wieder in einer Wirtschaft, oder er klingelte an der Tür und trat in die Wohnung, als wären ein paar Tage vergangen seit seinem letzten Besuch. Er ist da und will wissen, wie es geht, was man macht, woran man grad arbeitet, seinerseits den Kopf voller Ideen und Projekte, ein Mensch, der kraft seiner Neugier lebt, ganz und gar, ein neugieriges Kind sein Leben lang. Und was er keinesfalls ertragen hat: wenn man ihn bedrängte, so daß er sich nicht mehr frei fühlte in seiner Entscheidung, oder wenn die anderen ihn nicht annehmen konnten, wie er nun einmal war oder wie er sich geben wollte, was vermutlich doch auf dasselbe herauskommt. Das ist es schließlich auch gewesen, was ihn gezwungen hat, seinen Beruf als Lehrer aufzugeben, nachdem er immerhin fünf oder sechs Jahre lang an verschiedenen Schulen gearbeitet hatte: die Unmöglichkeit, in der Arbeit mit den Kindern sich selbst treu zu bleiben. Und es sind natürlich nie die Kinder gewesen, die ihn daran gehindert haben, es sind die Eltern gewesen, die Dorfpolitiker – so wenigstens hat Pius es damals erzählt, als sie sich kennengelernt haben, Naumann und er, und so hat er es immer erzählt, wenn jemand es wissen wollte. Er ist nicht ungern Lehrer gewesen und gewiß kein schlechter, aber seither ist er in Europa herumgereist wie einer, der nirgendwo eine Vergangenheit haben will und daher auch nirgends eine große Zukunft hat, ein Mensch, der in der Gegenwart lebt, ganz und gar.

Leben mit einem Kind, hat er bei seinem letzten Besuch damals gesagt, das müssen wir ja schließlich alle!

Pius, an seiner graden Pfeife saugend wie immer, beide Ellbogen auf der Tischplatte, die eine Hand um das Gelenk der anderen geschlossen, die den Pfeifenkopf hält, sein schelmisches Grinsen und dazu seine Art, geräuschvoll den Rauch über die Lippen zu blasen.

Und wie meinst du das? hat Naumann gefragt.

Mit dem Kind in uns selbst –

Pius wie je. Der dunkle Glanz in seinen Augen, eine merkwürdige Mischung aus Spott, Melancholie und Schalk in diesen Augen, die so tief im Schatten des Stirnbeins liegen, daß ihr Blick zuweilen etwas Fröstelndes hat: als blicke da einer wie aus großer Entfernung aus sich selber heraus. Im übrigen ein Pius mit kurzgeschorenem Haar und bartlos, mit Krawatte und im dunklen Anzug, so daß Nada ihn nicht erkannt hatte, als er am Nachmittag in der Tür gestanden war. Auch nachdem man eine halbe Stunde schon in der Küche beisammengesessen, Kaffee getrunken und geredet hat, will sie ihn noch immer nicht wiedererkennen, Pius, der sein Äußeres verändern kann, als habe er Gesichter geradezu zum Verschenken.

Du kennst mich ja! sagte er lachend.

Aber dann hatte Nadas Verlegenheit, indem sie schweigend auf Naumanns Knien umhergerutscht war, doch nicht allzulang gedauert. Sie war irgendwann verschwunden und kurz darauf zurückgekehrt mit einem neuen Spielzeug, das Pius zu bewundern hatte, und während Naumann dabei gewesen war, das Essen vorzubereiten, hatte sie Pius ins Kinderzimmer entführt, ihm auch nach dem Essen keine Ruhe mehr gelassen, so daß es gegen Mitternacht ging, als sie endlich schlief und man reden konnte . . . Das Kind in uns selbst, hat Naumann gesagt, naja, mag ja sein. Aber wenn ich ihm dann in der Wirklichkeit begegne, meinem Kind, ganz praktisch gesehen: in diesen vier Wänden, auf der Straße, auf dem Spielplatz, Tag für Tag –

Wie sie einmal, das ist im Spätherbst gewesen, mit der Schere am Tisch sitzt, Nada, und aus einem großen weißen Bogen, Halbkarton, eine kleine unförmige Gestalt ausschneidet, eine weiße Schäfchen-Wolke, etwas plump noch, aber lustig, und dann eine zweite, eine dritte, ziemlich wahllos, wie es scheint, dabei schneidet sie langsam und exakt, ihre Zungenspitze zwischen den Zähnen, als gebe es auf dem weißen Blatt eine Linie, an der sie entlangschneiden muß. Es gibt aber keine sichtbare Linie. Mit der Schere, das weiß Naumann, kann sie schon umgehen, und es ist nicht nötig, daß er dabeisteht und aufpaßt, damit sie sich nicht in den Finger schneidet; er tut es aus bloßer Neugier. Sie schneidet, ganz der Laune des Zufalls ergeben, ein Teilchen nach dem andern aus, um sie zwischendurch dann zu bemalen, mit farbigen Figuren, die auf der einen Wolke beginnen, auf einer anderen, so scheint es da und dort, ihre Fortsetzung finden – und so weiter. Und auch wenn nicht ersichtlich wird, wie die einzelnen Teilchen je zusammengehören könnten, ahnt Naumann bald, woran Nada arbeitet, stillvergnügt in der Hoffnung, daß sich am Ende schon alles irgendwie zusammenfügen werde. Welchen Sinn aber hat es, Nada zu erklären, daß es so doch nicht geht, daß sie, um ein Puzzle zu erhalten, das am Schluß zusammenpaßt, vom Ganzen ausgehen muß, von jenem ganzen Bild nämlich, das man am Ende dann zusammensetzen können soll.

Warum geht das nicht? fragt sie vielleicht, ein wenig beleidigt oder auch nur unlustig, weil der Vater immer alles besser weiß –

Denn daß sie vorläufig noch nicht zusammenpassen, alle die Teilchen, das sieht Nada selber, wenn sie einmal damit herumspielt; aber es sind ja auch erst sehr wenige, und ein richtiges Puzzle, wie sie es aus dem Kindergarten kennt, besteht aus sehr vielen solcher Teilchen. Also macht sie weiter, voller Zuversicht, indem sie schon den zweiten Bogen nimmt. Sie schneidet und malt, geduldig und fleißig, und am Ende, wer weiß, macht es ihr vielleicht gar nichts aus, wenn es nie ein Ganzes wird.

Zuerst ist alles leichter gegangen, als Naumann gedacht hat, und auch mit der neuen Wohnung haben sie Glück gehabt und kaum eine Woche suchen müssen. Es ist eine Altbauwohnung, drei Zimmer mit Küche und Balkon in den Hof hinaus, ein kleines Bad, offenbar erst nachträglich eingebaut, alles sehr komfortlos, aber geräumig, schön in seiner Art, mit Parkett mit abgewetzten Türschwellen, Gipsdecken und Stukkatur, dazu gekachelte Holzöfen in den beiden größeren Zimmern, was Naumann ohnehin angenehmer findet als diese trockene Wärme von Zentralheizungen, und im Sommer kann man auf dem kleinen Balkon draußen essen mit Blick in die Küchen der Nachbarschaft. Eine ruhige Wohnung, eine freundliche Wohnung, vor allem aber eine preisgünstige Wohnung, die allerdings neu gestrichen werden muß. Es ist klar, daß Nada dabei helfen will, auch wenn sie dann selten sehr lang die nötige Geduld dazu aufbringt: – Was muß ich jetzt machen?

Angenommen, sie haben zusammen die Böden mit Plastikplanen und Zeitungen abgedeckt, die Wände und Türen und Fensterrahmen mit Laugenwasser und Schwamm gewaschen, und dann steht Nada da, in einem alten Hemd vom Großvater, das ihr bis zu den Fersen reicht, die Haare unter ein Kopftuch gebunden, und Naumann, um ihr die

Ärmel zu krempeln, kauert und zeigt dann nochmals, wie man den Spachtel richtig in der Hand hält, nämlich nicht in der Faust wie einen Dolch oder Hammer, sondern flach unter der Hand, zwei Finger auf der breiten Klinge, damit man glatt über die Wand streichen kann, um die alte Farbe wegzukratzen.

Woher weißt du das eigentlich? will Nada wissen, beziehungsweise, ob das zu seinem Beruf gehört habe, zu seiner Arbeit als Architekt, denn was ein Architekt zu tun hat, kann sie sich offenbar nicht so recht vorstellen.

Aber Naumann weiß es halt einfach, weil es schließlich auch nicht das erste Mal ist, daß er eine alte Wohnung renoviert.

Und Regina? Kann Regina das auch?

Komm jetzt! sagt Naumann und drückt ihr den Spachtel in die Hand, nimmt ihre kleine Hand unter die seine, um sie ein paarmal zu führen, um mit ihr zusammen ein paar Streifen von der alten, aufgeweichten Farbe wegzukratzen, bevor er Nada sich selbst überläßt.

Ihr Stolz, eine richtige Arbeit zu machen: – Schau, ist es recht so?

Das will sie immer wieder wissen, denn Nada ist eine sehr ehrgeizige kleine Frau, dabei eitel, zu eitel, um sich einfach loben zu lassen. Jedes Lob macht sie ein wenig verlegen, als wär's ein Mißverständnis, und es ist überhaupt nicht ihr Ehrgeiz, eine Leistung zu zeigen, sondern nur der Ehrgeiz teilzunehmen, der Ehrgeiz, zur Gemeinschaft etwas beizutragen. Und wenn sie dann nach einer Weile vielleicht findet, es gehe eben doch besser, wenn sie den Spachtel anders in die Hand nimmt, als es der Vater gezeigt hat, so tut sie's nicht, ohne umständlich zu erklären, weshalb.

Aber klar, sagt Naumann nur, in Gedanken vermutlich gerade woanders, mach's wie es für dich am besten geht.

Schließlich ist sie nicht sein Lehrling!

Und daß es immerhin einige Kraft braucht, um die harte Farbschicht von der Küchenwand wegzukratzen, das spürt er in seiner eigenen Hand. Er arbeitet weiter und schweigt, weil man ja auch nicht immerzu etwas zu reden hat. Gelegentlich bittet er Nada, da er auf der Leiter steht, ihm den Schwamm zu reichen oder das Becken mit frischem Wasser zu füllen; nur hie und da und vielleicht auch bloß, um wieder einmal etwas zu sagen, kann er's halt doch nicht lassen, sie zu belehren. Weshalb es manchmal so schwerfällt, Kinder ihre Erfahrungen selber machen zu lassen, das fragt er sich vielleicht im selben Moment, da er von der Leiter steigt und sagt: – Zeig mal, so macht man das! Und kurz darauf ist es Nada sowieso verleidet, dann steht sie bei ihm an der Leiter und plaudert, während er mit tropfendem Schwamm die Decke wäscht, oder sie spielt draußen auf dem kleinen Balkon, und er hört, wie sie mit sich selber redet.

Wenn sie sich dann doch allzusehr langweilt, nach zwei, drei Stunden, wenn sie unschlüssig in der leeren Wohnung herumsteht, durch die hallenden Zimmer geht und schon zum dritten Mal die leidige Frage stellt, was sie jetzt spielen soll – woher soll Naumann das wissen? Natürlich begreift er, daß sie zapplig wird mit der Zeit, wenn ihr einfach nichts mehr einfallen will, aber er spürt auch, und vielleicht zum ersten Mal, daß ihre Frage ihm lästig ist, überhaupt ihre Anwesenheit im Moment, denn schließlich möchte er – während Nada erklärt, wie sie ihr Zimmer einrichten will –, daß diese Wohnung gelegentlich bewohnbar würde.

Entschuldige, sagt er, ich habe nicht zugehört.

Natürlich ist es langweilig mit diesen Erwachsenen, er sieht es ja ein. Und was ihn nervös macht, ist auch nicht Nadas Frage später, wo denn eigentlich Regina, wenn sie wieder zurückkommt, wohnen wird, ob in ihrem Atelier oder wo, sondern lediglich, daß er nicht mehr weiß, woran er eben gedacht hat. Nada kann ja nicht wissen, daß der Vater im Moment keinerlei Bedürfnis hat, auf sie einzugehen: – Es tut mir leid, sagt er, und es mag sein, ein bißchen ruppig, energischer als nötig jedenfalls, dabei sehr sachlich: Tut mir leid, Nada, aber ich mag dir grad überhaupt nicht zuhören.

Daß er nicht vergessen darf, noch von diesem Laugenpulver zu holen: ist es das, woran er vorhin gedacht hat?

Was ihn aber auch nervös macht, ist die Stille jetzt, da Nada ein wenig betreten schweigt, durchaus nicht beleidigt, nur spürbar verunsichert, indem sie nicht recht weiß, ob sie etwas falsch gemacht hat. Schließlich ist es doch wieder der Vater, der das Schweigen bricht und beispielsweise wissen will, wie denn Nada, wenn es endlich einmal fertig sein wird, ihr neues Zimmer einrichten will, ob sie sich das schon einmal überlegt habe, ob sie es sich schon vorstellen könne? . . . Und prompt hat er das Laugenpulver vergessen.

Leichter geht es, sobald jemand kommt – einmal ein ehemaliger Arbeitskollege mit seinen zwei Kindern, ein andermal die Eltern von Flo – um bei der Arbeit mitzuhelfen. Es ist nicht nur geselliger, mit Musik aus dem Kassettenrekorder, mit Kaffee und Bier, später Wein, zu zweit oder zu dritt zu arbeiten, während die Kinder im Hof draußen spielen, sondern am Abend ist man auch sichtlich ein Stück vorangekommen. Und dann wieder allein, sitzen Nada und Naumann zusammen vielleicht in einer Ecke des ersten frisch gestrichnen Zimmers auf einem Schemel, Nada rittlings auf seinen Knien; es glänzen die weißen Wände ringsum im Schein der kahlen Birne, die von der Decke baumelt, es riecht nach Terpentinersatz und Dispersion, und während Nada ihm die Brille aus dem Gesicht nimmt, um sie sich selber auf die Nase zu setzen, dann zu kichern, wenn sie das Gesicht des Vaters durch seine Brille sieht, will Naumann wissen, ob sie sich eigentlich freut auf das Leben in der neuen Wohnung, und Nada, wie meistens auf solche Fragen, zuckt die Achseln: – Es geht so, sagt sie.

Der Vater, nachdem er ihr die Brille abgenommen und beiseite gelegt hat, fängt an, sie auszukitzeln: – Du bist ein Luder, sagt er, du hast dich zu freuen, verstanden! Wozu denn sonst all die Mühe und Arbeit –

Ihr lautes Gickeln: – Laß mich, bitte, laß mich los! – dann ihr lachendes Gesicht unter der Zimmerdecke, während der Vater sie hochstemmt und mit ihr im Kreis läuft: – Gleich, sagt er, gleich laß ich dich los. Wollen wir sehen, ob du fliegen kannst?

Ihr Lachen, das zwischen den leeren Wänden hallt, während sie die Arme ausbreitet wie Flügel, als könne sie durch das Zimmer segeln und durchs offene Fenster in den Abend hinaus.

Schön sind die Augenblicke, wenn er Nada ins Bett bringt, nachdem sie eine Weile noch herumgeblödelt hat, nachdem er ihr schon zum drittenmal gesagt hat, daß sie jetzt endlich ihre Zähne putzen soll, die Füße waschen soll und so weiter, nachdem er ihr dann noch eine kurze Geschichte erzählt hat: diese stillen Augenblicke im Halbdunkeln, da er das Licht in ihrem Zimmer schon gelöscht hat und sich nochmals über sie beugt: ihr Gesicht im weißen Kissen, in einem wirren Kranz von Haaren, ihre Augen, die still sein Gesicht absuchen, ihre kleinen Arme, die sich um seinen Nacken legen, wenn er ihr einen Gutenachtkuß gibt, und nachher fährt sie sich mit dem Handrücken flüchtig über den Mund: – Deine Küsse sind so naß!

Oder die Augenblicke, wenn er zwei Stunden später nochmals in ihr Zimmer kommt, und Nada liegt abgedeckt, mit offenem Mund selig, eine Hand am Gesicht, die andere Hand um ihre Fridolin-Puppe geschlungen, und ihre Füße hängen über den Bettrand hinaus: Da liegt es, das Monster, und sammelt Kräfte.

Ihre sanften, offenen Hände im Schlaf.

Manchmal allerdings, und in den ersten Wochen fast regelmäßig, erwacht sie mitten in der Nacht und steht dann verloren unter der Tür mit zerknittertem Gesicht und ohne zu wissen, was sie will, ohne zu sprechen. Kurz darauf, als habe sie sich nur vergewissern wollen, daß der Vater noch da ist, dreht sie sich wieder um und marschiert in ihr Bett zurück. Er hat es ihr versprechen müssen, wie gesagt, daß er nicht aus der Wohnung geht und sie nicht allein läßt, wenn sie schläft.

Was zählt, ist die Gegenwart.

Du hast immer nie Zeit! – das hat Nada früher oft gesagt, und einmal hat sie gefragt, wieso die Leute eigentlich Kinder machen, wenn sie nachher doch immer nie Zeit haben. Und sie haben vermutlich gelacht, Regina und er: eine sehr anspruchsvolle kleine Frau ist Nada schon immer gewesen.

Jetzt, nachdem er sie am Mittag vom Kindergarten abgeholt hat, liegen sie zusammen in Nadas Zimmer auf dem Teppich und spielen Eile mit Weile. Zu dritt, viert ist es lustiger, aber man kann es auch zu zweit spielen. Mag sein, daß er sich hie und da langweilt, aber das ist nicht die Frage im Augenblick; er würfelt und zählt die Schritte. Er langweilt sich, wenn überhaupt, jetzt ohne schlechtes Gewissen – oder zumindest hat er sich das vorgenommen. Schließlich, so sagt er sich, kommt es ja auch nicht selten vor, daß Nada sich mit ihm beim Einkaufen langweilt, beim Palaver in der Wirtschaft, zu Besuch bei Bekannten, wenn Nada das einzige Kind ist – ausgleichende Ungerechtigkeit, hätte Pius das vielleicht genannt.

Du bist dran, sagt Naumann, und Nada zählt langsam ihre Felder ab. Das Feld, auf dem du stehst, sagt er, zählt nicht, erst das nächste zählt.

Was das Zusammenleben mit dem Kind erleichtert: es ist ja auch nicht mehr so, daß er mit Nada nur hie und da eine Halbstunde spielt, nach Feierabend vielleicht, um nachher seine Ruhe zu haben; daß er es halb aus Pflichtgefühl, auch Regina gegenüber, tut, halb aus Bedürfnis nach Zerstreuung, aber eigentlich doch müde, in Gedanken noch halb bei der Arbeit, oder daß er, so oft er einen Nachmittag lang wirklich allein ist mit dem Kind, sich zur Aufmerksamkeit zwingen muß, dabei schläfrig wird und Nadas Fragen bald nur noch mit demselben tonlosen Mhm beantwortet, jedesmal froh, obwohl er es durchaus freiwillig getan hat, wenn der Nachmittag endlich vorbei ist – so ist es nicht mehr. Er hat auch kein Programm mehr zu bieten, sondern alltägliches Zusammenleben. Und Nada ist kein Kleinkind mehr, sondern eine ernstzunehmende Partnerin, beispielsweise beim Mühlespielen. Naumann muß sich schon Mühe geben, will er nicht jedesmal verlieren, und neuerdings will sie Dame spielen lernen. Aber dazu, meint der Vater, sei sie wohl doch noch zu klein.

Oh! sagt Nada, weil Naumann nacheinander zwei Sechsen gewürfelt hat, so daß er nochmals würfeln darf – aber bei drei Sechsen, so ist die Abmachung, muß er mit allen Figuren wieder zum Anfang zurück.

In den ersten Wochen nach Reginas Abreise ist Naumann arbeitslos gewesen, dabei froh um jede freie Minute, wenn Nada im Kindergarten ist, da es auch in der Wohnung noch allerhand zu tun gibt. Und zwischendurch hat er es genossen, ganze Nachmittage lang so zu tun, als habe er nichts zu tun. Dann wieder hat er Zeit gehabt für irgendeine Bastelei in der Wohnung, bei der Nada mitmachen kann: er zeigt ihr, wie der Stoff für die neuen Vorhänge geschnitten werden muß, dann Nähen, später, wenn der Vorhang hängt, bemalen sie zusammen mit Fingerfarben eine der Fensterscheiben.

Ärgerlich wird mit der Zeit nur die Stempelei auf dem Arbeitsamt. Es ist eine Zumutung, findet Naumann, wöchentlich beglaubigen zu lassen, daß man kein schlechtes Gewissen zu haben braucht bei dem, was man tut beziehungsweise nicht tut. Dazu immer die Fragen dieses Schnäuzchen-Beamten, der an das Kind offenbar nicht recht glauben will, bis Naumann Nada aufs Arbeitsamt mitnimmt, und der immer wieder wissen will, warum nur eine Halbtagsstelle, wieso nicht im erlernten Beruf, der nicht einsehen will oder es von Mal zu Mal wieder vergißt, daß es für einen Architekten aussichtslos ist, eine Halbtagsstelle zu suchen, und daß die Bauherrschaft und die Handwerker nicht warten können bis zum nächsten Morgen, bloß weil der Herr Architekt nachmittags mit seinem fünfjährigen Kind ein Mensch-ärgere-dich-nicht spielen muß . . . Naumann war geradezu erleichtert, als er erfuhr, daß der Velohändler, bei dem er Kunde ist, eine neue Hilfskraft sucht. Der alte Gehrig hat sich über das Angebot aufrichtig gefreut, obschon er bis heute nicht versteht, daß ein studierter Mensch bei ihm Velos und Mopeds flickt. Dabei ist es eine Arbeit, bei der es immer wieder etwas dazuzulernen gibt, und im Augenblick genügt es Naumann auch, was der alte Gehrig ihm bezahlen kann. Vor allem aber ist es eine Arbeit, die ihn nicht weiter beschäftigt, wenn er am Mittag aus der Werkstatt geht. Am Nachmittag dann sitzt er am Tisch, steckt LEGO-Bausteine ineinander und sagt: – Das ist ein Minarett, und Nada weiß, was ein Minarett ist, es kommt in einer Geschichte vor, die der Vater ihr einmal erzählt hat. LEGO-Bausteine findet Naumann zwar häßlich, aber Nada hat einen ganzen Korb voll davon, und was soll man machen, wenn es draußen regnet.

Lustig sind immerhin die kleinen Türen und Fenster, die man öffnen und schließen kann, und wenn sie miteinander etwas bauen, Nada und er, dann macht er natürlich alles falsch, und Nada macht alles wieder kaputt, was er angefangen hat, so daß er sich ärgert: sehr einfach ist es nicht, mit Nada zu spielen.

Hie und da, am Abend, fragt er sich vielleicht, was er eigentlich gemacht hat den ganzen Tag –

Er ist dagewesen, sonst nichts, für Nada und für das alltägliche Allerlei, aber unablässig dagewesen, und am Abend ist man müde, als habe man gearbeitet den ganzen Tag.

Und manchmal natürlich macht sie ihm auch Mühe, diese Ziellosigkeit von Stunde zu Stunde. Aber wieso unmutig werden, bloß weil es nicht gerade mit Händen zu greifen und nicht vorzuzeigen ist, was man getan hat einen ganzen Tag? Schließlich haben sie noch vor ein paar Jahren, während des Studiums, ganze Nachmittage in Cafés verhockt, Bier trinkend, Schach spielend, diskutierend, die Zeit verspielend, und die Gelassenheit solcher Nachmittage, auch die verspielte Ruhe der schulfreien Tage der Kindheit wird jetzt manchmal für Augenblicke wieder gegenwärtig, Erinnerung an eine längst verflossene Ewigkeit von Gegenwart: wie lang sie einmal gewesen ist, diese Zeit, die jetzt kürzer wird von Jahr zu Jahr mit der wachsenden Angst, daß man am Ende sein Leben verspielt hat. Gelegentlich versucht Naumann sich jetzt vorzustellen, wie wohl Nada diese Zeit erlebe, diese selbe Zeit, die er mit ihr erlebt, und doch nie dieselbe –

Zu Mittag ißt Nada im Kindergarten und Naumann in der Wirtschaft oder daheim. Wenn er sie nach dem Essen nicht abholt, geht sie allein den jetzt kurzen Heimweg. Angenommen, er sitzt dann auf der Steintreppe vor dem Haus, sitzt in der Sonne und blättert in der Zeitung, sieht

Nada schon von weitem kommen: sie geht geschwind mit ihren kleinen Schritten, geht dicht an den Hausmauern entlang und zeichnet mit den Fingern eine unsichtbare Spur auf den Verputz. Die Finger werden schwarz davon. Wenn sie ihn sieht, fängt sie an zu laufen, und bei jedem Schritt schlägt ihr die rote Kindergartentasche, die Regina ihr genäht hat, um die Beine. Nada, stets ein bißchen außer sich, wenn sie aus dem Kindergarten kommt, hat noch den Lärm der anderen Kinder in den Ohren, spricht viel zu laut und rutscht unruhig auf seinen Knien herum. Beißt er sie ins Ohr, so sagt sie: – Hör auf! Sie weicht aus mit dem Kopf oder schiebt sein Gesicht weit von sich weg mit ihrer kleinen Hand; man kann nicht mit ihr schmusen, wenn sie es nicht von sich aus will. Dann bläst sie in sein Gesicht: – Was machen wir jetzt?

Vom Kindergarten erzählt Nada selten, und fragt er, was sie gemacht habe an diesem Morgen, so zuckt sie die Achseln: – Nichts. Nichts besonderes! Einmal aber kommt sie plötzlich und will jetzt mit ihm Dame spielen, nämlich Regula, die Kindergärtnerin, habe ihr das Spiel erklärt, und sie habe sogar schon einmal gewonnen.

Meinetwegen, sagt Naumann, aber zuerst müssen wir dir Turnschuhe kaufen gehen, dann zur Einwohnerkontrolle wegen der Adressenänderung, dann Einkaufen: was kochen wir heute?

Salzkartoffeln! sagt Nada prompt wie nie, aber vorher will ich mit dir Dame spielen, bevor wir einkaufen gehen.

Schließt er dann die Haustür auf – Nada hat noch keinen Schlüssel, ihre Hand erreicht erst knapp das Türschloß, aber bald wird sie es ganz erreichen und dann wohl selber einen Schlüssel haben wollen –, kaum ist die Tür einen Spaltbreit auf, schlüpft sie hinein: – Wer ist zuerst in der Wohnung? Ich!

Ihre Wohnungstür ist nie abgeschlossen.

Im Vorbeigehen grüßt er dann vielleicht die junge Spanierin aus dem dritten Stock, die mit einer Zeine voll nasser Wäsche aus dem Keller kommt. Während er Nada in ihrem Zimmer hantieren hört, hängt er ihre Jacke, die im Korridor natürlich am Boden liegt, an den Haken, den er immerhin eigens für sie in gut erreichbarer Höhe montiert hat, und während er dann in der Küche auf dem Tisch noch die leeren Weinflaschen vom Vorabend sieht und sich vornimmt, endlich einmal alle leeren Flaschen zurückzubringen, steht Nada schon unter der Tür: Sie habe das Brett mit den Dame-Steinen, sagt sie, in ihrem Zimmer aufgestellt.

Spielen wir jetzt?

Eine andere Geschichte wäre es auch, hätte er tatsächlich, wie Regina oft behauptet hat, von Anfang an mit dem Kind viel mehr Geduld gehabt als sie und weniger Mühe, sich einzustellen auf Nadas Bedürfnisse, auf ihre Ansprüche immerzu. Angenommen, Regina hat das Kind gewollt, genauso wie er, sie hat sich, wenn auch nicht frei von gelegentlichen Ängsten, auf das Leben mit Nada gefreut, voller Neugier, wie es wirklich sein wird, und Nada, drei vier Monate alt, schreit in der Nacht, weil sie Hunger hat: natürlich ist es Regina, die aufwacht und den Säugling zu sich ins Bett holt, um ihm die Brust zu geben. Eine Weile trinkt Nada geradezu gierig, mit weit offenen Augen im Licht der kleinen Lampe, die Regina mit einem Tuch abgedeckt hat, um Naumann nicht zu wecken. Manchmal trinkt Nada zu hastig, so daß sie sich verschluckt, oder sie fängt an zu plappern, putzmunter mitten in der Nacht. Dann wieder trinkt sie in regelmäßigen Zügen, ruhig und mit geschlossenen Augen; bald darauf ist sie eingeschlafen.

Bitte trink! sagt Regina dann, die ja ebenfalls gern weiterschlafen möchte, und ein oder zweimal stößt sie das Kind leicht an, damit es weitertrinke, denn aus Erfahrung weiß sie längst: kaum, daß Nada eingeschlafen ist und man sie in ihr Bett zurücktragen will, wacht sie auf und hört nicht auf zu schreien, als wolle man sie verhungern lassen.

Eine Zeitlang trinkt sie dann wieder brav, bis sie es plötzlich lustig findet, einfach ihre Hand in die Mutterbrust zu krallen. Daß Regina nun, müde wie sie ist, allmählich ungeduldig wird – Naumann, inzwischen ebenfalls erwacht, kann es verstehen. Es hilft aber wenig, wenn er vielleicht versucht, sie aufzumuntern, im Gegenteil: – Reg dich doch nicht auf, sagt er, das hat keinen Sinn! Regina braucht gar nicht zu sagen, was sie denkt: Nacht für Nacht dasselbe Theater!

Zwar, es ist ja kein Theater –

Das weiß ich auch, sagt Regina gereizt. Bitte, mach nicht du mich auch noch nervös!

Und Nada, angeregt durch das Gespräch der Eltern, lacht Naumann an.

Tagsüber ist Regina natürlich todmüde, unausgeschlafen Tag für Tag, und daß sie wieder einmal, nur ein einziges Mal, eine Nacht lang ruhig schlafen können möchte, findet Naumann selbstverständlich. Nur hilft es ja nichts, wenn sie Nada anschreit: – So trink jetzt endlich! Und was kann Naumann dabei tun? Er kann ja das Kind nicht selber stillen. Andererseits, obwohl er bloß versucht hat, Regina zu beschwichtigen, zu unterstützen, richtet sich ihr Unmut früher oder später auch gegen ihn. Sie hat Nada überhaupt nicht angeschrien, findet sie, und er soll sie doch in Ruhe lassen, schließlich ist es nicht das erste Mal, daß sie das Kind in der Nacht zu stillen hat; ewig wird das auch nicht dauern.

Also dreht Naumann sich zur Seite, um weiterzuschlafen. Er hört noch, wie Regina, wieder ruhiger jetzt, dem Kind zuredet, hört die Geräusche, wenn Nada saugt und schluckt, dann wieder ihr leises Geplapper, bis Regina sagt: – Bitte, nimm du sie, ich vertrage sie nicht mehr.

In der Regel hat es Naumann wenig ausgemacht, obwohl er natürlich am anderen Morgen auch einigermaßen ausgeschlafen zur Arbeit erscheinen mußte, aufzustehn, Nada ins Kinderzimmer hinüberzutragen, mit ihr vielleicht noch ein paar Minuten herumzugehen, bis sie wieder eingeschlafen ist. Er tut es ja nicht jede Nacht, sondern nur hie und da. Es ist nicht seine leidige Pflicht, sondern ein Erlebnis. Es ist nicht die Regel, wie für Regina, sondern die Ausnahme. Das hat er, wenn er sie dann in ihrem Stubenwagen in den Schlaf schaukelte, auch Nada erklärt, und daß sie etwas rücksichtsvoller umgehen müsse mit den Nerven der Mutter: – Kinder sind anstrengend, mußt du wissen, erklärt er dem Kind, und er versteht nicht, wieso Regina, wenn er nachher wieder ins Bett geht, sich bei ihm entschuldigt dafür, daß er auch nicht zum Schlafen kommt.

Naumann kam durchaus zum Schlafen. Es ist immer Regina gewesen, die sich in erster Linie verantwortlich gefühlt hat für das Kind, auch wenn er, so oft und so gut es eben ging, wie gesagt, versucht hat, ihr einen Teil dieser Belastung abzunehmen. Und er hat nie verstanden, weshalb Regina immerzu gemeint hat, Nada keine gute Mutter zu sein, bloß weil sie gelegentlich genug hatte von der Säuglingspflegerei, was Naumann völlig normal fand. Man hat von jeder Arbeit irgendwann einmal einfach genug. Er fand, daß Regina eine sehr aufmerksame Mutter war, zärtlich und umsichtig, allzeit um ihr Kind besorgt, eher allzu besorgt, fand Naumann zuweilen. Wen könnte es wundern, daß ihre Tage oft anstrengend gewesen sind, und daß Naumann, wenn er am Abend aus dem Büro kam, mehr Lust und Energie hatte, sich mit Nada abzugeben, vielleicht auch einmal mehr Geduld aufbringen konnte als Regina?

Zumindest in der ersten Zeit ist es oft so gewesen, und für gewöhnlich überließ ihm Regina das Kind sehr gern.

Aber einmal angenommen, es ist ein nasser und windiger Tag gewesen, Oktober und schon kalt, so daß Regina die meiste Zeit über mit Nada in der Wohnung geblieben ist. Den ganzen Tag, so kommt es ihr vor, hat sie nicht viel anderes gemacht, als Nada herumgetragen, gefüttert, gewickelt, mit ihr herumgespielt, zwischendurch etwas Haushalt gemacht, aber dann wieder mit dem Kind auf dem Arm, das man ausgerechnet an diesem Tag keine Minute alleinlassen konnte. Einen Termin beim Zahnarzt hätte Regina beinah verpaßt, weil die Freundin, die versprochen hatte, auf Nada in der Zwischenzeit aufzupassen, sich kurz vor Mittag plötzlich abgemeldet hat, so daß es Regina nur durch bange Herumtelefoniererei gelungen ist, einen Ersatz zu organisieren und doch noch zum Zahnarzt zu kommen, wenn auch schier zu spät. Nachher dann die Heimrennerei, Einkaufen mit Nada, was auch nicht vorgesehen war, Kochen mit dem Kind im Kindersitz am Tisch: und Nada, die immerzu alles zu Boden schmeißt und schreiend protestiert, wenn man ihr Spielzeug nicht gleich wieder aufhebt, und wie es Regina dann einfach nicht mehr erträgt, wenn Nada auch noch kaum essen will und statt dessen mit dem Brei vor ihrem Mund herumspielt – soll Naumann einfach zusehen?

Laß mich das machen, sagt er, und Regina, wie gesagt, ist froh darum.

Natürlich ißt Nada nun besser, denn daß sie die Nervosität der Mutter gespürt hat, das braucht er Regina nicht zu erklären. Nada findet es toll, wenn der Vater mit ihr Essen spielt, wenn der Löffel mit Brei gefüllt jedesmal wie ein silberner Vogel durch die Luft geflogen kommt und mitten hinein in das Nest, wo die Jungen warten mit sperrangelweit geöffnetem Schnabel: sie kreischt geradezu vor Vergnügen und zappelt in ihrem Kindersitz. Und was Regina vollends aus der Fassung bringt, ist weniger Nada, die ja nicht absichtlich mit flacher Hand auf den Tellerrand haut, so daß der Brei durch die Küche spritzt, als Naumann, der das alles gar nicht so schlimm findet und ihr auch noch Vorschriften machen will, wie sie mit dem Kind zu reden habe. Ihr geht es im Augenblick einfach auf die Nerven, sein liebes Kind, und was meint Naumann eigentlich?

So beruhige dich doch, meint er, ich bringe das ja in Ordnung.

Als hätte sie den ganzen Tag lang irgendetwas anderes gemacht, als fortwährend alles in Ordnung gebracht, und als hätte sie nicht ein Mal das Recht, zu explodieren, wenn es ihr über den Kopf wächst, das liebe Kind, einfach hässig zu werden, wenn sie sich nur noch blöd vorkommt, auszuflippen halt, was ihm natürlich nie passiert, natürlich nicht!

Naumann weiß nicht, was sie hat. Er hat ihr ja nur behilflich sein wollen.

Aber Regina hat nichts, gar nichts, das ist es ja. Sie weiß überhaupt nicht, was sie haben sollte. Keine Nerven mehr hat sie, das ist alles. Denn daß das Kind nichts dafür kann, wenn sie einen chaotischen Tag hinter sich hat, das braucht Naumann ihr nicht zu sagen. Und daß es ungerecht ist, einfach so die Nerven zu verlieren, den Überblick und die Selbstbeherrschung, was ihm natürlich nie passiert, und daß sie halt keine gute Mutter ist, sondern eine, die gelegentlich ihr Kind zum Fenster hinauswerfen könnte, daß sie offenbar unfähig ist, das wissen wir ja auch und das ist einfach so – erklärt sie und knallt beim Hinausgehen die Tür. Nachher, wenn er Nada, die begreiflicherweise erschrocken ist, getröstet, den Brei von Boden und Wänden aufgewischt hat und mit dem Kind auf dem Arm hinübergeht ins Schlafzimmer, liegt sie auf dem Bett und heult in die Kissen.

Naumann weiß nicht, weshalb es zu solchen Situationen immer wieder gekommen ist, von Anfang an. Immerhin hat er versucht, ihr beizustehen, aber dann tat sie, als wollte er damit geradezu beweisen, daß sie eine schlechte Mutter ist, indem er einfach nicht versteht, wie man so leicht die Nerven verlieren kann. Er verstand es ja! Oder er meinte doch wenigstens, es verstehen zu können, und versuchte gerade deshalb, ihr behilflich zu sein.

Dann wieder hatten sie es gut zusammen, beim sonntäglichen Morgenessen zu dritt im Bett, eine sorglos glückliche Kleinfamilie, wie Regina schnippisch einmal bemerkte. Es machte ihr auch nichts aus, wenn Nada die Holunder-Konfitüre auf dem Leintuch verschmierte – im Gegenteil: nachher malten sie zusammen auf das Linnen ein holunderfarbenes Bild. Und leichter ging es dann vor allem, als Regina andere Frauen kennenlernte, die ebenfalls Kinder hatten in Nadas Alter und die bereit waren, nicht nur zusammen die Kinder zu hüten, sondern einander auch abwechselnd die Kinder abzunehmen.

Schön waren die Tage, wenn Naumann unter der Woche im Geschäft frei nehmen konnte: mit Nada in den Zoo, was am Wochenende schier unerträglich ist vor lauter Spaziergängern, oder aus der Stadt hinaus in irgendeinen Wald, im Sommer irgendwohin zusammen baden gehen oder im Winter schlitteln mit Nada. Wie sie zusammen auf dem Schlitten sitzen, Regina und Nada, während der Vater den Schlitten durch den dick verschneiten Tannenwald zieht, der zu dieser Zeit noch scheinbar unversehrt dasteht, schwarz in den Walmen von Schnee, und schweiget –

Schön sind die Abende, wenn sie nach dem Essen sitzen bleiben können, weil Naumann einmal keine Versammlung hat und keine Bauherrschaft, die abends noch eine Lagebesprechung wünscht –

Und schön sind auch noch die letzten Ferien zu dritt im Tessin gewesen: zwei Wochen in einer Alphütte, die Freunden gehörte, Wanderung mit der anderthalbjährigen Nada im Rucksack, mit intensiven Gesprächen, aber auch mit stillen Augenblicken, mit Stunden am Waldrand, während Nada auf dem Boden krabbelt und sich an den herumliegenden Kastanien die Finger versticht, mit Gesprächen über die gemeinsame Zukunft, obwohl es in dem Herbst gewesen ist, da Naumann sich zum ersten Mal in eine andere Frau verliebte, auch wenn er damals noch nicht wagte, sich dieses Gefühl wirklich zu gestatten, sondern sich damit begnügte, es Regina eines Abends, kurz vor jenen Ferien, zu gestehen –

Aber immer wieder kam es zwischendurch zu Szenen, in denen Regina sich Vorwürfe machte, unleidig oder wütend aus dem Gefühl heraus, als Mutter eine Versagerin zu sein. Regelmäßig kam es dabei auch zu Vorwürfen gegen ihn, die ihr hinterher leid taten. Und dann, wie um diese Vorwürfe wiedergutzumachen, lobte sie ihn vor Freundinnen und Freunden, ja sogar vor Eltern und Verwandten, um so mehr als einen geradezu vorbildlichen Vater. Sie pries seine schier unerschöpfliche Geduld im Umgang mit der Kleinen, was einfach nicht stimmte, seine Zärtlichkeit als Vater und so weiter. Sie redete, als wäre es Nadas einziges Glück, daß sie wenigstes einen solchen Vater hat; sie redete, bis es Naumann fast peinlich wurde. Insbesondere die Frauen, mit Seitenblick auf ihre Männer, glaubten natürlich gern, was Regina erzählte, und vielleicht glaubte sie es sogar selbst. Nur er, je länger sie so redete, empfand es mehr und mehr als das pure Gegenteil, als einen versteckten Vorwurf selbst da, in diesem Lob. Sie tat beinah, als sei im Grund er mit seiner sagenhaften Geduld, die ihre höchstpersönliche Erfindung war, schuld daran, daß sie sich für eine schlechte Mutter hält. Selbst einmal angenommen, es wäre so gewesen: das wäre eine ganz andere Geschichte.

Wie sie einmal zusammen in der Freien Straße, an einem Sonntagnachmittag, im Spätsommer vielleicht, oder vielleicht doch besser an einem Samstag, kniend ein Bild auf den Asphalt malen, Naumann und Nada, mit bunter Ölkreide ein großes Bild, wie sie es schon öfters von anderen gesehen haben irgendwo in der Stadt, und jedesmal mußte Naumann stehenbleiben oder später nochmals vorbeigehen, damit Nada sehen konnte, wie das fertige Bild schließlich aussah – aber nicht eines von den üblichen Heiligenbildern malen sie da zusammen auf die Straße, sondern eine von Nadas Zeichnungen, halb nachgemalt, halb spontan jetzt auf den Asphalt gezeichnet, Nada zeichnet und Naumann malt die Figuren aus, und natürlich nimmt er immer wieder die falsche Farbe: – Nein, sagt Nada, nicht mit diesem Blau! während sich allmählich eine Traube von Zuschauern im Halbkreis versammelt, und selbstverständlich, das ist Nadas Bedingung gewesen, liegt auch eine Mütze verkehrt auf dem Pflaster, damit dann und wann jemand eine Münze hineinwerfe: wie sie da also, Nada wieder einmal mit erstaunlicher Ausdauer, fast drei Stunden lang zusammen arbeiten, bis es vollendet ist, das gemeinsame Werk – und allerlei sonst, was der Vater ihr irgendwann einmal versprochen und dann aber nie gehalten hat; und warum nicht?

Was Nada manchmal Mühe macht, ist das Aufstehen am Morgen; sie muß jetzt schon um sieben im Kindergarten sein, damit Naumann rechtzeitig zur Arbeit kommt. Der alte Gehrig hat zwar Verständnis, wenn er sich einmal verspätet, er kann sich vorstellen, daß die Kleine ungern so früh aufsteht; er hat es Naumann auch freigestellt, wann er mit der Arbeit beginnen will. Im Grund begreift er auch nach einem Jahr noch immer nicht, wie ein Mann allein leben kann mit einem Kind. Kinder und Frauen, so hat er einmal gesagt, das sei nichts für ihn, dazu fehle ihm das nötige Fingerspitzengefühl. Gehrig ist Junggeselle und lebt seit Jahren mit seiner Schwester zusammen, die ihm den Haushalt macht und einmal in der Woche den kleinen Laden putzt. Einmal, vor vierzig Jahren und ein einziges Mal, so hat er einmal erzählt, habe er eine Frau geliebt, die ihm dann aber auf und davon gegangen sei mit seinem besten Freund. Kurz nach Kriegsende ist das gewesen, und er hat von der Frau nie wieder etwas gehört, obwohl der Freund zehn Jahre später auch wieder da war.

Nada, aufstehn! Komm, sagt Naumann, sonst wird es nachher wieder eine Hetzerei. Und er sieht Nada, wie sie sich dreht und sich in die Decke verkriecht, sieht ihr blasses Schlafgesicht, sie blinzelt. Zwischendurch geht er ins Bad, später zieht er ihr die Decke weg, reibt ihr die Füße wach: manchmal tut sie verschlafener, als sie ist. Es ist brutal, sie wachzukitzeln, das weiß er. Sie kichert und stöhnt und schleppt sich durchs Zimmer, ein benommenes Tierchen, sie trödelt, bis er ihr beim Anziehen hilft: – Komm doch bitte, sagt er, nämlich ich bin auch nicht wacher als du! Wenn sie dann aber absichtlich herumtorkelt, auf einem Bein steht und sich in seine Haare klammert; wenn sie's plötzlich ungemein lustig findet, daß ihr anderer Fuß das Strumpfhosenbein, das er geduldig vor ihr aufspreizt, einfach nicht treffen will; wenn sie blödelt und in seine Arme purzelt, dazu noch ganz heiser, aber heiter lacht, mit einem Mal jetzt viel wacher als er – und nur, weil er in dieser Herrgottsfrühe überhaupt keinen Sinn hat für ihre Clownerei, nur deshalb muß sie dann so tun, als habe sie es ja nicht absichtlich gemacht, wenn er sagt: – Halt doch still jetzt, du gehst mir auf die Nerven.

Ja, sagt sie beleidigt, wenn du mich immer so hetzt!

Fällt ihm dann aber endlich die Milch ein, die in der Küche vermutlich am Überlaufen ist, und tut er, was er längst hätte tun können, nämlich Nada mit sich allein zurechtkommen lassen – siehe da, plötzlich geht alles ziemlich problemlos und rasch.

Warum muß man Kinder überhaupt zwingen, aufzustehen?

Dabei ist es früher immer Nada gewesen, die einen aus dem Bett geholt hat, auch am Sonntag oft in aller Frühe, vom ersten Augenblick an hellwach und ohne das geringste Verständnis dafür, daß die Welt noch schlafen möchte.

Später dann hat Regina sie immer schlafen lassen, solange sie wollte. Auch Naumann hat sie in den ersten Wochen, da er nicht zur Arbeit mußte, selten vor halb neun in den Kindergarten gebracht. Er stand trotzdem früh auf, und der Morgen wurde nicht ungemütlich. Er genoß es, zuerst eine Stunde ganz für sich zu haben, eine Stunde mit klassischer Musik, zwischendurch Brötchen zu holen, damit das Morgenessen in der Küche bereitstand, wenn Nada erwachte und er im Kinderzimmer das Rouleau hochzog. Er brauchte nicht zu drängen, konnte dasein und zusehen, die stille Wärme des Morgens genießen und mit ihr plaudern. Später, wenn er allein aus dem Kindergarten zurückkam, hatte er noch einen langen halben Vormittag vor sich, obwohl er eigentlich kein Morgenmensch ist, auch wenn er jetzt gelegentlich so tut; Frühaufstehen ist ein Mittel gegen die Schwermut.

Jetzt also sträubt sich Nada oft mit trotzigem Unmut gegen das Erwachen, hält sich die Ohren zu, steckt den Kopf unters Kissen: – Das ist ungerecht, findet sie, nämlich ich wecke dich auch nicht am Sonntag, wenn du länger schlafen willst als ich!

Klar, sagt Naumann, das tu ich nur, damit du merkst, wie ungerecht die Welt ist. Und jetzt zieh dich an!

Was ihn bisweilen ärgert, ist nicht, daß man ihr alles zwei- und dreimal sagen muß, bis sie reagiert, sondern ihr wachsender Trotz gegen ihn, als wäre er verantwortlich für alle Ungerechtigkeit in der Welt. Bis er einmal, da sie sich einfach weigert, aufzustehen, seinerseits trotzig wird: – So sieh doch zu, wie du allein in den Kindergarten kommst, sagt er, geht in die Küche, um endlich seinen Kaffee zu trinken – und kurz darauf, mit Gebrüll, als wolle sie ihn überfallen, steht sie fertig angezogen da, und der Vater muß natürlich tun, als wäre er tatsächlich erschrocken bei ihrem Gebrüll.

Warum geht es nicht immer so?

Versucht er es beim nächsten Mal wieder, klappt es natürlich, da es jetzt ein Trick ist, nicht mehr. Sie bleibt einfach liegen, und kommt er später nochmals ins Kinderzimmer, ist sie zwar wach, will aber jetzt tatsächlich allein in den Kindergarten gehen. Den Weg kennt sie ja, das ist wahr, und sich ein Glas Milch einzuschenken und ein Brot zu streichen, dafür ist sie alt genug. Ihre Vernunft ist entwaffnend; es gibt nichts, was dagegen spricht. Später allerdings, in der Werkstatt, hat er natürlich keine Ruhe, bevor er im Kindergarten angerufen hat, wo Nada indes längst angekommen ist: sie muß kurz nach ihm aus der Wohnung gegangen sein.

Kinder! sagt Naumann, den Hörer einhängend, und schüttelt nachdenklich den Kopf.

Kinder und Frauen! sagt der alte Gehrig, indem er seine ölverschmierten Finger an einer Handvoll Putzfäden abwischt: Ich sag's ja, sagt er und grinst.

In aller Regel stehen sie aber doch zusammen auf, Naumann und Nada, und Naumann, wie es sich gehört für einen richtigen Vater, macht das Morgenessen, damit Nada pünktlich in den Kindergarten kommt: manchmal wird es trotz allem ein Streß. Nada ißt ihr Brot, trinkt ihre Milch, während der Vater schon dabei ist, ihr die Schuhe zu binden, man hört in der oberen Wohnung den Nachbarn, es plätschert die Abwasserröhre, dazu scheppert der Kühlschrank, und es hat keinen Sinn, Nada beim Essen zu drängen. Groß Hunger hat sie morgens ohnehin nicht. Aber dann bittet Naumann sie doch, sich ein wenig zu beeilen: sie beißt in ihr Brot, ohne hinzusehen, ihre andere Hand spielt mit dem Blechfrosch auf dem Tisch, während Naumann wohl zum dritten Mal auf die Uhr blickt und sich noch eine halbe Tasse Kaffee einschenkt – unausstehlich an so einem Morgen, wenn man selber noch ganz dumpf ist in allen Gliedern, unausstehlich ist nicht Nada, die wieder munter plappert und allerlei wissen will –

Sag!

Was?

Stimmt es, daß über den Panzer einer Schildkröte ein Lastwagen fahren kann, ohne daß er kaputt geht?

Wer?

– unausstehlich ist einzig und allein dieser grüne Blechfrosch, der über dem Tisch klappert die ganze Zeit.

Laß das jetzt, sagt Naumann: – Iß!

Schwierig ist es zum ersten Mal in den Sommerferien geworden.

Zunächst sah es Wochen lang so aus, als wollte es überhaupt nicht Sommer werden, es regnete und regnete in ganz Europa, so daß der Gedanke an Ferien überhaupt nicht aufkam. Man verbrachte den Tag in den eigenen vier Wänden oder bei Bekannten, die ebenfalls Kinder haben, damit sich Nada nicht allzusehr langweilt, immer nur mit dem Vater allein. Alles in allem ein trister Juni, wenn es so gewesen ist, wie Naumann es in Erinnerung hat; ab und zu ein kurzer Spaziergang trotz Nieselwetter durch den Park oder, wenn es einmal für Stunden aufklart, in einem Stadtrand-Wald, wo man durch nasses Laub stapft, durch Farnkraut und an blühenden Waldbrombeerstauden vorbei. Nada in ihren blauen Gummistiefeln und ihrer blauen Windjacke will wissen, was der Saure Regen ist, wieso der so heißt, da er doch gar nicht wirklich sauer ist, nicht wie Zitrone zum Beispiel: nämlich erst vor kurzem haben sie es sich ganz lang auf die Zunge regnen lassen, Flo und sie, auf dem Heimweg vom Kindergarten einmal.

Der Saure Regen, sagt Naumann, das ist, wenn – (was weiß er noch aus dem Chemieunterricht über die Wirkungsweise der Säuren, und wie erklärt man einem fünfjährigen Kind die Chemie, also beispielsweise die Frage, wieso eine Säure andere Stoffe zerfressen kann, Salzsäure beispielsweise die menschliche Haut, und was heißt, in diesem Zusammenhang, »zerfressen«).

Noch Mitte Juni schien der Sommer unerreichbar fern, obwohl, aus purer Gewohnheit wahrscheinlich, nun alle von den Ferien reden. Aber erst bei einer der Elternversammlungen, zu denen man sich einmal im Monat im Kindergarten trifft, wird Naumann zum ersten Mal klar, daß er mit Nada in drei, vier Wochen voraussichtlich so ziemlich allein sein wird in der Stadt, die Stadt wie ausgestorben, wenigstens was die Leute aus ihrem Bekanntenkreis betrifft. Da es aber grad um etwas anderes geht – nämlich um die Frage, wie mit einer Werbeaktion nach den Sommerferien die Zahl der Kinder im Kindergarten beziehungsweise die Zahl der Eltern, die gemeinsam die Kosten zu tragen haben, wieder etwas vergrößert werden könnte –, ist auch jetzt nicht der Moment, sich darüber Sorgen zu machen; hingegen hätte er durchaus Zeit, gegen Ende der Ferien bei der Vorbereitung dieser Werbeaktion dabeizusein. Im Anschluß an die Versammlung geht man noch in die Wirtschaft, und auch Naumann, weil Nada bei Flo in der Wohngemeinschaft schläft und er somit einen freien Abend hat, geht mit. Aber nicht er, sondern Armin und Ines, die Eltern von Flo, bringen da das Gespräch von neuem auf die Ferien. Nämlich sie fahren zusammen mit Freunden und deren Kindern für vier Wochen nach Sizilien, wo sie ein Haus gemietet haben, und jetzt erst, das tut ihnen leid, fällt ihnen ein, daß sie natürlich auch ihn hätten fragen können, ob er Lust gehabt hätte, mit Nada mitzukommen, sie haben nur einfach nicht daran gedacht. Das tut ihnen leid, wie gesagt, es ist blöd, aber nicht mehr zu ändern, da sie eher schon zuviele sind.

Naumann versichert natürlich, daß sie sich um ihn und Nada nicht sorgen müssen, auch wenn er immer noch keine Ahnung hat, was er machen wird in diesen Ferienwochen. Auf dem Heimweg nach Wirtschaftsschluß, mit aufgeschlagenem Mantelkragen, da es vermutlich geregnet hat wie meistens, die Mütze also bis zum Rand der Brille in die Stirn gezogen, ist ihm dann auch allerlei eingefallen, was sie zusammen unternehmen könnten, dazu das eine oder andere Problem, das noch zu lösen ist, zum Beispiel: Wohin mit Nada, wenn er arbeiten muß?

In der Werkstatt allerdings gibt es vorerst nur wenig zu tun. All jene Kunden, die prinzipiell nur im Sommer velofahren, haben ihre Fahrräder noch gar nicht aus dem Keller geholt. Aber Sie werden sehen, schimpft der alte Gehrig, sowie es ein paar Tage schön ist, kommen wieder alle miteinander, und dann kann es ihnen nicht schnell genug gehen. Kein bißchen vorausdenken können die Leute, dabei ist es Jahr für Jahr dasselbe. Aber am zehnten machen wir den Laden hier zu! Drei Wochen Wanderferien in den Alpen, zusammen mit seiner Schwester, das machen sie nun schon seit über zwanzig Jahren, und das wird er sich auch dieses Jahr nicht nehmen lassen. Drei Wochen lang weit und breit kein Velo! Und mit seiner Prognose behält er natürlich recht: bald darauf haben sie alle Hände voll Arbeit, da es von einem Tag auf den anderen heiß geworden ist, Sommer mit knallblauem Himmel. Naumann und

Nada genießen es zunächst, einfach baden zu gehen, Nach-mittag für Nachmittag ins öffentliche Gartenbad, oder aber hinauszufahren aufs Land, mit dem Velo ins Elsaß, Nada wie immer im Kindersitz und ihre Hände auf der Lenkstange. Ihre Aufgabe ist es, wenn nötig zu klingeln, während der Vater in die Pedale tritt. Manchmal nehmen sie auch Flo mit oder sonst ein zwei Kindergarten-Kinder und fahren mit dem Auto aufs Land. Es kommt vor, daß Ines oder sonst jemand aus der Wohngemeinschaft sie begleitet, einmal auch Regula, die Kindergärtnerin. Und natürlich ist Nau-mann jedesmal froh, vor allem am Wochenende, wenn er nicht ganz allein mit Nada etwas unternehmen muß. Schon mit zwei Kindern geht es leichter. Sie brauchen ihn nicht so, wie Nada ihn braucht, wenn sie mit ihm allein ist. Der Vater ist für die Organisation da, für Verpflegung zum Beispiel, oder einmal auch, wenn es anders wirklich nicht geht, um einen Streit schlichten zu helfen, das ist alles. Wenn er will, kann er mitspielen oder mitreden, sofern es ihn interessiert, was die Kinder gerade zu besprechen haben. Er muß aber nicht, das Spiel findet auch ohne ihn statt. Er sitzt dabei, sieht zu und genießt es, wenn er merkt, daß selbst Nada seine Anwesenheit völlig vergißt. Auch sie braucht ihn nicht mehr als alle andern. Sie ist ausgelassen, wie sie es mit ihm allein natürlich nie sein kann, laut, wie Kinder in der Gruppe eben laut sind. Sogar ihr Ernst, als kindlicher Ernst unter Kindern, ist anders: zum Beispiel, wenn sie einer Freundin zuhört, die gerade dabei ist, ihr einen Vorwurf zu machen, ihr ehrliches Bemühen zu verstehen, was die Freundin meint, aber dann auch ihre Empörung, wenn sie sagt, was sie ihrerseits eine Ungerechtigkeit findet. Dann wieder ihr Lachen, ihr Kreischen, wenn sie beim Fang-mich um ein Haar erwischt worden wäre.

Kinder, hat Pius einmal gesagt, brauchen nicht eine Welt für sich, wie wir immer meinen, aber eine Welt gegen uns –

In der Regel, wenn Naumann sie jetzt im Kindergarten abholt, ist es Nada, die den Vorschlag macht, zusammen mit anderen Kindern etwas zu unternehmen. Oft hat sie auch schon etwas verabredet und eingefädelt, mit Flo zum Beispiel, so daß sie enttäuscht ist, wenn ausnahmsweise nicht geht, was sie sich vorgestellt hat.

Dann aber fährt Flo mit den Eltern nach Sizilien, und eines Morgens sitzen Naumann und Nada allein zusammen auf ihrem kleinen Balkon, wo die Sonne schon brennt, beim Morgenessen. Nada ist lieb, sie hat den Tisch gedeckt, während er noch im Bett lag, sie geht auch hie und da, wenn er sie bittet, in die Bäckerei um die Ecke, und einmal, als er am Abend zuvor im Scherz gesagt hat, daß er sich schon auf die Brötchen freue, die sie ihm am Morgen holen werde, liegt der Sack mit den frischen Semmeln tatsächlich schon auf dem Tisch. Ihr verlegen-verschmitztes Gesicht, und neben dem Teller liegt das Wechselgeld, da sie, während er noch geschlafen hat, aus seiner Hosentasche eine Zehnernote genommen hat. Ihre kindliche Freude darüber, daß sie ihm eine Freude gemacht hat, und natürlich findet es der Vater toll, daß es noch Heinzelmännchen gibt beziehungsweise, er korrigiert sich, Heinzelfrauchen. Er genießt es, zum Morgenkaffee jetzt die Zeitung zu blättern, ziellos zu plaudern mit Nada, später mit ihr zusammen das Geschirr zu waschen und einen ganzen Tag vor sich zu haben, den man gestalten kann nach Lust und Laune.

Und worauf hat er Lust?

Das ist allerdings die Frage.

Natürlich gibt es allerhand zu tun, zum Beispiel muß die Wäsche gehängt werden, die er abends gewaschen hat, was auch schnell getan ist, wenn Nada ihm dabei hilft. Sie reicht ihm die Hemden, die Socken, damit er sie an die Leine hänge, oder aber sie hängt selber an die tiefer gespannte Leine ihre Hosen, Unterhosen, Pullover, und was macht's, wenn hie und da etwas in den Staub fällt. Dazu will sie wissen, warum eigentlich Vögel sprechen können, Papageien zum Beispiel, oder eben dieser laute Beo irgendwo in der Nachbarschaft, ob es viele Vögel gibt, die reden können, ob alle Papageien und so weiter, ob er, Naumann, einen Papagei möchte, der reden kann, und was wohl so ein Vogel denkt, wenn er plappert, was man ihm alles vorgeschwatzt hat –

Was dann?

Nada braucht er nicht zu fragen. Sie ist sozusagen zu allem bereit; das einzige, was sie nicht versteht: was der Vater so lange überlegt.

Was machen wir jetzt? – ihre Frage schon zum zweiten Mal.

Und Naumann weiß eigentlich selber nicht, was es noch zu überlegen gibt. An einem so prächtigen Tag kann man wirklich alles machen, was man will, nur nicht in der finsteren Wohnung hocken – worauf also wartet er?

Dabei gäbe es tatsächlich auch in der Wohnung noch allerhand zu tun. Die Meerschweinchen wären längst wieder einmal froh um einen sauberen Käfig, die Fensterscheiben sehen im Gegenlicht aus wie farblose Studien von impressionistischer Malerei, und der Wasserhahn in der Küche tropft und tropft: es ist schon erstaunlich, für was alles man offenbar immer wieder keine Zeit gehabt hat. Aber auch die kaputte Wandschranktür, die ja nur ärgert, wenn sie gerade geöffnet werden müßte, wartet schon so lange auf die Reparatur, daß es auf einen Tag mehr nicht ankommt.

Sag, was machen wir jetzt?

Ja, sagt Naumann, wir gehen gleich, während seine Hände so tun, als könnte man nicht aus der Wohnung, bevor das Kalenderblatt gewechselt, das Geschirrtuch an den rechten Platz gehängt ist, bevor man nicht die Zeitung auf den Altpapierstapel gelegt hat, während sein Kopf vermutlich darüber nachsinnt, ob wirklich schon in dieser Mittagshitze ins Schwimmbad –

Wohin sonst?

Natürlich könnte man sich Spannenderes vorstellen.

Eine Ausstellung von Arbeiten junger Künstlerinnen und Künstler, Stipendiaten, die nur noch ein paar Tage lang im Innenhof des Messegebäudes zu sehen ist, löst bei Nada aber doch ein verhaltenes Naserümpfen aus – ganz abgesehen davon, daß es vernünftiger wäre, die Ausstellung erst gegen Abend zu besuchen, wenn es etwas kühler geworden ist. Eine andere Ausstellung – über die einheimische Dichtung im späten Mittelalter – bringt sogar den Vater zum Gähnen, da in der Wohnung wirklich eine Luft zum Ersticken ist.

Also, sagt Naumann, gehen wir –

Jetzt ist es aber Nada, die kaum mehr zu bewegen ist. Sie liegt im Schaukelstuhl, faul und träge, beide Arme über die Armlehnen gehängt, sie schaukelt wie ein leeres Boot in den Wellen –

Bootfahren, sagt er, das wäre jetzt allerdings toll.

Irgendwo ein Boot mieten und hinausrudern auf einen kleinen See, baden in einer Bucht, die nur mit Boot überhaupt zu erreichen wäre, mit Seerosen und Libellen, mit Schwärmen von kleinen Fischen . . . Nur hat er, solange er auch überlegt, nicht die leiseste Ahnung, wo in der nächsten Umgebung ein solcher See zu finden wäre.

Es bleibt nur das Schwimmbad –

Also: gehen wir!

Was Naumann Mühe macht, mehr und mehr, ist das Schweigen. Nicht das Schweigen von Nada, wenn sie nebeneinander hergehen auf dem Weg zum Schwimmbad, still, da es einfach zu heiß ist, um zu reden, oder auch ihr Schweigen im Bus, Blick zum Fenster hinaus, ihr stilles

Gesicht in der Scheibe, diese Augenblicke von wahrer Stille, die er genießt. Was ihm Mühe macht: sein eigenes Schweigen, mehr und mehr, wenn Nada etwas erzählt, wozu ihm nichts einfällt, beim besten Willen nicht, sein unentschlossenes Schweigen, während sie erwartet, daß er sagt, was jetzt geschehen soll, sein Schweigen, wenn er sieht oder zu sehen meint, daß Nada anfängt, sich mit ihm zu langweilen. Sein Schweigen im Schwimmbad, wenn er im Schatten unter den Bäumen sitzt, die Beine angezogen, die Arme locker auf den Knien, die Hände gefaltet, selber ein bißchen gelangweilt und stumm, was ihn aber weiter nicht stören würde, während Nada auf ihm herumklettert, als sei er ein Turngerät. Er blickt über den Rasen, auf dem sich in einiger Entfernung andere Kinder mit einem Ball tummeln, Frauen in der Sonne dösen, andere lesen, ihre braunen Schultern, ihre nackten Brüste, irgendwo ein schmusendes Paar, und weiter hinten, auf den betonierten Tischen, spielen sie Ping-Pong: er sieht wirklich nicht ein, wieso Nada ihn nicht einmal eine halbe Stunde in Ruhe lassen kann, ja, warum sie nicht die anderen Kinder dort drüben fragen kann, ob sie mitspielen darf. Darauf ihre Antwort, leise, so daß er sie beim ersten Mal gar nicht verstanden hat: Wenn du mitkommst!

Sie wiederholt es so laut und energisch, daß Naumann sagen muß, daß sie ihn deswegen ja nicht gleich anzubrüllen braucht. Im übrigen hat er im Augenblick einfach keine Lust auf Kinderspiele.

Sein Schweigen, während sie sich in seinen Nacken setzt, als wäre er ihr Maultier, seine Ohren wie zwei Zügel in den Händen, was sie offenbar lustig findet: früher oder später bleibt ihm nur, das Spiel mitzuspielen, indem er sich wirklich wie ein störrisches Maultier gebärdet und sie abschüttelt, wobei er ihr natürlich nicht hat weh tun wollen.

Wenigstens weiß man nachher, was zu tun ist, bis Nada getröstet und der kleine Finger wieder geheilt ist.

Sein Schweigen, wenn er Nada zum Kiosk geschickt hat, um für sie beide ein Eis zu holen.

Sein Schweigen, wenn er sieht, wie sie über die Wiese zurückgelaufen kommt, in beiden Händen ein Himbeer-Cornet: er steht auf, greift das rote Badetuch und hält es ihr wie ein Torero entgegen: Olé! Aber Nada versteht nicht, bleibt nur stehen und runzelt die Stirn, ihr verlegenes Lachen, weil sie nicht begreift, was er spielen will. Sie steht da mit den beiden Himbeer-Cornets in den Händen.

Zwischendurch gehen sie einmal ins Wasser, und wenn er nicht mehr mit Nada spielen mag, taucht er weg, geht ins Becken für Schwimmer, schwimmt Länge um Länge –

Das Schweigen unter Wasser.

Dann unter die eiskalte Dusche.

Was natürlich immer wieder hilft, wenn man sonst nicht weiß, was machen: eine Geschichte vorlesen. Wobei als Schwierigkeit hinzukommt, daß Naumann fortlaufend ins Schweizerdeutsche übersetzen muß, damit Nada es versteht. Sie ist aber eine überaus dankbare Zuhörerin. Was immer er vorliest, Märchen oder Comic-Heftchen, was ebenfalls nicht ganz einfach vorzulesen ist. Auch die Alltags-Geschichten aus der Zeitung hört sie immere wieder gern. Das einzige, was Nada nicht mag, sind diese Märchen von der Prinzessin und den jungen Männern im ganzen Land, die irgendein Rätsel zu lösen haben, um die Prinzessin zur Frau zu bekommen: – Ach ja, sagt Nada schon nach den ersten drei Sätzen, entweder er weiß die Antwort, oder Kopf ab! Das will sie gar nicht hören, wie gesagt, das findet sie langweilig. Was sie einzig wundert: wieso sie immer wieder in Scharen kommen, die Jünglinge, und ihren Kopf riskieren für die Prinzessin: – Warum, das fragt es mich, so sagt sie, wo man doch weiß, daß die meisten das Rätsel sowieso nicht lösen können. Es beunruhigt sie geradezu! Ob er, der Vater, das auch tun würde?

Dann wieder sein Schweigen, während sie zusammen Boule spielen, was auf dieser holprigen Rasenfläche eigentlich gar nicht zu machen ist, auch wenn Nada es noch so lustig findet, wie die blauen und gelben Kugeln ihre eigenwilligen Kurven ziehen, weit am Ziel vorbei.

Trotzdem muß man natürlich die Punkte zählen, damit es ein richtiges Spiel ist!

Sein Schweigen immer wieder mit Blick auf die Uhr, denn sie fangen auch an, lang zu werden, diese ganzen Tage mit Nada allein.

Sein Schweigen auf dem Heimweg, während Nada es ungemein lustig findet, ihm von der Seite immer wieder zwischen die Füße zu treten, um zu sehen, ob er stolpert. Sie lacht dann, obwohl sie es ist, die jedesmal fast hinfällt, so daß er sie auffangen muß.

Natürlich gibt er sich dann und wann einen Ruck: – Da, sagt er, fang! und wirft einen unsichtbaren Ball durch die Luft, den Nada auch sogleich auffängt und zurückwirft. Eine Weile gehen sie, Nada vor ihm rückwärts, dann wieder hinter ihm, so daß er sich umdrehen muß, indem sie sich den Ball zuwerfen, hin und her, bis er plötzlich, da Naumann das Spiel verleidet ist, davonfliegt, der Ball, wie eine Brieftaube. – Vielleicht bis nach Amerika! sagt Nada.

Zu Hause, wenn Nada für sich allein in ihrem Zimmer spielt, während er auf dem Balkon sitzt, ein Glas Wein auf dem Tisch, Blick in den Hof hinaus und die Füße auf der Mauerbrüstung, genießt er es, endlich schweigen zu dürfen.

Nach dem Abendessen, da es noch hell ist und warm, gehen sie vielleicht in eine Gartenwirtschaft, und tatsächlich trifft man auch dort zurzeit keinen Knochen, den man kennt. Naumann sitzt allein mit Nada an einem Tischchen unter Ahorn und redet darüber, was sie zusammen machen wollen am nächsten Tag.

Oder aber: was wohl Regina macht in ihrem Amerika, da sie noch immer nicht geantwortet hat auf den letzten Brief.

Oder aber: ob Nada eigentlich gern in den Kindergarten geht, ob sie sich freut, nach den Ferien die Kinder wieder zu sehen, Flo und alle andern.

Jetzt ist es Nada, die meistens nur eine knappe Antwort gibt, um dann wieder zu schweigen, ihrerseits natürlich ganz unbefangen still, sie ist einfach müde, sie blickt an ihm vorbei auf die Tische ringsum: ihr kleines, helles Gesicht in der abendlichen Luft, ihr rundes Kinn und ihre flache Stirn, ihr glattes, dunkelbraunes Haar, das der Vater ihr zu einem Roßschwanz aufgebunden hat.

Oder Naumann redet darüber, was ihn grad beschäftigt: daß sie nämlich ihren FIAT wieder einmal waschen sollten, dazu ausmisten, da Nada immer allerlei auf dem Rücksitz liegen läßt, und ihn dann in die Garage bringen, nicht nur zwecks Ölwechsel und so weiter, sondern um kontrollieren zu lassen, woher dieses sonderbare Geräusch bisweilen . . . Später wieder sein Schweigen, sein Schweigen mit dem Bierglas in der Hand, Blick auf die fremden Gesichter an allen Tischen ringsum, alle in angeregter Unterhaltung, da es ein wunderbarer Sommerabend ist, eine Nachtluft voller Gelächter und klingender Gläser, nur da und dort ein stummes Männergesicht über einem halbleeren Glas, sonst aber eine Nacht zum Verlieben, warm und windstill und mit einem Nachthimmel wie in Pelikan-Tinte getaucht – bis Nada kurz darauf sagt, daß sie jetzt müde ist und schlafen gehen will.

Naumann ist es recht. Er kann auch daheim auf dem Balkon sitzen mit einem Bier und in die Nacht hinaus starren.

92

Sein Schweigen, noch wenn Nada schon lange schläft –
Froh ist er in diesen Sommerferien nachgerade um alles
gewesen, was es im Haushalt zu tun gibt Tag für Tag. Nada
hat ihm auch fast immer dabei geholfen, wenn er nachher
dafür mit ihr das Hexenspiel macht: man spannt zwischen
den Fingern beider Hände eine Schnur zu einer Figur, die
man sich dann gegenseitig abnimmt, wobei immerzu neue
Figuren entstehen: Tasse und Untertasse, Der Daumenfän-
ger, Die Fliege, Zwei Diamanten, Der Fallschirm, Die
Geburt eines Kindes, Das Geheimnis oder Der Strick um
den Hals. Naumann hat ein Taschenbuch gekauft, das an
die Hundert solcher Figuren enthält, dazu eine kleine
Geschichte der Fadenspiele in aller Welt. Aber dann sind die
Hände von Nada doch ein bißchen zu klein, um ihm die
Fadenfiguren richtig abzunehmen, und etwas zu ungeschickt, und es hilft wenig, daß er ihr unaufhörlich zu
erklären versucht, wie man es richtig macht – er macht sie
nur nervös.

Komm, sagt Naumann, das ist doch keine Hexerei!

Aber sie will nicht, sie begreift es nicht, sie kann es
einfach nicht, sagt sie und läßt ihn mit seinen Fadenfiguren
allein. Dabei wäre das einmal ein Kinderspiel gewesen, das
ihn wirklich interessiert hätte, vor allem auch der ethnolo-
gische Hintergrund, und dazu die Vorstellung, daß ganze
Völkerstämme mit dem Ausdenken solcher Figuren ihre
Zeit verbracht haben.

Was weiter?

Hie und da, wie gesagt, machen sie zusammen einen
Ausflug, einmal tatsächlich auch zu einem kleinen See mit
Ruderboot und mit Baden in einer Bucht. Leider ist diese
Bucht aber auch mit dem Wagen zu erreichen, so daß es
wimmelt von Campingstühlen und Gartengrill, zudem
nicht von Seerosen und Libellen, dafür von bestialischen
Mücken und Bremsen, und Nada will es gar nicht gefallen.

Sie geht nicht ein einziges Mal ins Wasser, weil es ihr zu schlammig ist (vom aufgewirbelten Sand), ganz zu schweigen von den spitzen Steinen überall, die einem in die Füße stechen.

Dabei hat er ihr etwas bieten wollen.

Sein Schweigen am Abend, wenn sie im Auto wieder zurückfahren in die Stadt, anderthalb Stunden auf der Autobahn –

Zum Glück gibt es das Fernsehen, vor dem auch Nada schweigt.

Und dann, was das Schweigen immerhin erträglich macht: Velofahren, eigentlich Bewegung überhaupt, Wandern, Spazieren, vor allem aber Velofahren. Kilometer um Kilometer über Land, wobei Reden zwar nicht unmöglich ist, aber anstrengend, dauernd mit dem Fahrtwind im Gesicht, der oft auch einfach davonträgt, was man redet, so daß das Schweigen durchaus gerechtfertigt ist. Auch Nada im Kindersitz vor ihm auf der Fahrradstange muß sich zu ihm umdrehen, wenn sie etwas sagen will. Man radelt gelassen mit ruhigem Blick über die Landschaft, und hie und da kann man stehenbleiben: – Schau mal das verrückte Haus dort drüben!

Oder einmal hat Naumann gemeint, es sei ein Fuchs am Waldrand, was sich als gewöhnliche Hauskatze erweist.

Dann will Nada endlich doch wissen, wohin man eigentlich fährt die ganze Zeit, da ihr nämlich langsam der Hintern wehtut.

Herrgott, sagt Naumann, was willst du eigentlich!

Dabei spürt er selber nicht nur seinen Hintern, sondern allmählich auch seine Beinmuskulatur, und ein Blick auf die Uhr bestätigt, daß sie nun immerhin schon seit fast vier Stunden unterwegs sind, ziellos unterwegs, obwohl er immer wieder die Velokarte entfaltet, um entscheiden zu können, welcher Weg zum Weiterfahren der beste sei.

Nada ist müde und will überhaupt nicht weiterfahren. Außerdem hat sie Durst. Sie will auf der Stelle umkehren, auch wenn Naumann ihr noch so oft erklärt, daß es nicht mehr weit sein kann bis zum nächsten Dorf, wo es sicher auch eine Gartenwirtschaft gibt. Und kurz darauf kommt es auch, das nächste Dorf, nur gibt es leider keine Gartenwirtschaft, überhaupt keine Wirtschaft, nicht einmal einen Dorfbrunnen gibt es.

Siehst du! sagt Nada.

Nein, sagt Naumann, ich sehe gar nichts.

Das ist es ja: auch ihm scheint, daß die Gegend immer öder wird, immer leerer, und er hat längst keine Ahnung mehr, was er hier draußen eigentlich sucht. Daß es heiß ist, braucht Nada ihm ebenfalls nicht zu sagen. Er schwitzt selber, daß ihm das Hemd auf der Haut klebt, und überhaupt will er nichts mehr hören jetzt. Es bleibt nichts als weiterfahren ins nächste Dorf, ins übernächste, da doch irgendwo eine gemütliche Wirtschaft zu finden sein muß. Und auch wenn er nicht auf der Stelle gleich umkehrt, beschreibt er doch einen großen Bogen, der allmählich wieder zur Stadt zurückführt: er hat die Distanzen unterschätzt. Dabei ist unumgänglich, daß man einige Kilometer weit auf einer Landstraße fährt, neben Lastwagen und Kolonnen von Personenwagen mit hundert Stundenkilometern, was aber auch schon keine Rolle mehr spielt. Bei einem nächsten Halt findet Nada, daß sie demnächst vom Fahrrad fallen werde, und Naumann, um nicht barsch und ungerecht zu werden, schweigt. Auch ihre Frage, warum sie eigentlich das Badezeug mitgenommen haben, bleibt ohne Antwort, da es Naumann abgelehnt hat, schon nach ein paar Kilometern baden zu gehen, als es noch ein Schwimmbad gegeben hätte, und nachher kam kein Schwimmbad mehr. Dann, als sie endlich doch noch ihre Gartenwirtschaft gefunden haben, drei sympathische Tischchen auf einem Kiesplatz zwischen Kastanienbäumen, wenn auch unmittelbar an der Straße, auf der die Lastwagen durch die Ortschaft donnern: Nadas Enttäuschung, weil es keine Coca-Cola mehr gibt, sondern nur Fanta, was sie grad überhaupt nicht mag.

Komm, sagt Naumann, das ist doch egal. Hast du Durst, oder hast du keinen Durst?

Aber Nada ist es überhaupt nicht egal.

Dazu die freundliche Stimme der Wirtin: – Ja, was machen wir denn da –?

Nada plötzlich mit Tränen in den Augen, Tränen der Müdigkeit, der Enttäuschung, des Zorns, und ihr Schweigen, während die Wirtin abermals fragt, ob sie nicht etwas anderes trinken will.

Einen Süßmost zum Beispiel!

Wie sich zum Glück dann herausgestellt hat, gab es sogar ein kleines Schwimmbad im Ort, und danach sah die Welt auch für Nada wieder etwas freundlicher aus. Es ist trotzdem noch eine beschwerliche Heimfahrt geworden, weil Nada fast auf dem Fahrrad einschlief, und es war dunkel, als sie endlich wieder in die Stadt zurückkamen.

Es ist nicht ihr letzter Ausflug gewesen in diesen Sommerferien, aber ein paar Tage lang hat Naumann keinen Versuch mehr unternommen, Nada zu irgendetwas zu überreden. Dann einmal der Besuch, der längst versprochene, bei seiner Mutter, die seit der Trennung seiner Eltern, also seit Jahren schon in Zwingen allein lebt. Wenigstens sind sie sich einig gewesen, Naumann und Nada: nämlich die Großmutter müßte es langsam wissen, daß Nada nicht zu ihr in die Ferien gehen will, und Nada hat es schon vor der Haustür draußen gesagt, daß die Großmutter bestimmt wieder diese Frage stellen wird. Im übrigen macht die Mutter – während Naumann feststellt, wie alt sie geworden ist, eine Frau mit grauem Haar und mit mageren Händen –

keinen Hehl daraus, wie sehr sie ihren Sohn dafür bewundert, daß er seine Vaterpflicht so ernst nimmt, ganz im Gegensatz zu seinem eigenen Vater, der ja niemals Zeit gehabt hat für die Kinder und sich überhaupt um nichts gekümmert hat als um seine Karriere, aus der ja dann doch nie so recht etwas geworden ist, und jetzt ist es auch schon fünf Jahre her, daß er gestorben ist, und Naumann muß zugeben, daß er immer noch nie an seinem Grab gewesen ist. Sein Schweigen, während er mit dem Löffelchen in der Goldrand-Tasse rührt und Nada der Großmutter schon zum dritten Mal sagt, daß sie wirklich keinen Kuchen mehr mag.

Warum glaubst du es ihr nicht? fragt Naumann.

Und am Ende muß er auch noch Regina verteidigen, denn wenn es etwas gibt, was seine Mutter nun wirklich nicht versteht, ist es eine Frau, die einfach ihr Kind im Stich läßt.

Was heißt denn, im Stich läßt? sagt Naumann ärgerlich, und es stellt sich heraus, daß seine Mutter, nachdem sie ihn soeben noch gelobt hat, sich doch nicht so recht vorstellen kann, wie er zurechtkommt mit dem Kind allein.

Und vielleicht hat sie ja recht, auch wenn Naumann das nicht sagt, sondern sie bloß schweigend anblickt. Es hat ja keinen Sinn zu widersprechen. Warum überhaupt meint er, ihr widersprechen zu müssen, wo doch alles vielleicht wirklich nur ein Spleen von ihm ist, was seine Mutter am allerwenigsten erstaunen würde, weil er immer schon, da ist er wieder ganz wie sein Vater, irgendeinen Spleen gehabt hat, während Nada dasitzt und den Erwachsenen zuhört, eine ganze Weile schon gelangweilt ihren Fuß gegen ein Tischbein schlagend, womit sie natürlich der Großmutter überhaupt keine Freude bereitet.

Jedenfalls: sie sind anstrengend gewesen, anders als vorgestellt, diese Tage und Wochen mit Nada ganz allein, diese Stunden voller Schweigen, auch wenn man sich jedesmal von neuem einen Ruck gibt, diese bange Unrast, manchmal auch nur eine Unrast in den Händen, dann wieder im ganzen Körper, im Kopf, der zugleich aber leer ist, entsetzlich leer, wenn Nada wieder und wieder die Frage stellt: – Was machen wir jetzt?

Anhaltend schön bleibt wenigstens das Wetter.

Und dann gibt es immer auch Augenblicke, die Naumann durchaus genießen kann: wenn Nada mit ihrer Bärenfamilie beschäftigt und er am Zeitunglesen ist, ihr zwischendurch eine Weile zuschaut, aber in Gedanken woanders. Sogar Augenblicke von gemeinsamer Ausgelassenheit gibt es, wenn er sich und Nada beispielsweise Rollschuhe gekauft hat und sie gegen Abend im Park zusammen das Rollschuhfahren üben, was er als Kind ja schon einmal beherrscht und wieder verlernt hat.

Trotzdem hat er es dann wie eine Erlösung empfunden, als Nada in der zweitletzten Ferienwoche eines Nachmittags auf der Straße plötzlich Regula entdeckte, ihre Kindergärtnerin, zurück von ihrer Irlandreise, früher als geplant, da es in Irland nämlich die ganze Zeit geregnet habe, geregnet und geregnet: – Ja, und ihr? hat Regula gefragt: Ihr seid überhaupt nicht weggewesen?

Ich habe das Gefühl, hat Naumann achselzuckend gesagt, daß ich noch nie so weggewesen bin wie in diesen Sommerferien hier in der Stadt.

Regula lachte, dann ging man zusammen in eine Wirtschaft, wo Regula von ihrer Reise erzählte. Auch Nada redete und redete wie schon lange nicht mehr. Munter, fast übermütig berichtete sie ihre Ferienerlebnisse, zum Beispiel diese entsetzliche Velotour. Sie hat es als Abenteuer erzählt, und wenn Naumann sich richtig erinnert, ist es schließlich auch Nada gewesen, die Regula aufgefordert hat, zum Abendessen doch zu ihnen nach Hause mitzukommen: – Oder, hat sie mit Blick auf den Vater gefragt: Sie darf doch?

Anzunehmen ist, daß Naumann noch heute, wenn er daran zurückdenkt, und nach allem, was geschehen ist, erst recht, Momente erlebt von stummer Verzweiflung darüber, was möglich gewesen wäre, offenbar aber nicht für ihn, offenbar nicht wirklich möglich – aber was heißt wirklich? Und was heißt Schuld – nur weil man meint, daß man sich immer auch anders verhalten könnte?

Wie sie in dieser flimmernden Julihitze an irgendeinem Waldrand im Schatten sitzen, Naumann und Nada, im Gras, wo es von sirrenden und flirrenden Insekten wimmelt, von Heuschrecken und Bienen wie eh und je, von Würmern und Schnecken, von Vegetation allenthalben, die so leicht nun ja doch nicht auszurotten ist, und miteinander beraten, was alles man hexen würde, wenn man hexen könnte, und wen sie alles verzaubern wollten und in was, während ganz in der Nähe der Rabe Abraxas über einen Acker stolziert, stumm, da er sich nicht mit jedem unterhält und schon gar nicht mit Menschen, die überhaupt nicht hexen können, also auch nicht verhindern können, daß dieser Acker mitsamt dem schönen Ried dahinter bald einer Autobahn zum Opfer fallen wird. Wie sie später dann Gänseblümchen sammeln, um für Nada ein Stirnband zu flechten und ein Armband für den Vater, dazu allerlei Kräuter, womit sie zu Hause eine Hexensuppe brauen wollen, dabei aber auf Spuren stoßen, Hasenspuren, getrocknet im Lehm, und Spuren von Wildschweinen, denen sie durchs Unterholz folgen, jeden Augenblick darauf gefaßt, plötzlich einem wildgewordenen Eber gegenüberzustehen wie das Tapfere Schneiderlein, dessen Geschichte, wie sich herausstellt, Nada aber noch gar nicht kennt, oder einem Einhorn, wobei Naumann den Teil mit König und Prinzessin einfach wegläßt, um die Geschichte zuende erzählen zu können, während die Fährte sie immer tiefer ins Dickicht führt, da und dort eine Rehfährte kreuzend – vermutlich waren das Rehe, aber ganz sicher ist Naumann natürlich nicht –, bis sie plötzlich wie Hänsel und Gretel zu einem Hexenhaus kommen, das aber natürlich nicht aus Lebkuchen und Marzipan gebaut ist, damit man es nicht ohne weiteres als Hexenhaus erkennen kann. Später, während schon die Dämmerung hereinbricht über dem Wald, machen sie auf einer Lichtung ein Feuer, um darüber ihre Hexensuppe zu kochen, dazu zwei Würstchen, und um zu hören, was das Feuer ihnen zu erzählen hat beziehungsweise das Holz, das in den Flammen knackt und jammert und schreit, daß man unwillkürlich an Folter denkt, und das geradezu darauf brennt, all die Geheimnisse loszuwerden, die sich überall unter seinen Jahresringen eingenistet haben, während sich im Unterholz hinter ihrem Rücken die Kobolde tummeln, Kobolde und Gnomen, die unter ihren Wurzelstöcken tuscheln wie üblich, und auch Rehe und Füchse sich vermutlich rings um das Feuer versammelt haben, weil es inzwischen dunkel geworden ist, da und dort vielleicht sogar ein kleines Gespenst, dem es in seinem Schloß verleidet ist, während die Feen und Elfen wie Mücken im Feuerschein tanzen – wie einfach das alles gewesen wäre, wie selbstverständlich und ohne weiteres vorstellbar für einen, der nicht Naumann heißt.

Einfacher geht es, wie gesagt, sowie er mit Nada nicht mehr allein ist. Es ist, als würden die andern ihn befreien aus einem Fluch.

Angenommen, sie sind zusammen in der Küche gewesen, kurz nach Mittag, und Naumann hat sich wieder einmal nicht entscheiden können, ob Tierpark, ob Spielplatz oder ob doch zuerst der Gang zur Post, während Nada ihre Sandalen längst angezogen hat und wartet. Sie spielt Himmel und Hölle auf den schwarzen und weißen Platten des Küchenbodens, und es ist ihr offenkundig einerlei, wohin. Nur der Vater steht und blicket stumm auf dem ganzen Tisch herum, in der ganzen Küche und überlegt, indem er wieder einmal seine Brillengläser anhaucht, bis es plötzlich klingelt, und Pius steht vor der Tür, seine lederne Tasche an die Schulter gehängt wie immer, und noch immer raucht er denselben Tabak, GOLDEN BLEND, diese Wolke des vertrauten Geruchs, die mit ihm in die Wohnung kommt. Im übrigen, wie gesagt, ein Pius mit kurz geschorenem Haar, mit dunklem Anzug und Krawatte, so daß auch Naumann ihn auf den ersten Blick beinah nicht erkannt hätte, und die Frage, ob Spielplatz oder Tierpark, erübrigt sich natürlich.

Naumann ist glücklich über den Besuch, nicht weil er ihn von dieser läppischen Frage befreit, sondern weil es immerhin fast drei Jahre her ist, seit man sich zum letzten Mal gesehen hat. Und Nada begreift, daß der Vater jetzt keine Lust mehr hat, auf den Spielplatz zu gehen; zudem ist sie selber neugierig auf den fremden Gast, an den sie sich wirklich nicht erinnern kann, lang ist's her, für Nada immerhin ein halbes Leben! Also sitzt man in der Küche, während Naumann einen Kaffee macht, später draußen auf dem Balkon, und Pius, nachdem er eine neue Pfeife stopft, muß erzählen, nämlich er kommt sozusagen direkt aus London.

Bald zweieinhalb Jahre schon lebt er da. Und seit einiger Zeit hat er mitgearbeitet beim Aufbau einer Buchhandlung, einer kleinen, genossenschaftlichen Buchhandlung in einem Außenbezirk (East Finchley, wenn Naumann sich richtig erinnert), die aber nicht nur Buchhandlung ist, sondern auch Schreibdienste aller Art anbietet für Quartiersbewohner, von der amtlichen Beschwerde bis zum Liebesbrief, und wo man sich ebenso sein Horoskop erstellen wie sich in sozialen Fragen beraten lassen kann, wo

Akupunkteure und billige Zahnärzte genauso vermittelt werden wie gebrauchte Fernsehgeräte und Fahrräder. Zudem steht ein Personal Computer samt Drucker zur Verfügung für alle, die irgend etwas zu sagen haben, es werden Bücher in Lesezirkeln gemeinsam gelesen, nicht nur Belletristik, auch Wissenschaftliches, Politik oder Probleme der Neuen Technologien, und dann und wann werden auch ein Autor oder eine Autorin eingeladen: ein kleines Unternehmen kurzum, das, je länger Pius davon berichtet, immer umfangreicher wird, wenn auch zurzeit erst zu einem bescheidenen Teil realisiert. Nämlich erst seit einem knappen Jahr, wie gesagt, arbeiten sie daran.

Und nebenher hat Pius die ganze Zeit an einer Erzählung geschrieben. Ja – er lächelt –, wieder einmal, aber vermutlich wird ja nichts draus werden, wie immer, weil er sich nie entschließen kann, anzunehmen, was dabei herauskommt. Das ist natürlich ärgerlich, auch wenn Pius lächelt und wie immer hörbar seinen Pfeifenrauch über die Lippen bläst: – Aber du kennst mich ja! Im übrigen hat er keine Lust, von sich selber zu erzählen. Es macht ihn unleidig, da er in Geldschwierigkeiten stecke, gelinde gesagt, und vor ein paar Wochen sei ihm auch noch sein Paß gestohlen worden, daher Scherereien mit den Behörden, wobei offenbar der Verdacht aufgekommen ist, daß er womöglich in England ohne Bewilligung seinen Lebensunterhalt verdiene. Pius mag überhaupt nicht dran denken. Da bewundert er lieber das muntere Stehaufmännchen, das Nada vor kurzem geschenkt bekommen hat, nicht vom Vater, der ihr ja nie etwas schenkt, sondern von einer Freundin im Kindergarten. Und was sie ihm ebenfalls zeigen muß: ihre hübsch bemalte Babuschka, die man öffnen kann wie ein Tee-Ei, und in der eine kleinere, ebenso hübsch bemalte Babuschka steckt, in der eine noch kleinere Babuschka steckt und so weiter. Was dagegen Pius zu bieten hat, ist ein längliches

Holzkästchen, chinesisch, in dem er eine Münze verschwinden lassen kann, und beim nächsten Mal, wenn er das Kästchen öffnet, ist sie plötzlich wieder da, wieder weg und wieder da, bis Nada ihm keine Ruhe mehr läßt vor Neugier, wie das geht. Und wie lange er bleiben will, Pius, er weiß es nicht.

Pius mußte, um überhaupt nach England zurückfahren zu können, zunächst etwas Geld auftreiben, nicht nur für sich, sondern ebenso für seinen Anteil an dem Buchhandlungsprojekt, und Naumann versprach, nach Möglichkeit zu helfen, obschon sein eigener Beitrag, rein finanziell, im Augenblick nicht großartig sein kann, da er ja selber eigentlich zu wenig verdient und von Ersparnissen zehrt. Natürlich hätte er ihm sehr gern auch angeboten, bei ihnen zu wohnen, so lange er wolle, wäre es nicht vermutlich Pius selber bald zu eng geworden in der kleinen Wohnung und hätte er nicht schon tags darauf bei einer ehemaligen Freundin unterkommen können. Trotzdem sind sie dann oft zusammengewesen, da Pius Zeit gehabt hat wie immer, Zeit für Spaziergänge, für Spielerei, für nächtelange Gespräche, wenn Nada endlich schlief, Zeit wie niemand sonst in der Stadt, und es sind, nach diesen Sommerferienwochen, sehr mühelose Tage geworden.

Mit Kindern streiten, das hat Pius allerdings schon immer gekonnt. Er nimmt sie zum Beispiel einfach beim Wort. Meint Nada, sie habe Meerschweinchen einfach gern, deshalb habe sie sich Meerschweinchen gewünscht, so will Pius natürlich wissen, ob zum Essen gern. Nein, natürlich nicht zum Essen! Mehr als die Frage selbst, macht es Nada verlegen, daß sie die Frage blöd findet. Es verblüfft sie aber immerhin zu erfahren, daß Pius selber schon einmal Meerschweinchen gegessen hat, in Peru nämlich, wo sie herkommen und so selbstverständlich gegessen werden wie bei uns Kaninchen, Kälber und Hühner. Es empört sie

auch gar nicht, sie will nur wissen, und zwar vom Vater, ob
das wirklich stimmt. Das muß sie aber, findet Pius, nicht
den Vater fragen, der nämlich noch nie in Peru gewesen ist.
Trotzdem kann Nada sich nicht vorstellen, Meerschweinchen zu essen, obwohl man sich das leicht vorstellen kann:
Pius schildert, wie so ein Tierchen aussieht, das in einem
Indio-Dorf am Spieß über dem offenen Feuer gebraten
worden ist zu einem festlichen Anlaß, einzeln oder in einer
ganzen Zeile von aufgespießten Meerschweinchen, alle mit
einer knusprigen Haut, die rotgolden glänzt, und die
natürlich etwas blöd aussehen mit ihrer kleinen Zunge
zwischen den Zähnen, den Mund halb geöffnet, als hätten
sie noch etwas sagen wollen, und mit ihren blutigen
Augenhöhlen. Nada ist auch keineswegs entsetzt darüber,
während sie ihren struppigen Punkie aus dem Käfig nimmt
und streichelt; sie hat ja nur sagen wollen, daß sie sich nicht
vorstellen kann, ihre eigenen Meerschweinchen zu essen,
die sie eben sehr gern hat, wie gesagt. Daraufhin wundert
sich Pius, warum sie die Tiere, die sie so gern hat, in diesen
winzigen Käfig sperrt, wo sie nicht herumrennen und keine
Erdlöcher graben können, wie es die Art der Meerschweinchen ist. Aber Nada ist um die Antwort nicht verlegen,
Meerschweinchen können überhaupt nicht rennen, das
kann der Vater bestätigen, jedenfalls nicht schnell. Und läßt
man sie frei in der Wohnung laufen, kann es passieren,
wenn die Leute nicht aufpassen, daß eines zertrampelt wird,
nämlich die sind so dumm! Die Leute? – Nein, die Meerschweinchen natürlich (Pius begreift aber auch gar nichts!),
die ja nicht einmal merken, wann sie davonlaufen müssen.
Aber das ist es nun gerade, was Pius meint. Nämlich wer
sein Leben lang eingesperrt ist – sagt er jetzt mit Blick auf
den Vater, als erwarte er dessen Bestätigung –, der kann gar
nicht mehr richtig davonlaufen. Weil er im Käfig ja ohnehin
nie weit kommt. Sie haben schlicht verlernt, die Meer-

schweinchen, vor der Gefahr zu fliehen und auf sich selber aufzupassen, weil ja der Käfig auf sie aufpaßt. Der Käfig, findet hingegen Nada, ist für die Meerschweinchen aber so etwas wie ihr Haus –.

Und so weiter.

Verstehst du mich eigentlich nicht? sagt Nada.

Sie wehrt sich tapfer, während ihr Punkie unablässig versucht, an ihrem Pullover hinaufzuklettern, während Pius findet, Meerschweinchen wohnen nun einmal nicht in Häusern. Ob sie denn noch nie die Tierchen selber gefragt habe, wie sie ihren Käfig empfinden?

Eine blöde Frage, wo Tiere ja gar nicht reden können.

Das meinst du! sagt Pius, weil du sie nicht verstehen kannst.

Ja, verstehst du sie etwa?

Klar, behauptet Pius, während Punkie jetzt auf dem Küchentisch herumschnuppert –

Und so weiter, bis Naumann, der den Streit verfolgt hat wie eine Ping-Pong-Partie, findet, Schluß jetzt, und Nada soll jetzt machen, daß sie ins Bett kommt, Füße waschen, Zähne putzen und so fort.

Das ist es, was alles einfacher macht: daß er sich gelegentlich einfach heraushalten kann, daß nicht immer er es ist, von dem Nada alles erwartet, daß hie und da auch andere das Bedürfnis haben, vor dem Kind zu bestehen.

Dann wieder gehen sie zusammen durch die Stadt. Nada geht zwischen den beiden Männern, nimmt sie bei der Hand, und dann müssen sie laufen und Nada, als hinge sie an einer Schaukel, in die Luft schwingen, nochmal und noch einmal, das findet sie toll, während die Großen über die Zukunft reden.

Es tut gut, findet Naumann, wieder einmal zu erfahren, daß es auch anderswo viel Ratlosigkeit gibt, zum Beispiel in England, und daß auch andere in der Unsicherheit leben, ob es irgend einen Sinn hat, was sie tun. Natürlich ist es auch anderswo nicht mehr die Zeit der trotzigen Zuversicht wie damals, als sie sich kennengelernt haben, Pius und er, als Naumann noch ins Gymnasium ging und Flugblätter verteilte gegen den Hunger in der Dritten Welt und auf Bäume kletterte, damit der Staat sie nicht einer Straßenverbreiterung opfern konnte, während Pius soeben seine Lehrerlaufbahn abgebrochen hatte: diese Jugendjahre sind überall vorbei. Auch die Welt ist älter geworden! Was bleibt, ist die Kleinkrämerei, der tägliche Kampf gegen den Koller, diese post-moderne Form des Kampfes um das bloße Dasein. Aber, sagt Pius dann, es ist schon eine sehr triste Paradoxie, daß wir im Alltag unserer High-Tech-Gesellschaft um nichts so erbittert kämpfen müssen wie um das bloße Dasein. Nämlich, so findet er, das ganze industrielle Inferno, die tägliche Konsumschlacht, der Mummenschanz der Medien oder der Popanz von Politik und Polizei, von Aufrüstung und Abrüstung und allem, was diese Gesellschaft als absolut unerläßlich erachtet für den menschlichen Kampf ums Dasein, es ist im Grund doch das genaue Gegenteil: Kampf gegen das Dasein! Nichts, so scheint es, ist uns fürchterlicher, nichts schlägt uns unerbittlicher in die Flucht, nichts erregt gründlicher unsere Panik als dieses bloße Dasein. Alles, bloß das nicht, bloß nicht das bloße Dasein. Wenn das kein Aberwitz ist; so weit haben wir's also gebracht. Wenn der Sumerer oder Inder, der einst das Rad erfunden hat, geahnt hätte, was er da ins Rollen bringt! Was für die Menschen jahrhundertelang die unterste Schwelle des Elends bedeutete und zugleich das letzte, worum sie gekämpft haben als um ihren geringsten Besitz, dieses bloße Dasein, für uns ist es zum allerersten geworden, worum wir Tag für Tag zu kämpfen haben wie um unser heiligstes Recht: das Recht auf ein bloßes Dasein und sonst nichts. Man wird es demnächst, findet Pius, zum höchsten Menschenrecht erklären müssen, aber nicht als Minimum, sondern als Maximum des Erstrebenswerten!

Pius wie immer –

Bis Nada heiß hat, beziehungsweise Durst, beziehungsweise wissen will, wo man eigentlich hingeht.

Wie meinst du denn »hingehen« fragt Pius mit gespieltem Erschrecken, und da Nada die Frage offensichtlich nicht gleich versteht: – Hingehen, das heißt doch kaputtgehen, sterben.

Und wie immer, wenn Pius sie unsicher macht, sieht Nada hilfesuchend zum Vater.

Also, meint Pius, gehn wir doch in eine Wirtschaft, bevor wir verdursten –

Was ebenfalls vieles einfacher macht, wenn Naumann mit Nada nicht allein ist: daß nicht immer er es ist, der alle Entscheide zu fällen hat, daß andere gelegentlich auch einen Einfall haben, womit man die Zeit verbringen könnte. In der Wirtschaft zum Beispiel, bei einem großen Bier und nachdem er seine Pfeife ausgeklopft und eine neue gestopft und angezündet hat, zeigt Pius Nada ein Spiel, verwundert, daß der Vater ihr noch nie gezeigt hat, wie man knobelt: die Fäuste unter dem Tisch, gespannt, wer die Anzahl der Streichhölzer erraten kann, die am Ende unter den geöffneten Händen insgesamt auf dem Tisch liegen. Es macht Nada Spaß, auch wenn sie nicht beim ersten Mal schon verstanden hat, wieviele Hölzer es überhaupt sein können. Sie begreift rasch, und dann kann man das Spiel auch zu dritt machen, vorausgesetzt, Naumann spielt mit.

Dann wieder Gespräche darüber, was Regina jetzt macht, was sie vorhat mit ihrer Malerei, die Pius natürlich toll findet, Wagnis der Selbstverwirklichung, wie lange sie denn in Amerika bleiben will und so weiter; da kann auch Nada mitreden. Ebenso will Pius wissen, wie Naumann sich seine eigene Zukunft vorstellt: Allein mit dem Kind für die nächsten zehn, fünfzehn Jahre? Oder nicht unbedingt? Und die berufliche Zukunft? – und Nada hört gespannt zu.

Nur über sich selbst zu reden hat Pius nach wie vor kein Bedürfnis. Die Geldsucherei ist doch mühsamer als erwartet; nicht einmal Schulden, die er noch einzutreiben versucht hat bei einigen Bekannten und Freunden, können oder wollen sie ihm zurückzahlen. Alles nur dummes Ärgernis: – Das Geld, sagt er, hat eben eine eigentümliche Physik. Am allerwenigsten findet man es da, wo es ist.

Pius wie je, er hilft sich mit Sprüchen.

Sein Grinsen, die Pfeife zwischen den Zähnen, seine Augen voll schelmischer Geistesgegenwart: – Klar, sagt er: Der Spruch im Haus ersetzt den Pfarrer!

Dann erzählt er Nada die Geschichte vom Dällenbach Kari, der nämlich das Geld, das er eines Nachts auf der Straße verloren hat, auch nicht im Dunkeln sucht, wo er es zwar verloren hat, aber wo man ja überhaupt nichts sieht, sondern im Lichtschein der Straßenlaterne. Nada kann nur lachen und den Kopf schütteln über so viel Blödheit.

Dabei, sagt Pius, war der immerhin noch ein bißchen weniger blöd als ich.

Wieso meinst du? fragt Nada, und Pius versucht zu erklären, wieso er das meint –

Nur Naumann merkt in diesen Tagen, wie sehr es ihn schmerzt, daß er offenbar nicht mehr denkt wie eh und je, weil ihn Pius mit all seinen frommen Sprüchen, so geistvoll sie sein mögen, jetzt gelegentlich doch langweilt. Ja, sie machten ihn geradezu nervös, diese ewigen Wortwitzeleien, die er früher als reizvolle Provokation empfunden hat; jetzt wirkten sie oft nur noch als bunte, aber leere Hülsen wie Nadas Babuschkas, alle bunt bemalt und glänzend, eine kleiner als die andere, eine leerer als die andere.

Tatsächlich hatte Pius keine Ahnung mehr, was er eigentlich will.

Du kennst mich ja, sagt er einmal, eigentlich wären meine zwei Jahre wieder einmal um.

Also gar nicht zurück nach England?

Pius wußte es nicht.

Warum sollte es mir ausgerechnet in England, fragte er, nicht zu eng werden mit der Zeit.

Aber wohin denn sonst?

Wenn Naumann ihn einmal in einem nächtlichen Gespräch nachgerade nötigte, etwas ausführlicher über seine Situation zu reden, seine Zukunftsaussichten, war er trostlos.

Alle sind so besorgt um ihn, stellt er fest, aber statt ihm das bißchen Geld zurückzugeben, das sie ihm eigentlich doch schuldig sind, überhäufen ihn alle mit guten Ratschlägen. Einer, der die dreitausend Franken, die Pius ihm vor Jahren geliehen hat, nicht zurückzahlen kann, weil er sie in ein vielversprechendes Geschäft investiert hat, das nur im Augenblick leider nicht sehr gut läuft, will ihn zum Geschäftsführer machen. Ein anderer, Journalist, bietet ihm an, an seiner Stelle nach Afghanistan zu fahren, um eine Reportage zu schreiben. Ein dritter, Lehrer, bietet an, daß er sich einfach einmal für drei Wochen krank meldet, damit Pius, der schließlich nach wie vor Lehrer ist von Beruf, seine Stellvertretung übernehmen kann. Sie sind rührend, findet Pius, vor Teilnahme, dabei vertragen sie es einfach nicht, wenn einer im Augenblick grad nicht weiß, was seine Hoffnung ist. Und er ist zur Zeit tatsächlich ein ziemlich hoffnungsloser Mensch, das gibt er ja zu. Wie er überhaupt alles zugibt! Insbesondere gibt er zu, daß ihm im Grund natürlich niemand, gar niemand nichts schuldet, und er weiß nicht, wozu sich alle Sorgen machen um ihn. Er kann ihre Sorgen überhaupt nicht brauchen, er hat selber genug.

Freiheit, sagt Pius, ist Einsicht in die Aussichtslosigkeit!

Ideen, was man machen könnte oder sollte, sagte er einmal, Ideen hätte er auch selber noch genug. Er komme sich aber langsam vor wie jener jüdische Bauer, der den Rabbi um Rat bittet, weil seine Hühner an irgendeinem Durchfall sterben. Und er kommt bereits zum fünften oder siebten Mal, weil frühere Ratschläge des Rabbis, wie weise sie sicherlich auch gewesen sein mögen, leider nicht geholfen haben. Die Hühner sterben weiter, weshalb der Bauer also um einen neuerlichen Ratschlag bittet, bis der Rabbi schließlich sagt: Guter Mann, Ratschläge habe ich freilich noch genug; aber hast du noch genug Hühner?

Es fragt sich einfach, sagte Pius, wie oft man zwei und zwei zusammenzählen kann, bis es endgültig vier gibt.

Dabei klopfte er seine erloschene Pfeife aus, zwischen zwei Fingern, wie es seine Art gewesen ist, stellte die Pfeife in den Aschenbecher und legte sich wie einer der soeben erschrocken ist, die Hand auf den Mund, wie einer, der sich selber am Weiterreden hindern will, um dann hinter der vorgehaltenen Hand stoßweise und hörbar auszuschnaufen. Seine Augen dabei, tief im Schatten des Stirnbeins, als blicke da einer aus großer Entfernung aus sich selber heraus.

Tagsüber blödelte er dann wieder mit Nada, die es natürlich toll findet, wenn ein brüllendes Untier sie durch den halben Park hindurch verfolgt und sie aber, wie verrückt auf ihrem Dreirad strampelnd, jedesmal grade noch entwischen kann. Pius balanciert mit ihr zusammen auf den Holzpfählen, die in einer langen Reihe in die Erde gerammt sind, klettert in den offenen Betonröhren herum oder wippt, als tobe ein heftiger Sturm, auf der schwingenden Hängebrücke aus Brettern. Auch für Pius ist das alles ja nicht Alltag, sondern Abwechslung, eine offenkundig sogar sehr willkommene Abwechslung. Aber was ist sein Alltag?

Er trinkt zum Beispiel, findet Naumann, jetzt ziemlich viel, sozusagen mehr von Tag zu Tag, was Naumann indes nicht sagt. Daß der Schweiß dabei nur so aus Pius herausbricht, über seine Stirn rinnt in Bächen, seine Hände dauernd unappetitlich feucht sind, Schweißtropfen auf seinen Lippen perlen, auf sein Hemd tropfen, und überhaupt sein ganzes Gesicht, erst recht in diesem dunklen Anzug, den er jetzt dauernd trägt, gelegentlich aussieht wie ein bleicher Käse, der schwitzt: das alles kann auch einfach an der sommerlichen Hitze liegen, an der Schwüle bei bedecktem Himmel. Warum hätte Naumann diese Schweißausbrüche als Anzeichen einer verborgenen Angst deuten sollen?

Andererseits ist Pius zu jeder Kinderei bereit, und dann findet sogar Naumann ihn unwiderstehlich komisch. Wenn er zum Beispiel den affektierten Gang einer Dame nachahmt, die ihr Pudelchen spazierenführt, ihre Gesten nachäfft, bis die Dame, da alle sich nach Pius umdrehen, sich schließlich ebenfalls umdreht. Oder der da drüben, sagt er kurz darauf, siehst du, wie der daherkommt? Und er imitiert einen Studenten, der mit seiner Mappe unterm Arm in strackem Schritt an ihnen vorbei den Park durchquert, ein Hans-Guck-in-die-Luft. Naumann hat gar nicht gewußt, daß Pius ein mimisches Talent hat, und Nada lacht nicht nur, sie steht gebannt, lebt mit bis in die Fingerspitzen. Der nächste ist ein stiller Spaziergänger, ein Melancholiker, der überhaupt keine Augen hat für seine Umgebung, und schon gar nicht für das, was hinter seinem Rücken vorgeht. Auf dem Heimweg dann stellt sich Pius hinten auf die Achse von Nadas Dreirad und fährt zwischen den Beinen der Passanten einen Slalom, daß es Naumann angst und bange wird. Einmal, um Nada zu zeigen, wie rot ihr Mund glänzt von ihrem Himbeer-Schleckstengel, bricht Pius von einem parkierten Mercedes einen Seitenspiegel

111

weg und schenkt ihn Nada: – Der Besitzer braucht den Spiegel ja nicht, weil Mercedes-Fahrer keine Himbeer-Schleckstengel lutschen.

Manchmal wußte Naumann schlicht nicht, was sagen –

Noch am anderen Morgen beschäftigt es Nada, daß in ihrem Zimmer dieser Seitenspiegel hängt, den Pius doch eigentlich gestohlen hat, und sie will wissen, was mit Pius geschehen wäre, hätte ihn jemand dabei erwischt.

Was Naumann ärgert, weil es ihn hilflos macht, ist diese trotzige Weigerung von Pius, einigermaßen nüchtern über seine Situation zu reden, vernünftig zu überlegen, was er eigentlich will. Einmal, als er spät am Abend, also betrunken wie meistens und daher heiter und laut, mit Nada, die längst im Bett sein sollte, herumblödelt und findet, sie soll doch den Vater ins Bett schicken, wenn der meint, daß es jetzt Zeit zum Schlafen sei, sagt Naumann es ohne Umschweife: – Könntest du wenigstens zur Kenntnis nehmen, daß wir nicht alle an der Realität vorbeileben können und daß Nada morgen früh aufstehen muß und den ganzen Tag unleidig wird, wenn sie nicht genug geschlafen hat?

Pius grinste nur.

Dein Vater ist ein Langweiler, sagte er zu Nada. Dabei ist er nämlich nur eifersüchtig, weil wir es lustig haben. Und daß wir – rief er noch ins Kinderzimmer hinüber – schließlich alle zusammen noch genug schlafen können, wenn wir einmal tot sind, erklär ihm das doch einmal!

Es hatte einfach keinen Sinn.

Trotzdem fand Naumann es schade, daß Pius plötzlich, drei Wochen nach seiner Ankunft vielleicht, zu einem verabredeten Abendessen nicht mehr erschien. Statt dessen lag ein Zettel im Briefkasten: Muß für ein paar Tage nach Zürich, ich hoffe, daß ich da doch noch etwas Geld beschaffen kann, und komme nochmal bei euch vorbei, bevor ich zurückfahre nach England – Gruß, Pius.

Du mußt wissen, hätte Naumann ihm immerhin noch sagen können, daß du mir fehlen wirst. Sehr sogar! Seit du da bist, habe ich wieder gemerkt, was mir gefehlt hat die ganze Zeit, während ich mit Nada allein gewesen bin, was mir mehr und mehr abhanden gekommen ist: eine gewisse Distanz zu mir selber. Manchmal, wenn ich mit dem Kind allein bin, ist es, als bekomme ich einfach keine Luft mehr. Immer wieder steht sie zwischen uns, diese Nähe, zwischen Nada und mir wie ein Fluch, diese nämlich unvermeidliche Nähe, wenn du mit einem Kind zusammenlebst, wie ein Abgrund, der uns trennt und verbindet zugleich, indem wir dastehen und einander in die Augen blicken, Nada nicht weniger ratlos als ich, über diese Leere hinweg, die in mir selber ist. Dabei, denke ich manchmal, würde ein Schritt von mir, ein einziger Schritt auf sie zu genügen –

Vielleicht hätte er überhaupt mehr von sich selber reden müssen; er hat es nicht getan.

Wie sie hinter ihm her geht, Nada, auf dem Heimweg vom Einkaufen zum Beispiel, ganz nah in seinem Rücken, damit er sie nicht sehe, ihre Schuhspitzen dicht an seiner Ferse, so daß es ihm ein paarmal fast den Schuh auszieht. Auch das findet sie natürlich lustig, und wenn er sich plötzlich nach ihr umdreht, blitzschnell trotz der Einkaufstasche in seiner Hand, um sie zu ertappen, so rennt sie, kreischend vor Lust, weg, tanzt um ihn herum, um sich gleich darauf wieder an seine Fersen zu heften: ein munteres Spiel, das nur dem Vater mit der Zeit verleidet, da die Tasche an seinem Arm immerhin ein Gewicht hat und er sie gelegentlich daheim abstellen möchte. Immer trägt er irgend so eine Tasche oder sonst eine Last, die ihn am Lustigsein hindert! Das ist ärgerlich, aber wahr, und es verdrießt ihn nicht nur gegen sich selbst, es verdrießt ihn mehr und mehr auch gegen Nada, gegen ihre lebendige Leichtigkeit, gegen ihre geradezu rücksichtslose Munterkeit. Eine Ohrfeige kann man es trotzdem nicht nennen, und immerhin hat er Nada mehrmals gesagt, daß sie jetzt bitte damit aufhören soll; aber nachher geht sie ein paar Schritte hinter ihm, stumm mit gesenktem Kopf, tränenlos, da es ja wirklich nicht weh getan hat, aber beleidigt, begreiflicherweise, obschon er sie gewarnt hat, ausdrücklich, wie gesagt. Sie ist trotzdem erschrocken, und der Vater ja nicht minder, genau genommen, aber getan ist getan.

Einmal im Park, da sie zusammen Federball spielen – Nada steht da mit dem Netz ihres Schlägers vorm Gesicht, sie staunt jedesmal, wenn der Ball den Schläger verfehlt –, weiß Naumann plötzlich: er kann nicht mehr spielen. Das ist der Fluch, er kann nicht sein ohne Ziel und ohne Zweck, der ihn hält (während Nada versucht, was vorhin der Vater gemacht hat, nämlich den Federball, ohne ihn aufzuheben, direkt aus dem Rasen in die Luft zu schlagen, aber es köpft nur ein paar Kleeblüten, während der Ball im Rasen kollert). Er erträgt es nicht mehr, wenn die Zeit nicht vergehen will, Viertelstunde um Viertelstunde, weil man plötzlich nicht mehr zu wenig, sondern zu viel Zeit hat, weil gar nichts mehr da ist, was zu erledigen wäre. Nur er ist da, und Nada ist da, und nur dazustehen und zu warten und einmal zu sagen: – Also komm jetzt, versuch mal einen richtigen Anschlag! es macht ihn ungeduldig. Er fragt sich, wie das die Mütter alle machen, die ringsumher mit ihren Kindern spazieren oder auf den Bänken sitzen. Dabei ist es manchmal, wie gesagt, eine wirkliche Herausforderung, mit Nada ein Spiel zu machen, Mühle zum Beispiel oder Memory, wo er gegen Nadas Gedächtnis kaum eine Chance hat. Aber das ist ja nicht Spiel, sondern Wettkampf, nicht kreatives Gestalten der Zeit, sondern im Gegenteil: Zeitvertreib. Spiel wäre etwas ganz anderes: von Minute zu

Minute aus dem, was ist, etwas machen können, selbstvergessen wie einst. Aber wieviele Minuten hat der Tag! Eine öde Ewigkeit, wenn man steht und wartet, gelassen den Schläger gegen das Hosenbein schlagend, bis der gefiederte Ball wieder einmal geflogen kommt, und was diese Ewigkeit allenfalls erträglich macht, ist Nadas Lachen in der trockenen, klaren Luft dieses Sommerabends. Ihr Gickeln entlockt sogar dem Vater gelegentlich ein Lächeln.

Er, hat Pius einmal gesagt, er werde mit einer Sache entweder spielend fertig oder sie mit ihm. Schon als Kind habe er augenblicklich ein Gefühl von lähmender Ohnmacht gehabt, wenn er bemerkt habe, daß etwas kein Spiel mehr ist. Und was Naumann ebenfalls kennt (während er sich nach dem Ball bückt): die Furcht, daß das Leben es ernst meinen könnte. – Du hast einen Einfall, hat Pius gesagt, also einen Wunsch, und du setzt alles daran, ihn zu realisieren, bis du eines Tages erschrickst, weil es Folgen gehabt hat, dein Spiel. Du siehst zwar, die Wirklichkeit hat dich mißverstanden, kein Zweifel, du hast es anders gemeint, aber es gibt ja kein Zurück. Nur weiter geht es, weiter und weiter, bis du eines Tages vielleicht bloß noch feststellen kannst, daß du verspielt hast, alles, das ganze Leben vielleicht.

Eben diese Furcht ist Naumann nicht unbekannt, während Nada mit ihrem kindlichen Ernst wieder ganz bei der Sache ist, im Gegensatz zum Vater, und das ist genau der Fluch: daß er sich immerzu als Gegensatz zu ihr erlebt. Das weiß er sozusagen mit einem Schlag. Und dann, wenn der Ball plötzlich doch zurückkommt, durch Zufall oder weil Nada es endlich erlickt hat, ist er natürlich nicht darauf gefaßt. Jetzt ist es der Vater, der daneben schlägt und sich abermals bücken muß.

Eine andere Geschichte wäre es ja, wenn er Pius nicht immer bewundert hätte für seine kompromißlose Haltung, für seine Treue zu sich selbst, wenn er ihm etwa seine Lehrer-Geschichte nicht ohne weiteres geglaubt hätte. Pius hatte, als Naumann ihn kennenlernte, immerhin schon fünf oder sechs Jahre als Volksschullehrer gearbeitet, genauer gesagt: als Stellvertreter. Zuerst also immer nur wenige Wochen, zwei, drei Monate allerhöchstens am selben Ort: das entsprach ihm, weil er nach seiner Seminar-Ausbildung sehr unsicher war, ob er sich für diesen Beruf wirklich eigne. Dann übernahm er in einem Dorf im Solothurnischen die Stellvertretung eines Lehrers, der erkrankt war. Die Krankheit zog sich über Monate hin, bis der Arzt fand, es bestehe nun kaum mehr Hoffnung, daß der Mann überhaupt jemals wieder arbeitsfähig sein würde. Pius stand, zumal damals ein akuter Mangel an Lehrkräften herrschte, vor der Wahl, sich definitiv als Dorfschullehrer anstellen zu lassen. Und da es eine gute Klasse war, die er gerade unterrichtete, da er in der Arbeit mit diesen Elf- und Zwölfjährigen nie nennenswerte Schwierigkeiten gehabt hatte, hätte er auch nicht gezögert, das Angebot anzunehmen, wäre nicht diese traurige Geschichte gewesen.

Das Mädchen war dreizehn, ein Jahr älter als seine Klassenkameradinnen, da es einmal eine Klasse repetieren mußte. Es ging schon das zweite Jahr zu Pius in die Schule, als bekannt wurde, daß es, selber noch ein Kind in fast jeder Hinsicht, ein Kind erwartete: eine Geschichte, verhängnisvoll genug in einem kleinen Dorf des schweizerischen Mittellandes. Sie betraf Pius zwar nicht direkt, aber er hätte sich in gewisser Weise doch mitverantwortlich gefühlt, sagte er, wäre sie nicht für ein paar einflußreiche Leute ein willkommener Anlaß gewesen, seine Unterrichtsmethoden in Frage zu stellen, seine Qualifikation als Lehrer überhaupt, als sei das Mädchen durch seine etwas fortschrittlichere Art des Unterrichts schwanger geworden. Man inszenierte gegen ihn eine Hetzkampagne; in den Artikeln und Leserbriefen, die in den folgenden Wochen im Lokalblatt erschienen, kam so ziemlich alles zur Sprache, was je den Unwillen der Eltern seiner Schüler auch nur hätte erregen können.

Das Schlimmste natürlich war, daß die Kinder relativ gern zu Pius in die Schule gingen, obwohl auch er nicht anders konnte, als Bruchrechnen einzupauken, Lokalgeografie oder die Geschichte der Urbewohner unseres Landes zum wiederholten Mal. Immerhin durfte er in diesem Zusammenhang die menschlichen Grundbedürfnisse erwähnen, also auch über die Bedürfnisse der Kinder reden. Oder man konnte unsere primitiven Vorstellungen von primitiven Kulturen zur Sprache bringen, Konsumgesellschaft und Entwicklungshilfe, Betonarchitektur, Atombombe, den Sinn oder Wahnsinn des Fortschritts überhaupt, was doch wenigstens den Lehrer wirklich interessierte. Und was die Lokalgeografie betraf: Pius schickte seine Schüler im Dorf herum, um ältere Bewohner darüber zu befragen, wie sie selber als Kinder in dieser Gegend gelebt hatten. Und da ja anzunehmen ist, daß auch zu jener Zeit im Gemeinderat gerade wieder einmal über einen beträchtlichen öffentlichen Kredit für irgend ein umstrittenes Bauvorhaben verhandelt wurde, erscheint es nur allzu begreiflich, daß manche Leute im Dorf dies als pure Einmischung des Lehrers in ihre private Dorfpolitik empfinden mußten – erst recht, als die Schüler in einer Klassenarbeit den sozusagen statistischen Nachweis führten, daß in den letzten Jahren der freie Lebensraum für Kinder überall auf dem Boden der Gemeinde verbaut worden war. Man mußte sich ja fragen, ob heutzutage ein Lehrer in der Schule nichts Wichtigeres mehr zu tun hat, als die Kinder für politische Aktionen einzuspannen.

Indes konnte man Pius rein methodisch – nämlich weil es dumm gewesen wäre, darüber auch noch eine öffentliche Debatte zu veranstalten und womöglich, wie man sagt, schlafende Hunde zu wecken – in dieser Sache nichts vorwerfen. Es ging ja auch nicht um solche Details, sondern ums Allgemeine und Grundsätzliche: zum Beispiel darum, daß Pius im Schulzimmer gelegentlich vor versammelter Klasse fluchte. Ferner schien es, daß er auf Pünktlichkeit wenig Wert legte, weder auf die Pünktlichkeit der Kinder noch auf seine eigene. Allgemein bekannt war auch die Unordnung in seinem Schulzimmer. Und was einfach nicht in Frage kam: daß der Lehrer den Schülerinnen und Schülern erlaubt, ihn zu duzen, das zeigt höchstens, daß einer nicht imstand ist, für die Kinder eine Autorität darzustellen. Und dieses antiautoritäre Gebaren war ja nun, wie es in den Leserbriefen hieß, sattsam bekannt. Kurzum, es war eine von diesen miesen Geschichten wie üblich in jenen Jahren, da man eigentlich froh sein mußte um jeden jungen Lehrer, der sich zur Verfügung stellte, weshalb ein gewisser fortschrittlicher Zeitgeist sich aus dem schweizerischen Schulwesen nicht mehr ohne weiteres verbannen ließ.

Natürlich waren es, mit einer Ausnahme oder zwei, nie die Eltern seiner Schüler, die sich empörten. Es waren die anderen, es war die Mehrheit des Dorfes, die bisher zu allem geschwiegen hatte – so wenigstens behaupteten es die Leserbriefe.

Trotz allem wäre es aber zu jener üblen Kampagne doch nie gekommen. Es wäre beim allgemeinen Gemunkel geblieben, hätte Pius nicht in eben der Zeit, als bekannt wurde, daß dieses dreizehnjährige Mädchen schwanger geworden war, mit seiner Klasse eines dieser antiautoritären Bücher zur Sexualaufklärung gelesen, und zwar gelesen, ohne die Eltern zuvor um ihre Einwilligung gebeten zu haben. Nachforschungen ergaben sogar, daß er dieses Buch schon vor einem Jahr – ebenfalls ohne die Einwilligung der Eltern – mit seiner früheren Klasse gelesen hatte. Die Eltern hatten es damals zwar erfahren, und niemand hatte Einspruch erhoben, aber darum ging es jetzt nicht. Es genügte, daß sich unter den Eltern seiner jetzigen Schülerinnen und Schüler ein Vater finden ließ, der sich empörte, und man mußte nach diesem Vater nicht allzulange suchen. Es lag ja nun auf der Hand, wohin diese sogenannt fortschrittlichen Unterrichtsmethoden führten. Und man durfte sich immerhin fragen, ob ein Lehrer tragbar sei, der die Schülerinnen und Schüler zur baren Respektlosigkeit verführte – wenn nicht gar zu mehr. Den längst fälligen Beweis dafür bot das schwangere Kind.

Es sei ihm bald klar geworden, sagte Pius, daß er sich, wenn er im Dorf bleiben wollte, vorbereiten mußte auf eine jahrelange und zermürbende Auseinandersetzung. Dazu aber verspürte er wenig Lust. Sogar dem Präsidenten der örtlichen Schulkommission war die Angelegenheit eher peinlich, und er riet zu einem Disziplinarverfahren, in dem Pius für sein einziges Versäumnis – daß er eben Sexualunterricht ohne elterliche Erlaubnis erteilt hatte – gerügt, von allen übrigen Anschuldigungen aber entlastet werden und danach unbehelligt zum vollamtlichen Lehrer gewählt werden konnte. Ja, der ältere Kollege bat Pius inständig, sich auf dieses Verfahren einzulassen, da er keine Ahnung habe, wo er einen Ersatz für Pius finden könne, einen gleichwertigen. In einem fort rühmte er den Unterricht von Pius, die Beziehung zu den Kindern und so weiter, obschon er nicht einen einzigen Schulbesuch bei ihm gemacht hatte, wie es eigentlich seine Pflicht gewesen wäre.

Die Umstände waren also günstig für Pius, aber eben deswegen ging es ihm nun wieder ums Grundsätzliche. Er verspürte nicht das mindeste Bedürfnis, sich auf irgendwelche Machtspiele einzulassen, das war ihm schlicht zu dumm; er war nun endgültig davon überzeugt, daß von Anfang an seine Zweifel berechtigt gewesen waren: er war untauglich für diesen Beruf. Und auch dem Präsidenten der Schulkommission, das sagte er ihm offen heraus, ging es mit seiner Lobhudelei nicht darum, daß er ihn, Pius, und seine Art des Unterrichts besonders schätzte und unterstützen wollte, es ging ihm lediglich darum, keinen anderen Lehrer suchen zu müssen. Auch das war ihm selbstverständlich zu dumm. Pius war entschlossen, diesem dörflichen Klüngel von Großbauern und Kleingewerbetreibenden, von Hoch- und Tiefbauspekulanten zu zeigen, wie ein freier Mensch sich in einer so widrigen Situation verhält. Sollten sie ruhig als Sieger dastehen, wenn sie meinten, sich solche Siege leisten zu können.

Was ihn nun einzig und allein noch beschäftigt habe, so sagte er, war das schwangere Mädchen. Dessen Problem hätte sich ja unter normalen Umständen auch in einem kleinen Dorf einigermaßen lösen lassen; nun aber war alles zu einem Politikum geworden, zu einem Fall von öffentlichem Ärgernis ohne Ende. Denn solang diese Angelegenheit öffentlich verhandelt wurde, war an eine vernünftige Lösung des Problems überhaupt nicht zu denken. Die Eltern waren überfordert in jeder Hinsicht, und niemand wirklich imstand, ihnen zu helfen. Der Vater, ein selbständiger kleiner Installateur und angewiesen auf die Gunst seiner Kundschaft, zudem ein schwerer Alkoholiker und ein cholerischer Mensch, er verfluchte sein Kind in aller Öffentlichkeit, im Wirtshaus oder wo immer es ihm angebracht schien. Auch daheim verfluchte er das Kind für die Schande, daß es der Mutter manchmal himmelangst wurde. In ihrer Verzweiflung kam sie mit dem Mädchen sogar zu Pius, der früher schon gelegentlich Rat gewußt hatte. Aber Pius war ja wohl der letzte, der noch helfen konnte. Es blieb ihm nur, die Frau zu ermuntern, zum Pfarrer zu gehen. Eine entsetzliche Stunde lang heulte sie im Schulzimmer, während das Mädchen dabeisaß und schwieg; überhaupt schwieg das Kind ja immerzu, und sie hatte gehofft, daß wenigstens der Lehrer sie einmal hätte zum Reden bringen können. Aber nicht einmal für seine Schülerin, Pius sah es, hatte es irgendeinen Sinn, daß er im Dorf blieb.

Die Letzten, die nach wie vor zu einem Disziplinarverfahren rieten, waren seine Kolleginnen und Kollegen von der Lehrergewerkschaft. Bereit, ihn nach Kräften zu unterstützen, sahen sie eine Chance, endlich eine öffentliche Auseinandersetzung herauszufordern über die politischen Rechte der Lehrer. Aber Pius ging es jetzt einzig und allein um seine Schülerin. Und es mag ja sein, daß es unter den Kolleginnen und Kollegen mit geschultem politischen Bewußtsein einige gegeben hat, die darüber nur den Kopf schütteln konnten. Das Schweigen half dem Mädchen auch nicht weiter, und dann verstanden sie nämlich nicht mehr, wieso Pius daran nicht von Anfang an gedacht hatte, als er mit seiner Klasse dieses Buch las, ausgerechnet zu dem Zeitpunkt, als im Dorf die Geschichte dieses Mädchens bekannt geworden war. Es bedurfte ja keiner Hellseherei, vorauszusehen, daß dies als pure Provokation aufgefaßt werden mußte. Wieso hatte es Pius bis zu diesem Punkt kommen lassen, wenn er jetzt aufgeben wollte? Pius aber war entschlossen, nicht nur seine Stelle aufzugeben, sondern den Lehrerberuf für alle Zeit. Er war schon dabei, sein Kündigungsschreiben abzufassen, als die ganze Geschichte eines Nachts ihr trauriges Ende nahm. Der Vater des Mädchens wußte sich in seinem heiligen Zorn nicht mehr anders zu helfen, als das Kind mitsamt seinem noch ungeborenen Kind, vermutlich ohne nachweisbaren Vorsatz, halb totzuschlagen, im Suff. Seine schreiende Frau versuchte vergeblich, ihren Mann daran zu hindern, den dummen Schädel des Kindes so lange gegen den Türpfosten zu hauen, bis es endlich aufhören würde, so verstockt zu schweigen. Dann ging der Vater ins Bett, weil ja alles doch überhaupt keinen Sinn mehr hatte. Das Mädchen lag bewußtlos auf der Schwelle, als die Polizei eintraf, und der Arzt, der kurz darauf erschien, konnte es nur noch ins Krankenhaus überweisen mit einer üblen Schädelfraktur, Hirnblutungen.

Was aus dem Mädchen geworden ist und ob es je sein Kind zur Welt gebracht hat, Pius wußte es nicht. Tags darauf, ohne das ordentliche Kündigungsschreiben verfaßt zu haben, hat er das Dorf verlassen, hat auch die Schweiz sogleich verlassen. Fast ein Jahr ist er in halb Europa herumgereist, bevor er zum ersten Mal wieder zurückkam nach Basel. Dort hat ihn Naumann, damals noch ein Gymnasiast, bei der Demonstration gegen den Ausbau des City-Rings kennengelernt. Eine Zeitlang arbeitete Pius als freier Journalist, ein paar Wochen lang sogar als Redakteur der sozialdemokratischen Tageszeitung, bis er wieder verreiste, nach Südamerika diesmal. Seither, wie gesagt, hat es ihn nirgendwo mehr sehr lange gehalten.

Für Naumann aber ist er lange Jahre so etwas gewesen wie ein älterer Bruder mit Lebenserfahrung. Ein Freund, den man immer wieder aus den Augen verliert, ein Fremder bei jedem Wiedersehen, ein willkommener Gast, der nie zu lange bleibt, einer, der nirgendwo eine Vergangenheit haben will. Für diese Kraft zum ungebundenen Dasein, für die Entschlossenheit, überall wieder von vorn zu beginnen, für diesen Mut zur ungebrochenen Neugier hat Naumann ihn immer wieder bewundert. Und hätte er einmal wissen wollen, ob Pius damals wirklich aus einer kompromißlosen Haltung heraus gehandelt hat und nicht etwa bloß aus Feigheit, nicht etwa aus Angst, einmal an einem Ort sich bewähren zu müssen als einfacher Volksschullehrer, hätte er gefragt, ob nicht möglicherweise auch für Pius die Geschichte mit diesem Mädchen nur ein Anlaß gewesen sei, ein willkommener Anlaß, sich selbst und der Welt zu beweisen, daß man ihn gar nicht als Lehrer haben will, hätte er vielleicht nur einmal die Frage gestellt, ob Pius dieses umstrittene Buch mit seiner Klasse damals zu lesen angefangen habe erst, nachdem die Geschichte des Mädchens im Dorf die Runde gemacht hatte, ob also nicht auch er, gerade indem er nicht mehr mitspielen wollte, in jenem argen Spiel auf seine Weise mitgespielt habe, dem Mädchen übel mitgespielt: das wäre eine andere Geschichte. Naumann hat es nicht getan, er hat nicht gefragt, und jetzt ist es zu spät für jede Frage.

Der Herbst kam rasch, mit Septemberbläue, mit Tagen in weißlichem Oktoberlicht, mit Nieselnebeln am Morgen und mit Sonnenuntergängen am Abend, die an Kinderverse vom Sankt Niklaus erinnern, Sonnenuntergänge über dem Industrie-Areal in einem Himmel aus Kupfer, aus Messing, aus Bronze, mit ziehenden Schwärmen von Spiren und Staren, mit Pfützen auf dem Asphalt und Altweibersommer im Park, mit Laub unter den Füßen, das raschelt wie eh und je. Naumann wundert sich noch immer, wie sehr man allein sein kann, allein mit einem Kind. Und manchmal ist plötzlich eine Stille um sie, eine große Stille mit Wind in den Ästen, mit dem fernen Motorengelärm in der Stadt, mit gellenden Kinderstimmen in der Nähe vielleicht, mit einer ganzen Kulisse von Geräuschen, die aber draußen bleiben, die nicht eindringen in den Raum, der zwischen ihm und dem Kind ist, eine Stille, so dünkt ihn, die nicht zu übertönen ist selbst dann, wenn man selber noch redet, einerlei, was man gerade redet, eine Stille, die hie und da auch schön sein kann, bisweilen aber beängstigend ist wie die Stille, wenn man etwas in eine weite und dunkle Leere hineinruft und vergeblich auf ein Echo wartet, eine Stille, daß es einen schaudert und man beispielsweise froh ist um das Gekreisch von Möwen über dem Wasser. Dann Nadas Stimme in diese Stille hinein: – Bist du sicher?

Wieso sicher?

Eben, daß du unsere Miete nicht bezahlt hast vom letzten Monat!

Alltag mit dem Kind –

Alltag mit Nada, die munter ist wie immer, übermütig manchmal, daß sie überhaupt nicht ruhig neben ihm her gehen kann, sondern hüpfen muß, immerzu muß etwas los sein, und der es andrerseits nichts ausmacht, wenn die Freunde, die man im Vorbeigehen hat besuchen wollen, halt zufälligerweise grad nicht daheim sind.

Was machen wir jetzt?

Es ist eine merkwürdige Art von Alleinsein, allein mit einem Kind, mit dem man ja auch allerlei besprechen kann, was einen grad selber beschäftigt, etwa die Frage, ob Regina und er, da sie ja nach wie vor verheiratet sind, auch noch im nächsten Jahr ihre Steuern gemeinsam zu bezahlen haben. Nada weiß es natürlich auch nicht, und Naumann wird einmal auf der kantonalen Steuerverwaltung vorbeigehen müssen, um das abzuklären. Mitreden kann Nada hingegen bei der Frage, ob sie Regina, die in ein paar Wochen Geburtstag hat, etwas schicken wollen, ein Buch zum Beispiel? Ob dieser kleine Band mit Skizzen von Klee sie freuen würde? Nada findet, daß ja. Kurz darauf sind sie aber wieder ganz mit sich allein, auf sonderbare Weise miteinander verbunden, wenn sie zusammen zum Zahnarzt gehen, obwohl doch nur Naumann kaputte Zähne hat. Einen Termin vormittags hat er kurzfristig nicht bekommen können, und so muß sich Nada im Wartezimmer eben die Zeit mit einem Bilderbuch vertreiben, oder, wenn sie das halt partout nicht will, darf sie auch einmal dabeisein und zusehen, wie der Vater, tapfer, indem er sich keine Spritze geben läßt, hie und da zusammenzuckt, einmal stöhnt und mit aufgesperrtem Mund zu sprechen versucht. Dies alles ist für Nada gewiß nicht uninteressant, sie sitzt still und geduldig auf ihrem Stuhl, und daß es dann doch etwas länger dauert als vorgesehen, ist nicht Naumanns Schuld. Dafür geht man hinterher in den Park, damit auch Nada von diesem Nachmittag noch etwas hat.

Das aber ist genau der Punkt: entsetzlich selten – so schreibt er in einem Brief an Regina – kommt es vor, daß sie etwas unternehmen können, woran beide gleichermaßen teilhaben, der Erwachsene wie das Kind, das Kind wie der Erwachsene, so daß eine wirkliche Partnerschaft entsteht. Und daß es Partnerschaft ohne Liebe gibt, sogar massenhaft, ist klar. Aber gibt es Liebe ohne Partnerschaft? Das fragt sich Naumann. Es ist ja nicht nur so, daß immerzu eines von beiden sich den Bedürfnissen des anderen fügt – was als Kompromiß von Fall zu Fall ja zu verkraften wäre –, sondern sie haben sich abwechslungsweise in Situationen zu fügen, die eines von beiden jeweils nur wenig angehen, so daß man, selber mehr oder weniger unbeteiligt, alles nur noch durch die Person des anderen erlebt. Dabei gibt es natürlich auch Momente von wirklicher Anteilnahme: wenn Nada zum Beispiel in Sorge (er sieht es) zuhört, wie sein Zahnarzt erklärt, weshalb der Sechser oben links vermutlich nicht mehr zu retten ist. Es ist nicht die Sorge des Vaters, die sich in ihrem Gesicht spiegelt, ihre Zunge fährt wie beiläufig unter der Lippe an den eigenen Zähnen entlang, als müßte sie kontrollieren, ob alle noch da sind. Nachher muß er ihr ganz genau erklären, was der Zahnarzt gesagt hat und was sie nicht immer verstanden hat. Umgekehrt ebenso Naumann, wenn er später im Park beobachtet, wie Nada aus einiger Distanz eine Gruppe spielender

Kinder beobachtet und sich offensichtlich nicht zu fragen traut, ob sie mitspielen dürfe. Er muß sich nicht nur zusammennehmen, damit er sitzenbleibt und es wirklich Nada überläßt, wie sie mit der Situation fertig wird, sondern er sieht es mit wachem Interesse: Nada, ist anzunehmen, erinnert ihn bei solchen Gelegenheiten auch an sich selber.

Dann aber sitzt er wieder im Park, beide Ellbogen auf der Rückenlehne der Bank, zwischen all den Müttern, während die Kinder sich im Sandkasten tummeln, zur Rutschbahn drängeln, und Nada, so oft sie an der Reihe ist, ruft, damit der Vater sehe, wie sie diesmal bäuchlings herunterrutscht.

Kinder als Pflicht –

Was es daheim noch alles zu tun gäbe! Statt dessen kauert man beim Sandkasten, stochert mit einem Stecklein im Sand.

Noch nach einem Jahr kennt Naumann nicht eine von den Frauen, die da fast täglich ihre Kinder beaufsichtigen, und auch sie, so scheint es, haben nicht eben viel miteinander zu schaffen. Sie sitzen wie im Wartezimmer, vereinzelt die meisten, stumm die meisten, selbst wenn sie auf einer Bank nebeneinander sitzen, und so spielen auch viele Kinder, jedes für sich, vor allem die Kleineren. Hie und da will eines der Kinder im Sandkasten wissen, was das andere da baut, oder es kommt zu einem heftigen Wortwechsel, weil sie einander in die Quere gekommen sind, vielleicht sogar zu einer Streiterei, so daß eine der Mütter aufstehen muß, um ihrem Kleinen das Schäufelchen wieder wegzunehmen, das es seinerseits einem anderen Kind weggenommen hat. Sie gibt es, indem sie ihr eigenes kurz zurechtweist, dem fremden Kind zurück, damit die Kinder ja nicht lernen müssen, miteinander zu streiten, damit sie nicht unnötig selbständig werden. Dabei ist es nicht so, daß diese Frauen ihre Kinder unentwegt beobachten. Sie sehen nur hin, die Hände im Schoß oder an den Stricknadeln; andere sind in eine Plauderei verstrickt, aus der sie sich aber jederzeit lösen können, wenn sie meinen, daß eines der Kinder sie braucht. Ihre gesellige Art, halb weiterredend, halb dem Kind zuhörend, beiläufig eine Auskunft zu geben oder, allzeit für ihre Kinder bereit, aufzustehen, um sich zum Sandkasten führen zu lassen, wo das Kleine offenbar etwas zeigen will, aufzustehen, ohne ihr Gespräch mit anderen Frauen zu unterbrechen – halb im Weggehen hören sie den Einwand, der vorgebracht wird gegen etwas, was sie soeben gesagt haben, und sie stellen ihrerseits noch eine Frage, um sich dann aber, ohne die Antwort abzuwarten, endlich zum Sandkasten zu begeben – kurzum: diese zweifelhafte Begabung der Mütter, immerzu an mehreren Orten zur gleichen Zeit anwesend zu sein. Dazu all diese Gesten mütterlicher Geduld –

Vielleicht ist es das, was Naumann fehlt: dieser unerschütterliche Gleichmut, mit dem sie sehen, wie ihre Zeit verrinnt.

Eine der Frauen steht am Ende der Rutschbahn, um ihren Buben jedesmal abzufangen, damit er sich nicht im Sand wehtue, und eine andere spaziert gelassen hinter dem kleinen Mädchen her, das kreuz und quer sein Wägelchen über den Kies schiebt. Woran denken sie? Eine noble Mutter, die ihrem Kleinen immerzu das Käppchen über die Ohren zieht, und eine andere, der man ansieht, daß es ihr zuwider ist, wenn das Kind ihr zu nahe kommt. Eine junge Mutter, die kauernd wartet, mit weit offenen Armen, daß ihr Kleines, das kaum recht gehen kann, über die Wiese, lachend, in ihre Umarmung gelaufen kommt, und eine andere, die ihrem Buben mit Papiertaschentuch und Speichel das Gesicht putzt. Einmal eine Großmutter, die ihren Spaß hat mit den Enkelkindern. Alles in allem aber Frauen, die genauso gelangweilt wie Naumann auch hinter der

Schaukel stehen, Blick durch alle Sträucher und Bäume und Mauern hindurch, während sie mit einer Hand das Kind anstoßen. Mütter, die auf den Bänken Kuchen essen, ältere Mütter, die gelassen ihre Pflicht tun, daneben jüngere, die sich eine rührende Mühe geben, ungeduldige, nervöse Mütter, die sich immer und überall einmischen, und wieder andere, die teilnahmslos bleiben – für sie alle, als kennten sie überhaupt nichts anderes, scheint es einfach selbstverständlich zu sein, dieses Dasein mit den Kindern, als wäre es das Natürlichste von der Welt, daß erwachsene Menschen tagtäglich und stundenlang nichts anderes zu tun haben, als auf ein Kind aufzupassen, daß diese Kinder auch nirgendwo sein und eigentlich überhaupt nichts tun können ohne die ständige Aufsicht von Erwachsenen. Dazu noch die Gärtner, die das herbstliche Laub rechen, die ihre Hecken schneiden, die Rosen schneiden, den Rasen mähen und es natürlich nicht dulden können, wenn ein Kind mit seinem Dreirad, statt auf dem Weglein, einfach quer über den Rasen fährt. Es ist schon eine merkwürdige Welt, findet Naumann, diese Welt der Park-Kinder und der Park-Mütter, in der er sich jetzt oft bewegt, als einziger Vater weit und breit und schon deshalb meistens mit Nada allein.

Allein, wenn er sie nach dem Mittagessen aus dem Kindergarten abholt und nachdem er mit Regula, der Kindergärtnerin, vielleicht noch einen Kaffee getrunken hat, bis um halb zwei die Kinder aus der Nachmittags-Gruppe kommen –

Allein am Nachmittag, wenn die Welt mit ihrem Arbeitsalltag beschäftigt ist –

Allein gegen Abend, wenn man zusammen auf dem Balkon steht, Blick in den Hinterhof, über den nun die Dämmerung wieder früher hereinbricht.

Er beklagt sich nicht!

Allein am Abend in der Wirtschaft – wo er zwar mit anderen zusammen ein Bier trinkt, wo es Nada aber langweilig wird, wenn er immer nur mit den Erwachsenen redet – hört er ja, daß die anderen auch ihre Sorgen haben: sie haben andere Sorgen!

Dann wieder mit Nada allein, weil sie müde ist und ins Bett will –

Man kann ja nicht Abend für Abend einfach sitzenbleiben und das schlafende Kind nach Hause tragen, zu Fuß durch die halbe Stadt.

Allein mit Nada auch in der Nacht, wenn sie schon lange schläft –

Er ist allein wie wohl die meisten der Mütter ringsum, allein auf eine Weise, die er sich allerdings nicht hat vorstellen können, nicht wirklich.

Wenn er jetzt aber, statt immer nur gelangweilt Nada auf ihrer Seilschaukel anzustoßen, sich selber auf das Brett daneben setzen, wenn er sich selber in die Luft schwingen würde wie einst als Kind (mit gestreckten Beinen, damit die Füße nicht jedesmal auf dem Boden aufschlagen), den Kopf weit nach hinten in den Nacken geworfen, so daß die Bäume, die Sträucher, die Bänke mit den strickenden Müttern, der Sandkasten und das Gras unter der Schaukel und wieder die Mütter, die Sträucher, die Baumkronen, der blaue Himmel, und alles verkehrt, vor seinen Augen vorbeitanzen würden, schwerelos in einem wiegend-berauschenden Hin und Her – er täte es aus purem Trotz, bis eine der Mütter mit ihrem kleinen Mädchen an der Hand plötzlich dastehen und ihn darauf aufmerksam machen würde, daß die Spielgeräte für die Kinder da sind.

Das Kind als Domäne!

Eine Liste, was man alles zusammen unternehmen kann, hängt in der Küche an der Wand. Ausflüge bei schönem und bei regnerischem Wetter, eine Velotour, die jemand empfohlen hat, besondere Spaziergänge, auf denen es auch für Nada etwas zu sehen gibt, Theater oder Filmvorführungen, ein Bastel-Kurs für Kinder und Erwachsene, allerlei Durchgestrichenes, Ausstellungen mit Öffnungszeiten, immer wieder neue Ausstellungen und ebenso die alte Papiermühle, wo die Kinder selber Papier schöpfen können, alles für den Fall, daß einem einmal grad nichts einfallen will, die Öffnungszeiten des Zoologischen Gartens oder einfach allerlei Spiele, die Nada gern spielt, ein Spielplan des Kinder-Theaters oder besondere Spielplätze und Parkanlagen, die einmal eine kleine Reise wert wären, dann die Hallenbäder mit Öffnungszeiten, die Ludothek, die Minigolf-Anlagen, dazu Museen, die man auch mit Nada besuchen kann, das Naturhistorische mit seinen wechselnden Ausstellungen, ein Spielzeugmuseum, das jemand empfohlen hat, das Verkehrshaus in Luzern oder die Suisse Miniature in Melide, wo man das letzte Mal selber noch ein Kind gewesen ist, Schloß Lenzburg und so weiter, aber auch einfach Basteleien aller Art, die Naumann mit Nada einmal hat ausprobieren wollen, Keramik-Malerei zum Beispiel: alles hat er sich da mit der Zeit notiert, sowie ihm etwas eingefallen ist oder wenn Nada grad einen Einfall gehabt hat, alles pro memoriam, weil er ja weiß, es kommt immer wieder vor, daß er dasteht, die Arme vor der Brust verschränkt und verzagt, weil ihm einfach nichts einfallen will auf Nadas Frage, was sie jetzt machen wollen.

Wie sie einmal wissen will, Nada, wieso im Warenhaus eigentlich an allen Hosen, die Naumann anprobiert, an allen Jacken und Mänteln, an allen Handtaschen und Krawatten diese klobigen schweren Plastikdinger hängen, und wie sie sich wundert, wenn Naumann: Diebstahlsicherung! sagt. Sie will's nicht recht glauben, daß diese seltsamen

Dinger Alarm auslösen, wenn man etwas mitnehmen will, was man nicht bezahlt hat. Sie rümpft mit halboffenem Mund ihre Nase wie immer, wenn sie nicht recht weiß, ob der Vater nur scherzt, indem er von der »magnetischen Schranke« redet, bis er schließlich sagt: – Wollen wir's ausprobieren? Das will Nada nun doch wieder nicht. Sie glaubt es ja, wenn der Vater behauptet, daß dann der Warenhausdetektiv kommt, sie will's lieber nicht drauf ankommen lassen. Und trotzdem: die schelmische Neugier in ihrem Gesicht, da Naumann sagt, sie habe ja recht, er habe selber auch noch nie ausprobiert, ob diese Anlage wirklich funktioniert oder ob alles bloß ein Bluff ist: – Wir werden ja sehen! sagt er. Dann ist sie es natürlich, während Naumann die neue Hose kurzerhand in eine Tragtasche steckt und zum Ausgang geht mit Nada, die ihn ängstlich zurückhalten und wissen will, was denn der Warenhausdetektiv macht, wenn er sie erwischt, und Naumann wiederholt nur: – Wir werden ja sehen! Dabei ist Nada ganz aufgeregt vor banger Neugier, während Naumann vermutlich selber nicht recht weiß, was er will. Ausprobieren, nur endlich wieder einmal ausprobieren, wie die Wirklichkeit wirklich funktioniert, man tut es selten genug. Irgendwie, so denkt er vielleicht, wird er's dem Detektiv schon erklären! Und wie dann tatsächlich die Sirene aufheult und Nada sich sehr erschrocken umsieht und wie sich ganz in ihrer Nähe ein altes Weiblein mit schlohweißem Haar, das die magnetische Schranke schon passiert hat, ebenso umsieht, nach allen Seiten, als habe man sie auf frischer Tat ertappt, und wie sie dann losläuft: hastig, so schnell es eben geht, zwängt sie sich durch die Menge der hereinströmenden und hinausströmenden Kundschaft auf die Straße, und natürlich hat sie keine Chance gegen die beiden Detektive, die offenbar ganz in der Nähe des Portals gestanden und die Frau sogleich gesehen haben. Und wie sie immer noch dastehen, Naumann und Nada, Naumann, der den Vorgang noch kaum begriffen hat, während die beiden Detektive mit finsterer Miene die schimpfende Alte ins Gebäude zurückführen, mit festem Griff an beiden Oberarmen, der eine mit ihrer Tasche in der anderen Hand, mitten durch die Menge der Leute, die eine neugierige Gasse bilden wie immer. Und wie Nada später im Bus plötzlich sehr geschwätzig ist, so daß der Vater sich vor allen Leuten geniert, obwohl ja niemand wirklich zuhört, und wie er selber dafür um so schweigsamer wird: das kann Naumann sich vorstellen. Warum hat er's nicht wirklich ausprobiert?

Seine Beziehung zu Regula, der Kindergärtnerin, die an jenem Abend in den Sommerferien angefangen hat, als Nada sie auf der Straße gesehen und später zum Nachtessen eingeladen hat, war nicht von langer Dauer. Von Anfang an hat sich Naumann nicht recht entschließen können, ob er sich im Moment eine solche Beziehung überhaupt zutrauen soll. Schon als sie damals beim flackernden Licht einer Kerze, deren Docht in den letzten Resten von Wachs schwamm, draußen auf dem Balkon saßen und Regula nach einer längeren Weile des Schweigens plötzlich sagte, sie hätte Lust, jetzt bei ihm zu schlafen, gab Naumann, wenn auch lächelnd, also scherzhaft-ironisch gemeint, zur Antwort: – Ich weiß nicht, ob das gut kommt! Aber dann sahen sie sich an, ohne Lächeln, also ohne Verlegenheit, während auf einem der umliegenden Dächer eine erste Amsel mit der Morgendämmerung plauderte, während Regulas Finger mit den Wachsfiguren spielten, die sich rings um die Kerze über die Tischplatte ergossen: Sie weiß ja auch nicht, ob sie verliebt ist oder wie sie es nun nennen soll, was sie empfindet. Es war, obwohl sie sich in den letzten Monaten fast täglich begegnet waren, ihr erstes wirkliches Gespräch gewesen; sie habe sich allerdings schon öfter gewünscht, daß sich einmal eine Gelegenheit zu einem solchen Gespräch bieten würde, sagte sie. Und Naumanns Hände auf dem Tisch, ist anzunehmen, begriffen zaghaft, jedenfalls schneller als er selber, was er eigentlich will, bis er schließlich nur noch sagen konnte, ja, er glaube, er möchte auch, daß sie bleibe. Also, fügte er später hinzu, an die Brüstung des kleinen Balkons gelehnt, während sie sich sanft aus ihrer ersten Umarmung lösten, wenn du meinst, daß wir überhaupt noch zum Schlafen kommen –

Als Nada zwei oder drei Stunden später – sie hatten sie schon eine ganze Weile nebenan mit sich selber beziehungsweise mit ihrer Bärenfamilie reden gehört – plötzlich ins Zimmer kam, leise und offenbar nur, um etwas zu holen, war sie natürlich verwundert und ein wenig verlegen: – Ah, du bist immer noch da! sagte sie. Sie stand, sie wußte nicht, ob sie über die Schwelle treten darf, und Regula, die sich unwillkürlich die Decke über die Brust zog, im Bett des Vaters: Regula grüßte –

Komm doch! sagte Naumann.

Sie finde das Buch nicht, sagte Nada, die Kleine Hexe, aus dem sie ihren Bärenkindern vorlesen wollte. Als es endlich gefunden war, das Buch, und ebenso Naumanns Brille, war natürlich er es, obwohl er vor Müdigkeit kaum mehr aus den Augen sah, der vorlesen mußte; sie lagen zu dritt im Bett, Nada zwischen Regula und ihm. Später schliefen sie doch noch eine Weile, und gegen Mittag duschte er heiß und kalt, um zu erwachen. Während er Brötchen holte und Kaffee machte, gingen die beiden Frauen zusammen unter die Dusche; er hörte ihre Stimmen im Gerausch und Geplätscher des Wassers.

Dann ihr Morgenessen zu dritt in der Sonne auf dem Balkon.

Hernach ins Schwimmbad –

Regula blieb bis zum Abendessen mit ihnen zusammen.

In diesen letzten Sommerferientagen sahen sie sich noch oft. Ein paarmal fuhren sie zum Baden ins Elsaß an eine Stelle am Alten Rhein, die Naumann nicht gekannt hat, oder sie halfen, Naumann und er, Regula bei den Vorbereitungsarbeiten im Kindergarten.

Später sahen sie sich seltener.

Auch Regula wollte sich nicht halsüberkopf in diese Beziehung stürzen. Es war nicht allzulange her, daß sie sich von ihrem Freund getrennt hatte, und sie brauchte noch Zeit, sagte sie, viel Zeit für sich selber, um sich darüber klar zu werden, was sie will. Es war aber Naumann, wie gesagt, der von Anfang an Mühe hatte, sich diese Beziehung vorzustellen – nicht allein wegen Nada, die sich rasch und sozusagen lautlos an den Umstand gewöhnte, daß Regula nicht mehr nur ihre Kindergärtnerin war. Sie freute sich, wenn Regula kam, sie genoß es, später im Kindergarten vor allen andern Kindern zu fragen, ob sie am Abend noch zu ihnen komme, ob sie auch bei ihnen schlafen werde, und so weiter, und Momente von Eifersucht zum Beispiel waren selten.

Das allerdings kommt vor: Nada, wenn sie einmal Streit gehabt hat mit dem Vater, und dabei ist ihr auch noch eine Zuckerdose auf den Küchenboden gefallen, steht nur trotzig da und will auch nicht, daß Regula ihr hilft, den Zucker samt Scherben aufzukehren – was Regula ja nur vorgeschlagen hat, um mitzuhelfen, die dumme Streiterei zu schlichten.

Was willst du denn? fragt Regula, und plötzlich tut Nada, als wäre überhaupt Regula an allem schuld.

Ich will, daß du jetzt heimgehst, sagt sie.

Aber ich will, daß Regula bleibt, sagt Naumann, und jetzt kehrst du die Sauerei weg, dann gehen wir mit Regula zu diesem Fest, ob dir das paßt oder nicht.

Natürlich kann es auch einmal sein, in einer solchen Situation, daß Regula tatsächlich ihre Jacke nimmt, weil sie

es offenbar besser findet, Nada jetzt mit dem Vater alleinzu-
lassen, was die Stimmung zwar nicht gerade verbessert,
aber es hilft nichts, wenn Naumann protestiert. Nachher
muß er sich zusammennehmen, um nicht zu sagen: – Siehst
du, das hast du also erreicht, jetzt ist sie gegangen . . . Nada
sah es ja auch so, daß ihr Triumph sie nur halb freuen
konnte.

Ein andermal rebelliert sie, weil Naumann möchte, daß
sie, wie seit langem abgemacht, ein Wochenende bei Flo in
der Wohngemeinschaft verbringt, damit der Vater einmal
zwei Tage für sich allein hat, beziehungsweise allein mit
Regula. Während er ein paar Kleider für Nada zusammen-
packt, sitzt sie in einer Ecke ihres Kinderzimmers und
schmollt, absolut grundlos, dünkt es ihn, sie will einfach
nicht; die einzige Begründung, die ihr plötzlich einfällt: –
Und wenn dann Regina vielleicht anruft, und ich bin nicht
da? Dabei hat Regina noch nicht ein einziges Mal aus
Amerika angerufen. – Komm jetzt, sagt Naumann, mach
keinen Terror!

Auch zu kleinen Spielereien von Eifersucht kommt es,
wenn Naumann in der Badewanne sitzt und Regula ruft,
damit sie ihm den Rücken seife, plötzlich kommt Nada
gelaufen: – Ich will! Laß mich das machen! Oder das
Umgekehrte: hat Nada sich beim Spielen verletzt, mit
einem Mal will sie nicht, daß Regula sie tröste und ihr das
Heftpflaster auf die Hand klebe: Regula kann das nicht, nur
der Vater kann das!

Einmal, wie Regula nach dem Essen will, daß Nada ihr
helfe, das Geschirr zu spülen, findet Nada, daß Regula ihr
gar nicht befehlen darf oder höchstens im Kindergarten;
daheim darf nur der Vater befehlen. Dann wieder, bestech-
lich wie Kinder nun einmal sind, ist es ihr durchaus recht,
weil der Vater grad keine Lust hat, daß Regula ihr eine
Geschichte erzählt oder, weil der Vater das einfach nicht

kann, daß Regula ihr zeigt, wie man strickt. Schließlich ist es auch Regula gewesen, die ihr einmal Bilder gezeigt hat vom Winter in New York, Fotografien von Feuerwehrmännern mit gläsernen Wassersäulen vor ihren Schläuchen, da das Wasser, anstatt den Brand zu löschen, noch in der Luft gefroren ist in der irren Kälte, und jetzt will Nada ein paar Pulswärmer stricken für Regina.

Schwierig wird es zu dritt eigentlich nur, weil Naumann immer wieder das Gefühl hat, daß er sich entscheiden müsse zwischen Regula und dem Kind, entscheiden (auf einem Waldspaziergang etwa) zwischen einem Gespräch über die Frage, ob er die Zweierbeziehung prinzipiell für nicht lebbar hält oder ob er das Scheitern der Ehe mit Regina als persönliches Versagen empfinde (eine Frage, die ihn eigentlich interessieren würde; er weiß es nicht, er weiß, was seine Beziehung zu Regina betrifft, ohnehin immer weniger, je länger er darüber nachdenkt, was er glauben soll), und andrerseits Nada, die zwischen den Bäumen Verstecken spielen will. Beides geht einfach nicht zusammen, findet er. Dann wieder, wo immer man geht und steht, drängt sich das Kind ganz unauffällig zwischen die beiden Erwachsenen, plappert allerlei Unsinn, bloß damit es nicht zu einem vernünftigen Gespräch kommen kann. Oder sie will, daß man sie trage, weil sie plötzlich unheimlich müde ist: all das ja nicht, weil sie nun den Vater ganz für sich allein haben möchte, sondern weil sie sich anscheinend nicht genügend beachtet fühlt. Sie will, daß beide, Regula ebenso wie er, ihr mehr Aufmerksamkeit schenken. Aber auch, wenn sie später in einer Gartenwirtschaft sitzen und Nada das Hexenspiel machen will (diese Faden-Figuren, die man einander von den Händen abnimmt, was sie mit Regula offensichtlich besser kann als mit ihm), ist es Naumann, der immer wieder den Faden des Gesprächs verliert. Was ihm einfach abgeht, findet er, ist das Talent zu einer ungezwungenen Geselligkeit, bei der nichts, was man gerade tut, wirklich wichtig ist, sondern was zählt, ist allein, daß man es zusammen tut, Geselligkeit als Selbstzweck.

Dabei gibt es ja auch Momente von wirklicher Geselligkeit, wenn sie zusammen die Fotos anschauen, die Regula soeben hat entwickeln lassen: Fotos von ihren Ferien in Irland, das Hausboot, auf dem sie zehn Tage lang gelebt hat, die Mitglieder einer Familie, die sie dort kennengelernt hat, irische Landschaften, ein Esel im Regen, Alltag in einem irischen Dorf, spielende Kinder auf der Straße, die Küste Irlands und so weiter, die Straßen von Londonderry, wo Regula ebenfalls gewesen ist, Mauerinschriften, Spuren des Aufruhrs. Auch Nada will allerlei wissen zu diesen Bildern, und abgesehen von der Frage, ob der bewaffnete Widerstand im Fall der Irischen Republikanischen Armee gutgeheißen werden kann ohne wesentliche Vorbehalte, gibt es im Augenblick nichts zu entscheiden, so daß es auch Naumann gelassen nehmen kann.

Wirklich schwierig wird es, wenn nichts derartiges mehr im Zentrum steht, was sie eint, kein gemeinsamer Zeitvertreib, kein gemeinsames Interesse. Und was ihn stört, wenn er Regula zum Beispiel helfen möchte, einen Webrahmen für den Kindergarten zu entwerfen und zu bauen, ist nicht Nada, die gleichzeitig an ihrem Körbchen weiterflechten will, das sie zusammen einmal angefangen haben, was sie aber allein nicht kann, so daß man immer wieder helfen und zeigen muß, wie es weitergeht: was ihn also stört, ist allein, daß er sich auf keine der beiden Sachen richtig konzentrieren kann, bis er schließlich allein an dem Webrahmen herumtüftelt, während die beiden Frauen zusammen flechten. Er ist eben gewohnt, wenn er etwas tut, daß es dabei um die Sache geht, und es ärgert ihn, wenn die Sache nicht geht, nicht stimmt, Webrahmen oder Korbge-

137

flecht, die Sache ist wesentlich. Regula zum Beispiel, das ist offensichtlich, findet die Sache nie so wichtig – nicht gänzlich unwichtig, aber nebensächlich. Was ihn unmutig macht, ist das Durcheinander.

Schmusen zu dritt, wenn sogar Nada die Gutenachtgeschichte am Fernsehen zum Gähnen findet, das geht. Ein Comic-Heftchen anschauen zu dritt oder tanzen zu dritt an irgendeinem Fest, das geht. Aber Schmusen mit Regula, während Nada fragt, ob er ihren grünen Blechfrosch reparieren kann, der nicht mehr hüpft, wenn man ihn aufzieht: Naumann kann es nicht.

Warum nicht? will Nada wissen.

Weil Regula mich nicht losläßt, darum!

Velofahren zu dritt, Nada im Kindersitz auf der Fahrradstange, das geht. Aber kaum macht man eine Rast, muß Naumann Nada zeigen, wie man einen Pfeilbogen spannt, damit Flo nicht immer sagen kann, sie könne das nicht, weil sie ein Mädchen ist, während Regula lesend irgendwo im Schatten sitzt, und dazu müßte man ja nicht zu dritt sein. Kaum ist der Bogen fertig und ein paar Pfeile sind verschossen, findet Nada das Ganze langweilig, weil der Vater so viel dazu erklärt, daß sie es von Mal zu Mal ungeschickter macht. Ein andermal geht sie zwar wieder still zwischen ihnen, indem sie nach beiden Seiten die Hand gibt, wenn Regula von ihrer Kindheit erzählt, von ihrer Beziehung zum Vater, der nach dem frühen Tod ihrer Mutter gemeint hat, daß es für die Kinder besser sei, wenn er so bald als möglich wieder heiratet. Ihr Leben mit der Stiefmutter, die die Kinder nicht nur um des Mannes willen gern hat; eher ist es der Vater, der die Frau nur um der Kinder willen zu lieben scheint, und Regula, damals zehn Jahre alt, erinnert sich, daß der Vater ihr oft leid getan hat. Er ist Gerichtsadjunkt gewesen, und heute hat sie den Eindruck, sein ganzes Leben habe überhaupt nur daraus bestanden, zu sichten, zu ordnen und ad acta zu legen, was ihm in die Hand kam, immer und überall für einen möglichst geregelten Ablauf zu sorgen. Andrerseits ihr ewiger Streit mit dem älteren Bruder, der den Vater mehr und mehr verachtet hat, womit er ihm ja auch nicht gerecht wurde, und so weiter. Später steht man im Dreieck auf einer gemähten Wiese und wirft einander den Frisbee-Teller zu. Aber manchmal, wenn Nada am Abend schläft und Naumann müde ist, ohne recht zu wissen, wovon, findet auch Regula, daß sie eigentlich wenig voneinander gehabt haben den ganzen Sonntagnachmittag lang. Sie sagt es nicht als Vorwurf, bloß als Feststellung oder höchstens mit einem leisen Unterton von Vorwurf: – Sie versteht nicht so ganz, sagt sie, wieso Naumann, wenn sie zu dritt sind, bisweilen so verschlossen ist ihr gegenüber, so merkwürdig unzugänglich, auf eine abweisende Art geschäftig. Naumann versteht zwar nicht, was sie meint, trotzdem fragt auch er sich manchmal, was er eigentlich von Regula will.

Und was will sie von ihm?

Dabei ist Naumann ja froh um die Abende mit ihr, denn Eile mit Weile spielen ist wirklich lustiger zu dritt, und nachher, wenn Nada schläft, fällt es ihm leichter, nicht mehr aus dem Haus zu gehen. Auch gegen Abend im Park Boccia spielen zu dritt, ein vierblättriges Kleeblatt suchen oder Papierschiffchen falten und einen Bach hinunter schicken unter der Brücke hindurch – es gibt ja so vieles, was spannender ist zu dritt. Und manchmal, wenn er Nada etwas erklären, mit ihr etwas basteln oder sie ihm bei einer Arbeit helfen will, ist er froh um Regulas bloße Anwesenheit. Auch wenn er sich nicht direkt beobachtet weiß, bleibt er ruhiger dabei, wird weniger schnell ungeduldig, wenn Nada nicht begreifen will, was er meint. Und möchte er einmal abends zu einer Versammlung von Quartierbewohnern, die sich gegen die städtebauliche Verschandelung ihres Lebensraumes zur Wehr setzen wollen, ist es natürlich einfach, wenn er Regula fragen kann, ob es ihr etwas ausmachen würde, Nada nach dem Essen ins Bett zu bringen. Alles andere wäre komplizierter, aufwendiger, und es macht Regula, wenn sie an dem Abend nichts anderes vorhat, auch nichts aus.

Aber das ist genau die Schwierigkeit.

Es macht ihr nichts aus, daß Nada immer da ist. Sie hat keine Mühe, so scheint es, die Gegenwart des Kindes anzunehmen, das halt einfach zu ihm gehört, und es macht ihr auch nichts aus, ihm zuliebe einmal allein etwas mit Nada zu unternehmen, vielleicht zusammen mit einem anderen Kind aus dem Kindergarten, und Kinderhüten ist schließlich ihr Beruf.

Das sagt sie lachend.

Aber schließlich ist sie nicht sein Kindermädchen.

Und es bleibt die Frage: was ist sie dann?

Es ist Regula, die diese Frage mehr als einmal stellt, und sie hat mit Nada überhaupt nichts zu tun, diese Frage:

Wer bin ich für dich? Weißt du das?

Natürlich gibt es Nächte, immer wieder, wie jene erste lange Sommernacht, mit Umarmungen, als hätten sie beide seit Ewigkeit kein menschliches Wesen mehr umarmt, mit scheuer Leidenschaft, als hätten sie überhaupt noch nie die Haut eines anderen Menschen gerochen und niemals zuvor ein menschliches Gesicht geschaut wie eben jetzt, Nächte bei Kerzenlicht oder in dämmrigem Dunkel, in denen jede Frage sich erübrigt. Diese Nächte aber werden nicht nur seltener, unweigerlich, wie es scheint, sondern die Tage dazwischen werden auch länger. Und bei Tag, wenn Regula fragt, ob er Lust hätte, auf den Flohmarkt mitzuge- hen, während Nada nur still die Nase rümpft, weil sie sich das letzte Mal (mit ihm allein) fürchterlich gelangweilt hat auf dem Flohmarkt: bei Tag bleibt von dieser nächtlichen

Nähe aus Leidenschaft nicht mehr viel bestehen. Regula, das weiß er, kann es stundenlang genießen, in dem bunten Durcheinander von alten Büchern und Kleidern, von Antiquitäten und Ramsch, von Geschirr und Schallplatten und verlotterten Schreibmaschinen herumzustöbern, in den Gebirgen von Stoff zu wühlen und um den Preis einer kleinen Tasse zu feilschen, und es wäre, zusammen mit ihr, gewiß auch für Nada interessanter als mit ihm allein. Aber Nada, dem herbstlich-sonnigen Samstagvormittag zum Trotz, will lieber daheim bleiben in der Wohnung und mit ihrem Krämerladen spielen, ganz mit sich allein, wenn es sein muß, das macht ihr nichts aus.

Geht nur! sagt sie.

Das ist Naumann aber auch nicht recht. Hat sie das Gefühl, daß er sie gar nicht dabeihaben möchte? Wie kommt er darauf? Andrerseits aber fehlt ihm die Kraft, sie zu überreden, wenn sie wirklich nicht will. Und wozu er selber (was ja Regulas Frage eigentlich gewesen ist) denn gerade Lust hätte, wie sollte er das jetzt noch wissen. Er haucht in seine Brillengläser, einfach um irgend etwas zu tun, und reibt sie mit einem Zipfel seines Taschentuchs.

Regula findet ihn komisch.

He, wo bist du? fragt sie, als wäre er soeben in Unsichtbarkeit zerplatzt wie eine Seifenblase.

Ihr forschender Blick mit gerümpften Brauen –

So sag doch, was du willst! sagt sie, als wäre es das Natürlichste von der Welt, immer irgend etwas zu wollen.

Gelingt es ihr dann aber doch noch (einfach, indem sie weiß, was sie will), Nada zum Mitgehen zu überreden, so bekommt sie natürlich recht: auch Nada gefällt es diesmal auf dem Flohmarkt.

Die beiden Frauen sozusagen unter sich, während Naumann nebenher geht, die Arme vor der Brust verschränkt und in Gedanken woanders –

Überhaupt wurde ja das allermeiste, wenn Regula dabei war, viel unkomplizierter, normaler, und Naumann weiß auch nicht, wieso er sich manchmal so anstellte. Aber beim nächsten Mal war es nicht besser. Er wußte nicht, was er Regula im Bezug auf das Kind zumuten durfte. Auf einen Vortragszyklus über Städtebau im Zeichen des Umweltschutzes zum Beispiel verzichtete er schließlich, obwohl es Regulas Vorschlag gewesen ist, an diesen Abenden Nada ins Bett zu bringen. Er konnte es einfach nicht annehmen. Auch einem Joga-Kurs, den Regula seit einiger Zeit besuchte und an dem auch Nada ihrer Meinung nach problemlos teilnehmen konnte, blieb er nach den ersten zwei Malen wieder fern, weil er sich nicht konzentrieren konnte, wenn er den Eindruck hatte, daß Nada sich langweilt und den Kurs stört. Nada störte zwar den Kurs keineswegs, fand Regula, aber Naumann war von dieser fixen Idee nicht abzubringen. Wegen Nada ging er am Abend nicht ins Kino, nicht ins Theater, was Regula gelegentlich ja noch verstehen konnte, aber ebensowenig in ein Konzert, wozu sie die beiden einmal einladen wollte. Nada hier und Nada dort; manchmal, ist anzunehmen, ging er Regula nachgerade auf die Nerven mit seiner Nada immerzu.

Du benimmst dich wie eine Mutter, sagte sie einmal, die sich ständig hinter ihrem Kind versteckt, weil sie meint, daß sie keinen anderen Lebensinhalt hat. Sie fand es eine Zumutung, ja, aber nicht für sich, sondern für das Kind: – Weißt du eigentlich, was du ihr zumutest? fragte sie.

Komm, laß mich, sagte Naumann, ich muß mit dem Kind doch leben, wie ich es kann.

Oder vielleicht schwieg er auch.

Seine Idee, daß Regula nicht Ersatzmutter spielen soll für Nada, verstand sie ja sehr gut, aber seine diesbezüglichen Befürchtungen fand sie völlig überflüssig. Ihr wachsender Verdacht: bei all dem geht es ihm ja gar nicht um das Kind –

Sondern?

Im Grund bist du doch wie dein Freund Pius, fand sie, und Pius mochte sie nun überhaupt nicht. Einmal, in den ersten Wochen nach den Sommerferien, war es zu einem gemeinsamen Abendessen gekommen, wobei Pius, indem er schon nach kürzester Zeit ziemlich getrunken hatte, starrköpfig wie Naumann ihn gar nicht kannte, Regula unaufhörlich foppte mit Sprüchen über die Kindererziehung in der Schule, über Kindererziehung schlechthin, und Regula versuchte vergeblich, ihn darauf aufmerksam zu machen, daß sie ja keine Lehrerin ist, sondern Kindergärtnerin. Pius sah den Unterschied nicht. – Um so schlimmer! fand er nur.

Sie saßen dabei, Naumann und Nada, und kamen kaum zu Wort. Zu allem Überfluß fand Naumann, daß Pius in allem, was er sagte, eigentlich recht hatte, und er sah nicht ein, wieso Regula sich verteidigt. Regula mit ihrer Ernsthaftigkeit: in gewisser Hinsicht ist sie natürlich das pure Gegenteil von Pius, ihr Mißtrauen in die Sprache zum Beispiel von genau der entgegengesetzten Art, indem sie es nicht ausstehen kann, wenn jemand nicht sagt, was er meint, und nicht meint, was er sagt. Für die ewige Sprüchemacherei von Pius hatte sie nicht das mindeste Verständnis. Als Naumann schließlich doch noch einen Vermittlungsversuch unternahm, wandte sich ihr Zorn gegen ihn; sie war ungehalten und nahm kurz darauf ihre Jacke – ein wahrhaft unvergeßlicher Abend. Und so, wie Pius sich verschanzte hinter seinen Sprüchen, fand sie jetzt, verschanzt sich auch Naumann, eben hinter dem Kind.

Du willst nicht, daß man dir helfen muß, du willst allein zurechtkommen mit dem Kind – gut, klar. Aber ich werde das Gefühl nicht los, du willst vor allem eines nicht: daß ich dir dabei zu nahe komme!

Männer! sagte sie. Ist das wirklich eure größte Furcht?

Naumann, ist anzunehmen, schwieg. Was hätte er auch sagen sollen, da er ja wußte, daß Regula recht hat, vermutlich doch recht hat, genau so, wie Lotte damals recht gehabt hat. Nur störte es ihn allmählich, daß sie immerzu recht haben und doch nichts ändern können mit ihrer Rechthaberei. Was blieb ihm denn anderes übrig, als zu leben, mit Nada zu leben auf seine Art?

Komm, laß mich doch! hätte er sagen können, um ihr Urteil auch noch zu bestätigen.

Es war offensichtlich, daß er Regula enttäuschte, mehr und mehr.

Natürlich hatte auch Regula, wie könnte es anders sein, zu den Frauen in seinem Bekanntenkreis gehört, die ihn bewunderten für seinen immerhin ungewohnten Entschluß, sich nach der Trennung von Regina allein um das Kind zu kümmern, dafür sogar seinen Beruf, seine männliche Karriere wenn nicht aufzugeben, so doch zurückzustellen, und zwar radikal. Das war auch bei den Leuten, mit denen Regula es im Kindergarten zu tun hatte, nach wie vor die Ausnahme. Dabei wußte sie sehr wenig von Regina, mit der sie in den zweieinhalb Jahren, seit Nada in den Kindergarten kam, privat nie mehr als ein paar Worte gewechselt hatte. Auch daß er fast nie von Regina sprach, störte sie manchmal (ist anzunehmen), aber das sagte sie nicht, es war seine Sache. Und sie fand, daß viele der Männer, die sie kannte, sich einmal an der Art und Weise messen lassen müßten, wie Naumann sich bemüht, dem Kind ein wirklicher Vater zu sein. Um so unbegreiflicher war für sie sein Anspruch, es dem Kind immer recht machen zu wollen und, mehr als das, wenn schon Vater, dann ein perfekter Vater zu sein. Auch da, fand sie, geht es ja gar nicht um das Kind. Diese Art von Selbstüberforderung hatte sie bisher nur bei Müttern kennengelernt, wo sie es genauso verfehlt fand. Neben dem Kind, so schien es ihr manchmal, hatte Naumann für überhaupt nichts anderes mehr Platz, und dagegen protestierte sie natürlich.

Auch daher immer wieder die Frage: – Wer bin ich für dich?

Es ist denn auch ihre Idee gewesen, in den Herbstferien für ein paar Tage nach Rom zu fahren, und Naumann, obwohl er sich nicht recht vorstellen konnte, was er mit Nada in Rom soll, war einverstanden, ein paar Tage, warum auch nicht.

Lustig, da Nada sehr aufgeregt und geschwätzig ist, wird natürlich die nächtliche Fahrt im Liegewagen. Ihre großen Augen, wenn der Liegewagen-Schaffner mit den Wolldecken kommt, mit den Kissen und so weiter, ihre Geschäftigkeit, mit der sie helfen will. Im selben Abteil reisten zwei Geschäftsherren aus Bologna, die von einer Messe in Frankfurt kamen und mit Nada gebrochen deutsch redeten, dann miteinander wieder italienisch, so daß Nada, nicht mißtrauisch oder unsicher, nur halb verlegen und halb verwundert dasteht und sie anstaunt. Während sie sich auszog und Naumann ihr in den Pyjama half, wollte sie wissen, ob man denn nicht aus dem Bett fällt, wenn der Zug eine scharfe Kurve fährt. Dann mußte man ihr erklären, was dieser und jener Hebel bedeutet, warum der dicke Riegel an der Tür und wie man ihn aufschließt, und lustig findet sie natürlich die Leiter, auf der sie herumturnt, dazu das kleine Licht in ihrer Koje. Ihr bleiches Gesicht im fahlen Lichtschein, ihre stillen Blicke, die noch lange durch das Halbdunkel streifen, und wenn der Zug anhielt, setzte sie sich auf, um zu fragen, wo man sei. Später, als Naumann schon glaubte, daß sie endlich schlafe, mußte sie aufs Klo, und als er mit ihr zurückkam, wollte sie wissen, was eigentlich auf dem Zettel geschrieben steht, der von außen an der Fensterscheibe klebt und durch den auf den nächtlich erleuchteten Bahnhöfen die

Aufschrift in dicken Lettern durchscheint. Er hätte es selber ja nicht bemerkt, aber dann muß er es auch Regula zeigen: AMOЯ steht da beziehungsweise ROMA, von außen gelesen, und natürlich muß er Nada erklären, was die Umkehrung bedeutet, ihr von dem kleinen hinterhältigen Gott erzählen, der den Menschen seine Pfeile in den Hintern schießt, damit sie sich ineinander verlieben.

Das trifft sich ja gut, sagte Regula.

Aber richtige Pfeile? will Nada wissen und runzelt ungläubig die Stirn.

Natürlich nur in der Göttersage! In den Geschichten halt, die die alten Griechen sich erzählten, damit es ihnen nicht langweilig wurde.

Aber warum in den Hintern?

Ja, lachte Naumann, vielleicht, weil die Menschen immer Angst haben vor ihm und davonlaufen, und dann erwischt er sie halt doch.

Schön war die Ankunft am anderen Morgen im Römischen Bahnhof: die Hallen aus Marmor und Glas in diesem nüchternen Licht, das Treiben in der frühen Morgenstunde, die Reisenden, die Gepäckträger, die römischen Gesichter, dazu Cappuccino, Schokolade und Brötchen, dann die Fahrt im überfüllten Bus in die Innenstadt, Nada zwischen Taschen und Mappen und Mänteln, in einem dunklen Dickicht von Hosenbeinen, Rockschößen und Röcken, ihr Blick empor in all die fremden Gesichter.

Ihr Hotel am Campo de' Fiori mit renovierter Fassade, mit modernem Entree und einem bläulich glänzenden Treppenhaus, dann aber mit verlotterten Zimmern voll schäbiger Tapete, dafür Ausblick auf die Umbra der römischen Dächer, auf das Ocker der römischen Fassaden in der Mittagssonne.

Schön ist der Bummel über den Fischmarkt, der Mittag auf der Piazza Navona, wo sie auf dem Brunnenrand den vier Flußgöttern zu Füßen sitzen und Trauben essen, der Abend auf dem Campo de' Fiori, wo sie mit dem roten Plastikball spielen, den sie auf dem Markt gekauft haben. Abendessen in einem kleinen, billigen Restaurant, dann Spaziergang durch das nächtliche Treiben in der Stadt, Spektakel auf der Piazza Navona mit Feuerschluckern, Wahrsagerinnen, Galerien von Kitsch und Kunst. Die zahllosen Brunnen und Tore und Plätze mit steinernen Figuren, Tiergestalten, Göttern und Obelisken machten sogar Nada Eindruck, vor allem, wenn es dazu etwas zu erzählen gab. Daß ihr aber bald die Beine weh taten von der vielen Herumlauferei, das war begreiflich; Naumann nahm sie auf die Schultern. Einmal ein Picknick im Forum Romanum, Salami und Brötchen, während Nada im Slalom zwischen den Säulen irgend eines Tempels herumrennt. Ungeduldig wurde sie immer nur, wenn Naumann anfing, in seinem Reiseführer zu blättern, daraus vorzulesen, oder wenn er immer wieder stehenblieb, um sich mithilfe des Stadtplans zu orientieren. Und wenn Naumann Regula einmal fragte, wohin man jetzt will, wollte Nada nach Hause.

Wohin nach Hause?

In unser Hotel!

Immer war es Naumann, der noch irgendein Ziel hatte, dahin und dorthin, der vor allem Regula, die zum ersten Mal in Rom war, allerlei zeigen wollte: Fontana di Trevi, wo auch Nada eine Münze über die Schulter ins Wasser werfen muß, die Piazza del Popolo mit den Zwillingskirchen und dem riesenhaften Obelisk, aber auch namenlose Gassen noch und noch oder die Eingangshalle eines Luxushotels an der Via del Corso, Entree mit Plüsch und Teakholz und Pförtner in Livree, Hotelboys, die herumstehen, dazu Kitschgemälde und Spiegel, wohin man blickt, mit imposanter Jugendstil-Stukkatur an der Decke und klingelnden Kronleuchtern, wenn Naumann es richtig in Erinnerung hat: – Das mußt du gesehen haben, sagte er immer wieder. Das mußt du unbedingt gesehen haben! Auch die Porta Maggiore mit der noch weitgehend intakten Aurelianischen Stadtmauer mußte Regula natürlich sehen, und natürlich die kleine Pyramide an der Porta San Paolo, von der man in Wirklichkeit ja nur noch die Spitze sieht und in deren Umgebung es von Katzen nur so wimmelt. Plötzlich, hinter einem Bretterverschlag, entdeckt Nada ein ganzes Knäuel von jungen Katzen, die miezen und blinzeln, und wie kurz darauf noch ein Mann auftaucht, um die ganze Katzenschar zu füttern, ist sie natürlich nicht mehr von der Stelle wegzubringen. Wenn Nada aber einmal mitten auf einer Piazza einfach streikt oder wenn sie auf der Rückfahrt vom Monte Testaccio im holpernden Bus einschläft, obwohl ja Naumann beim Circo Massimo eigentlich noch hätte aussteigen wollen, um Regula die verfallene Brücke neben dem Ponte Palatino zu zeigen, lächelt er zwar, die schlafende Nada auf seinen Knien, und zuckt die Achseln, aber nachher entschuldigt er sich, daß man mit dem Kind halt nicht dazu kommt, alles zu sehen, was noch sehenswert wäre.

Du kannst ja auch einmal allein losziehen, wenn du möchtest, sagt er.

Dabei hat Regula durchaus genug gesehen, wenigstens für heute schon mehr als genug. Es ist ihr ganz recht, wenn man zurückgeht ins Hotel, wo Nada übrigens, kaum hat er sie ins Bett gelegt, plötzlich wieder putzmunter ist und ein Memory spielen will oder ein Schnipp-Schnapp, egal was. Überhaupt gefällt es Nada am besten im Hotelzimmer. Sie ist glücklich, daß es einmal einen ganzen Tag in Strömen regnet. Auch Regula macht es nichts aus, einen Tag lang kein Programm zu haben. Nur Naumann machte die Herumsitzerei und Herumliegerei ungeduldig: dazu sind sie ja nicht nach Rom gekommen.

Aber wozu eigentlich sonst?

Nada sitzt am kleinen Hotelzimmertischchen und zeichnet –

Wenn sie wolle, fand er, könnte Regula auch allein in diese Picasso-Ausstellung gehen, an der man tags zuvor vorbeigekommen war und vor der Nada wieder einmal gestreikt hatte.

Willst du mich los sein? fragte Regula –

Das wollte er keineswegs, da er ganz allein im Augenblick noch viel weniger anzufangen gewußt hätte mit Nada. Warum saß man überhaupt in diesem Rom? Er hatte es im Grund ja gewußt, daß es nicht geht.

Du tust aber auch die ganze Zeit, als möchtest du nur beweisen, daß es nicht geht, sagte Regula, allmählich verärgert, da Rom ja ihre Idee gewesen war –

Ich meine es nicht als Vorwurf, sagte er, wirklich nicht!

Aber dann stand er am Fenster mit verschränkten Armen und sah hinaus auf die verregneten Fassaden.

Und was ihn ebenfalls unmutig machte, waren Regulas Versuche von Zärtlichkeit, ihre Umarmerei immer wieder, obwohl sie doch weiß, daß er das nicht besonders mag, wenn Nada dabei ist.

Dann spielt sie halt Schnipp-Schnapp mit Nada.

Als er es einfach nicht mehr aushielt, ließ er die beiden Frauen mit ihrem Schnipp-Schnapp allein und ging in die nächste Bar. Zwei Stunden später, naß bis auf die Haut von einem Rundgang im Regen, wieder im Hotel, wo Nada und Regula an den Pulswärmern für Regina weiterstrickten, war er wenigstens wieder etwas freundlicher, für Momente geradezu zärtlich aus purem schlechten Gewissen, um keine Zumutung zu sein.

Ach, sagte Regula, du!

Auch ihre Umarmung in der Nacht, wenn Nada im Bett daneben schläft, machte ihn nur nervös: es war ihm einfach zu eng in diesem Hotelzimmer. Dann las er lieber aus dem Reiseführer vor, was sie am folgenden Tag besichtigen konnten.

Wenn es nur wieder aufhört zu regnen!

Manchmal, sagte Regula, bist du ein richtiger Griesgram. Wie alt bist du eigentlich?

Kurz darauf schlief sie.

Was Naumann dann, wenn er Regula einmal beobachtete, ohne daß sie es bemerkte, hie und da beschäftigte, war diese frappierende Ähnlichkeit mit Regina, eine Ähnlichkeit – obwohl sie ihr schwarzes, langes Haar sehr anders trägt, als Regina ihr Haar jemals getragen hat, und obwohl sie nicht dunkle Augen hat, sondern grünliche mit sonderbaren braunen Flecken in der Pupille –, die ihm früher nicht aufgefallen war. Er hätte auch Mühe gehabt zu sagen, worin diese Ähnlichkeit im einzelnen bestand, ein ähnlicher Tonfall der Stimme vielleicht, eine Ähnlichkeit um die Augen, wenn sie ihre Brauen rümpfte, aber auch ihr Körper ist sehr anders als der Körper von Regina. Ja, es kam vor, daß ihr Körper ihn eben deshalb geradezu befremdete. Trotzdem stellte er immer wieder fest: eine Ähnlichkeit, die fast schon beängstigend ist.

Was will er überhaupt von einer Frau? Was hat er von Regina gewollt, von Lotte, was will er jetzt von Regula? Er wußte es immer weniger.

Einmal, als sie nachts nebeneinander wachlagen, fragte sie plötzlich: – Warum kannst du es denn nicht annehmen, daß wir einfach da sind, du und Nada und ich, auch Regina, wir alle, daß wir nun einmal da sind?

Ich weiß nicht, was richtig ist, deshalb! sagte Naumann mit einer Bestimmtheit und so spontan, daß er selber überrascht war.

Aber mußt du denn immer zuerst wissen, was richtig ist, bevor du es leben kannst? Die Tiere, fand Regula, wissen immer, was richtig ist. Wir sind auf Erfahrung angewiesen, und das heißt doch: leben, ohne immer zu wissen, was richtig ist, ins Offene hinaus leben und dann weitersehen. Es ist doch so einfach, im Grund, fand sie.

Dabei war sie es ja, die immer wieder wissen wollte, wer oder was sie denn für ihn eigentlich sei; aber das war natürlich etwas ganz anderes: – Ich bin ja da, sagte sie, mit dir. Ich will erfahren, wer du bist, was du denkst und empfindest, was du für mich empfindest, und dann bist du manchmal so abgekapselt, zurückgezogen in dich selbst, ein richtiges Schalentier bist du dann, so fernab in Gedanken, daß ich mich frage, ob du wirklich da bist, ob ich für dich überhaupt da bin und wer ich für dich bin.

Aber das war es doch eben!

Naumann, es wurde ihm immer klarer, hatte einfach keine Vorstellung mehr davon, was ist, was sein soll, was er selber eigentlich noch will: – Auch was unsere Beziehung betrifft, sagte er, habe ich, sowie ich anfange, darüber nachzudenken, nicht die leiseste Ahnung, welcher Art diese Beziehung nun ist. Liebe, Freundschaft, Partnerschaft, schön und gut, Zweierbeziehung, Ehe oder einfach Bekanntschaft, Verhältnis oder Verhängnis oder Bettgenossenschaft, was ist es nun? Ich habe keinen Namen dafür, verstehst du, und nicht allein dafür! Oder kannst du dir vielleicht vorstellen, daß ich Regina morgen ein Telegramm schicke des Inhalts, daß ich die sofortige Scheidung beantrage, damit wir beide frei wären zu heiraten?

Regula lachte.

Alles andere kann ich mir aber ebensowenig wirklich vorstellen, sagte er. Freundin, gewiß, Frau, Lebensgefährtin, was heißt das? Partnerin, was bedeutet das, Teilhaberin in welchem Geschäft?

Regula machte einen anderen Vorschlag: – Genossin, wie wär's damit?

Jetzt lachte Naumann: – Glücklich, findest du nicht, wer da noch genießen könnte, ohne daß ihm schwindlig wird in dem heillosen Durcheinander, das wir veranstalten. Drum reden wir doch am liebsten einfach von Beziehung, was ja auch so ein läppisches Wort ist. Was heißt das schon! Was beziehen wir denn unablässig voneinander? Grade so, als handle es sich bei all dem um ein buntes, frohes Marktgemenge, in dem wir alle kleine Händler sind, Lieferanten für was weiß ich, Krämerseelen, die wir ja vermutlich auch sind, und jedenfalls stets darauf bedacht, beeinander gut Kunde zu sein, bei niemandem in der Kreide zu stehen und gegenseitig voneinander immerfort zu beziehen, was es überhaupt zu beziehen gibt, damit der muntere Tauschhandel immer schön aufgeht, einerlei, ob man es brauchen kann oder nicht, was da alles bezogen wird. Ja, so tun wir doch, indem wir von Beziehungen reden, was so angenehm neutral klingt, so diplomatisch, so wissenschaftlich abstrakt. Beziehungen: bloß um es nicht benennen zu müssen, womit wir einander wehtun!

Regula war einverstanden; sie verstand trotzdem nicht, worauf er hinauswill.

Was ist das für eine Zeit, sagte er, in der alles immer namenloser wird!

Aber ob er denn eine Zeit mit gestrengen Sitten und Vorstellungen besser fände, So-und-nicht-anders, mit einer klaren Norm, wo es auch für alles den richtigen Namen gibt, vor allem für jede Abweichung von der Norm?

Frühere Kulturen, sagte Naumann, das mag ja sein, sind an ihren Geboten zugrunde gegangen, gescheitert mit einer allzu engen Vorstellung von der Welt. Aber wir gehen am Angebot zugrunde, finde ich, in jeder Hinsicht, an unserem Überangebot. Bis vor kurzem meine ich, habe ich noch eine relativ genaue Vorstellung gehabt davon, wie ich mir das Leben denken könnte, nicht gerade eine Ideologie, nur eine Art Richtschnur, wie die Maurer sie brauchen, damit ihr Mauerwerk einigermaßen senkrecht und gerade in der Landschaft steht und nach Plan, aber diese Richtschnur ist mir in den Händen zerfasert, mehr und mehr, bis sie sich gänzlich aufgelöst hat in nichts, verstehst du?

Regula, er spürte es, sah ihn von der Seite an, während er an die fahle Decke blickte: – Aber du lebst doch, sagte sie, mit Nada. Du bist da, Nada ist da, ich bin da, warum genügt dir das nicht?

Darauf, ist anzunehmen, schwiegen sie eine Weile, aber als Regula dann versuchte, ihm über die Schläfe zu streichen, wich er mit dem Kopf zur Seite –

Ich kann anscheinend nicht leben, sagte er, mit dem Durcheinander, das ist es, mit dem Durcheinander in der Welt, das ja vom Durcheinander im Kopf so schwer zu unterscheiden ist!

Das sagte er regelrecht trotzig, und Regula ließ ihn, es hatte keinen Sinn. Sie wußte einfach nicht, woran sie bei ihm war. Er ist (obgleich sehr anders als ihr Vater) eben doch ein Mann, einer für den das Leben nichts Selbstverständliches ist, keine natürliche Kraft, der man sich getrost anvertrauen kann, sondern vor allem der ewige Streß, das Chaos zu ordnen, für einen möglichst geregelten Ablauf zu sorgen – einer, der einem leid tun kann. Und mindestens für einen Augenblick lang, ist anzunehmen, tat er ihr auch leid, bevor sie einfach versuchte, an etwas anderes zu denken.

Tags darauf schien zum Glück wieder die Sonne, und Naumann war auch ein wenig heiterer, manchmal geradezu unbefangen, wie er ja auch sein kann, wenn es nichts zu entscheiden gibt, wenn er, auf einem Spaziergang durch die Villa Borghese, Nada an den Handgelenken nahm, um sie im Kreis herum durch die Luft segeln zu lassen, immer rundum, einmal sogar mit einem Jauchzer, und immer wieder, weil Nada das so lustig findet, bis ihm ganz schwindlig ist und er sich auf ein Mäuerchen setzen muß.

Es war aber Regula, die jetzt still und nachdenklich war.

Zum Streit – dem ersten und letzten in ihrer Beziehung – kam es zwei Tage später in den Vatikanischen Museen. Diesmal war es ihnen nicht schwergefallen, Nada davon zu überzeugen, daß es ihr bestimmt nicht langweilig würde, indem auch Regula davon schwärmte, was sie alles sehen will: das Etrusker-Museum, das ägyptische Museum, die Sixtinische Kapelle, die soeben restauriert worden ist, nicht unbedingt, aber unbedingt die reiche Sammlung im Missionarisch-Ethnologischen Museum, mit den zusammengeraubten Schätzen aus Indonesien, Polynesien, Melanesien, von nord- und südamerikanischen Indianern, aus China und Afrika, und was dagegen Naumann sehen will: den Kolossalkopf des Zeus, die Büsten von Julius Cäsar, von Sokrates, Platon, die Sixtinische Kapelle auch nicht unbedingt, dafür aber den Laokoon mit seinen Söhnen. Nada, mit ihrem Fridolin im Arm, der natürlich hat mitgehen müssen nach Rom, gibt sogar die Hand, brav wie nie. Ferner hat Regula, damit man im sonnigen Innenhof eine Pause machen und ausruhen kann, nicht nur Salamibrötchen in ihrer Tragtasche, sondern auch die Schnipp-Schnapp-Karten. Sie sind guter Laune und ausgerüstet mit allem; was fehlt, da sie endlich oben am Ende des langen Rundgangs stehen, der in Form einer doppelten Spirale angelegt ist, so daß der endlose Strom der Besucher in der einen Bahn nur hinauf-, in der gegenüberliegenden Bahn nur hinuntergeht – was fehlt, ist jetzt nur noch ein Plan, mit dessen Hilfe man sich im immensen Labyrinth der Museen orientieren kann.

Wo gibt es diesen Plan? Eine Tafel an der Wand zeigt zwar die Anordnung der verschiedenen Museen, die Folge

154

der Säle, die allerdings zahllos sind, und auch die Route der empfohlenen Rundgänge, die man sich aber niemals merken kann. Praktisch wäre ein Führer zum Mitnehmen, wie ihn offenbar auch alle Welt zu besitzen scheint, nur Naumann, während Regula in der Schlange vor der Kasse steht für Eintrittskarten, hält vergeblich danach Ausschau, wo diese Führer zu kaufen sind. Andere Besucher, so scheint es, haben sich schon unten, vor dem Eingang des Gebäudes, damit eingedeckt. Da Regula aber überzeugt ist, daß es auch nach dem Eingang irgendwo noch solche Museumsführer zu kaufen geben muß, geht man hinein. Nach der Schranke mit den uniformierten Wärtern ist dann von einem Stand oder Kiosk, der Führer anbietet, nichts zu sehen.

Ach komm, sagte Regula, wir finden schon, was wir sehen wollen.

Plötzlich, nachdem sie bereits durch zwei oder drei Gänge gelaufen sind, vorbei an der Garderobe, eine kleine Treppe hinauf, ist es Nada, die tatsächlich eine Art Kiosk entdeckt: – Dort vielleicht, sagt sie, und es scheint, daß sie recht hat. In der Auslage liegen nicht nur die unzähligen Bildbände und Ansichtskarten, sondern auch, in mehreren Größen, die schwarzen Museums-Führer, die alle mit sich herumtragen. Nur liegt dieser Kiosk draußen, hinter einem schmiedeeisernen Gitter, in der Halle, an der sie vorhin vorbeigegangen sind und den Kiosk dabei offenbar übersehen haben. Jetzt kommt man nicht mehr hinaus; Naumann kam sich wie ein Gefangener vor hinter diesem Eisentor, das natürlich nicht zu öffnen ist. Einen Augenblick ging es um die Frage, ob er durch die Gänge zurückgehen, dem Uniformierten erklären soll, wieso er nochmals hinaus will, aber Regula fand noch immer, das könne ja unmöglich der einzige Ort in diesem ganzen Gebäude sein, wo es solche Führer zu kaufen gibt; sie ging schon durch einen kleinen Torbogen in einen Raum voller Sarkophage, etruskisch oder ägyptisch, sie rätselte schon, woran man das nun erkennt –

Genau das wäre in diesem Führer eben nachzulesen! sagte Naumann.

Er ging aber trotzdem nicht zurück, sondern stand ebenfalls bereits inmitten von steinernen Sarkophagen, während Regula Nada auf den Arm nimmt, damit sie von oben in die Vitrine sehen kann, in der die Mumien liegen, nur teilweise einbandagiert, so daß da eine knöcherne Hand zum Vorschein kommt, dort ein entsetzlicher kleiner Totenschädel –

Richtige Menschen? will Nada wissen.

Naumann stand nach wie vor sichtlich unentschlossen: nicht, daß er nicht auch hätte umhergehen können ohne diesen dummen Führer in der Hand; nur weiß ein solches Buch immerhin allerlei, und gerade, was die ägyptische oder die etruskische Kultur angeht, ist Naumann schlicht ahnungslos. Regula fragt natürlich trotzdem, woraus diese Sarkophage gemacht seien, aus welcher Art von Gestein?

Basalt? Der Museums-Führer hätte es bestätigen können.

Dabei verdrießt Naumann das Nichtwissen nicht einmal, ebensowenig wie Regula, der es aber offensichtlich Spaß macht, zu rätseln, was sie trotzdem alles weiß, gerade auch ohne Führer; er findet das bloß verlorene Liebesmüh. Nicht einmal die Gründungsgeschichte Roms kann er Nada ja richtig erzählen, von Romulus, der mit seinem Zwillingsbruder von einer Wölfin aufgezogen wurde (aber wieso genau?) und der den Remus später erschlagen hat (warum?) –

Ist diese Sage nun etruskisch, oder ist sie jüngeren Datums?

Das wiederum ist Nada natürlich einerlei. Hingegen findet sie die kleinen Spielzeugfiguren in einer Vitrine lustig, Götter en miniature vermutlich, winzige Dämonen und Tiergestalten; manchmal sieht Nada, die man immer wieder hochheben muß, damit sie überhaupt etwas sehen kann, mehr als er. Langweilig ist höchstens, daß man alles nur ansehen kann, nichts anfassen und nicht mit den lustigen Figuren spielen kann.

Naumann stand, die Arme vor der Brust verschränkt, vor diesen Vitrinen, und ob sie jetzt den grünen oder gelben oder violetten Pfeilen folgen müssen, um in den Saal mit den klassischen Skulpturen zu kommen, das muß Regula wirklich nicht ihn fragen.

Aber Herrgott, so geh doch zurück und hol dir deinen Führer, wenn du unbedingt einen Führer brauchst! sagte sie schließlich, unmutig, immerhin kompromißbereit: – Wir können hier ja warten.

Hingegen hatte Naumann nur gesagt, daß sie ihn nicht fragen müsse, wo es jetzt langgeht.

Was man, im nächsten Saal, auch ohne Führer erkennen kann: Herakles mit dem Löwenfell; und da und dort steht auf dem Sockel unter der Büste auch ein Name, Julius Cäsar, Augustus, Cicero. Naumann ging gelassen von Kopf zu Kopf, blieb da und dort stehen und erzählte Nada das eine und andere, so gut er es halt weiß, Herakles-Sage oder Ermordung Cäsars, alles kunterbunt durcheinander, und er war eigentlich schon dabei, sich allmählich mit der dummen Situation abzufinden –

Wo er denn hinwolle? rief Regula plötzlich: – Hier ist dein Laokoon, den du doch sehen willst!

Woher soll ich das wissen! sagte er, meinte es aber eigentlich nicht so.

Dann stand er eine Weile vor der Statue dieses Mannes und seiner Söhne, die mit den zwei Schlangen um ihr Leben ringen, und Nada, offensichtlich beeindruckt, wollte wissen, ob das Giftschlangen seien und ob der Bub, den die Schlange bereits gebissen hat, jetzt sterben muß?

Und Regula, die aus einer anderen Ecke des Saales kam, fragte im selben Moment, ob Naumann wisse, was es mit den Amazonen eigentlich auf sich habe, ob bloß Sage, oder was davon historische Wirklichkeit –

Was? fragte Naumann: – Ich kann euch nicht beiden zuhören, tut mir leid! – und Regula mußte ihre Frage wiederholen.

Naumann sagte bloß, was wahr ist: – Keine Ahnung!

Mag sein, daß es wieder etwas ruppiger klang, als es gemeint war.

Jedenfalls sah Regula ihn einen Augenblick lang an, um dann zu sagen: – Weißt du was? Ich finde, du bist ein Kindskopf!

Naumann wußte nicht, was er falsch gemacht hat, aber plötzlich war Regula sehr ungehalten: er solle doch nicht so unschuldig tun, sie habe eine einfache Frage gestellt, und er könne ihr immerhin eine anständige Antwort geben. Seine dumme Frustration wegen diesem Museumsführer oder was auch immer brauche er wirklich nicht an ihr auszulassen!

Dabei, wie gesagt, war er gerade dabeigewesen, die ganze Sache vergessen zu wollen.

Nada stand zwischen ihnen wie zwischen zerstrittenen Eltern, indem sie Regula ansah, dann ihn, wieder Regula –

Sie habe einfach keine Lust mehr, sagte Regula, immer wieder an ihm abzuprallen wie –

Ein passender Vergleich fiel ihr nicht ein.

Wie ein Vogel, der nicht sieht, daß er gegen eine Fensterscheibe fliegt, so daß man sich auch noch dumm vorkommt dabei, sagte sie schließlich.

Naumann wußte nicht, was antworten. Er hatte, was diese Amazonen betraf, ja wirklich keine Ahnung, und außerdem war Regulas Frage genau ein Beispiel für jene Fragen, bei denen einen auch so ein Führer im Stich läßt. Damit hatte das wirklich nichts zu tun. Er wußte einfach nicht, was er Falsches gesagt hat.

Ach! sagte Regula nur und wandte sich ab.

Auch Nada wollte wissen, wieso Regula jetzt sauer ist.

Weil dein Vater so zu ist! sagte Regula.

Wie meinst du »zu«?

Zu wie eine vernagelte Tür, wie eine Büchse, die man nicht aufbekommt, wie ein Panzerschrank, wenn man den Schlüssel verloren hat, einfach zu.

Es tat Naumann ja leid, er hatte es wirklich nicht so gemeint. Aber Regula war jetzt ihrerseits nicht mehr ansprechbar: – Laß mich! sagte sie, ich muß jetzt allein sein.

Sie überreichte ihm die Tasche mit den Brötchen und den Schnipp-Schnapp-Karten und ging.

Sie ging, Blick zu Boden, durch die Halle zurück, vorbei an den Statuen in ihrer ewigen Ungerührtheit, und Naumann und Nada standen da, Naumann vermutlich mindestens so versteinert wie die Statuen ringsum.

Noch eine Stunde vielleicht ging er mit Nada durch diese Museumssäle, erzählte, um nicht zu stumpfsinnig zu schweigen und zu brüten, was ihm gerade einfiel, und später saßen sie im sonnigen Hof draußen und aßen ihre Brötchen, tranken ein Mineralwasser, und Naumann gab nie ganz die Hoffnung auf, daß Regula sie suchen würde, aber sie kam nicht.

Ein Schnipp-Schnapp spielen mochte er jetzt nicht.

Sie gingen dann zurück ins Hotel, wo Regula aber auch nicht war.

Später stand er mit Nada auf dem Campo de' Fiori, wo sie in der Gelateria ein großes Eis kaufen, dann auf der Sockelmauer unter der Statue von Giordano Bruno sitzen, der an eben dieser Selle auf dem Marktplatz bei lebendigem

Leib verbrannt worden ist, weil er etwas Falsches gesagt hat beziehungsweise nur gesagt hat, was wahr ist.

Nada wollte wissen, wo Regula jetzt ist und wann sie wiederkommt –

Keine Ahnung! sagte Naumann.

Erst als sie gegen neun noch immer nicht ins Hotel zurückgekehrt war und Nada schon zum zweiten Mal sagte, daß sie Hunger habe, gingen sie in das kleine Restaurant, wo der Wirt und der Kellner sie schon kannten, vor allem natürlich »la piccola principessa«, wie sie Nada nennen, und es war nicht einmal ungemütlich. Nach dem Essen bestellt Naumann noch einen Kaffee, später abermals einen Viertel Frascati, und sie reden über die alten Griechen, über die Schöne Helena und den Trojanischen Krieg. Nada will wissen, was an diesen Geschichten wahr ist –

Und wonach hat dich Regula gefragt? fragt sie einmal.

Nada schlief schon und Naumann lag lesend auf dem Bett, als Regula gegen Mitternacht kam und sagte, daß sie beschlossen habe, nicht mehr zu warten bis am Freitag, sondern morgen früh zurückzufahren.

So hat es einfach keinen Sinn, sagte sie.

Sie wollte nicht mehr darüber reden.

Am nächsten Morgen gingen sie zum Bahnhof und fuhren zurück.

Das war nicht das Ende, dieser läppische Streit in einem Vatikanischen Museum, aber der Anfang davon, und zu einem richtigen Ende, indem sie sich zwar noch ein paarmal sahen, aber auch Regula nicht mehr viel von Naumann wollte, kam es überhaupt nicht.

Was sind Erwachsene denn anderes, hätte Pius vielleicht gesagt, als Kinder, die sich selber über den Kopf gewachsen sind.

Was zählt, ist die Gegenwart, auch wenn es nicht zu vermeiden ist, daß man an Vergangenes erinnert wird, an längst Vergangenes, zum Beispiel, wenn sie zusammen durch den Regen gehen, Naumann und Nada, und Nada einmal, indem sie den Kopf schräg in den Nacken legt, unter der Kapuze ihrer Regenhaut hervorblinzelt. Ihr bleiches Gesicht unter dem orangenen Schirm dieser Pelerine, die ihr über die Schultern hängt, oder einmal ihre schmale Hand, wenn sie sie durch den seitlichen Schlitz herausstreckt, um sich eine nasse Haarsträhne aus dem Gesicht zu streichen, um die Hand gleich wieder ins Trockene zurückzuziehen, und wie man selber einmal eine von diesen Pelerinen getragen hat, die damals allerdings noch grau gewesen sind, dunkelgrau und nach Gummi riechend, weil aus gummierter Baumwolle. Wie unter dieser Pelerine der Schultornister klapperte, der Regen in den Ohren rauschte wie das Blut rauscht in den eigenen Ohren, nachdem man sich in einem wilden Tanz um sich selber gedreht hat, und dazu der Regen, der auf die Kapuze trommelt, der über die Kapuze rinnt und vor dem Gesicht in Tropfen herabstürzt, und überall rinnt und rieselt es über diese zweite, kalte Haut, unter der man trocken bleibt. Fast nichts anderes mehr nimmt man wahr als die unablässigen Geräusche dieser gleichmäßig rauschenden Sintflut ringsum, und durch die enge Kapuze behindert, sieht man nichts als die nasse Straße vor den eigenen Schuhen, die platzenden Regentropfen auf dem Asphalt, die hüpfenden Tropfen auf dem dunklen Grund, in dem sich da und dort ein helleres Stück Himmel spiegelt, die kleineren und die großen Pfützen überall, die Rinnsale und Bäche am Straßenrand und was da alles in der Nässe herumliegt, Laub und Papierfetzen, regengetränkt, aufgeschwemmte Zigarettenstummel, eine metallene Scheibe, vermutlich von einem Fahrrad, eine Münze, ein verlorener Handschuh, der platschnaß auf einem

Mäuerchen liegt, aufgehoben von einem aufmerksamen und ordentlichen Passanten, und darauf wartet, vom Besitzer gesucht zu werden, und wie man dann, wie Nada jetzt wieder, den Kopf weit in den Nacken zurücklegen muß, um etwas weiter zu sehen als grad vor diese eigenen Füße, und kurz darauf ist die Gegenwart wieder hergestellt.

Du, sagt Nada, ich muß pinkeln!

Daheim dann, auf dem Balkon, steht und hängt alles still beisammen, die blauen Gumistiefel und die Schuhe des Vaters, die Pelerine samt Kapuze, Regenmantel und Schirm, und tropft und trocknet langsam, während Nada drinnen in Strümpfen und unbelehrbar über das blanke Parkett zipft, obwohl der Vater ihr schon zweimal einen Dorn aus dem Fuß hat ziehen müssen, weil der alte Boden, spröde und rissig, geradezu darauf gewartet hat, daß Nadas Füße in Strümpfen darübergleiten, rutschen, hängenbleiben.

Auch Regina denkt in ihren Briefen wieder häufiger über Vergangenes nach, auch über die mit Naumann verbrachte Zeit, und dabei kommt es gelegentlich zu Erinnerungen, die er nur zur Kenntnis nehmen kann. Diese Ferien damals im Tessin zum Beispiel, die er einmal in einem seiner Briefe erwähnt hat, beiläufig, weil Nada ihn daran erinnerte: sie sind überhaupt nicht schön gewesen, laut Regina, sondern gräßlich, geradezu eine Horrorerinnerung. Sie weiß bis heute nicht, wieso er damals, am Vorabend der Abreise, dieses blöde Geständnis machen mußte und was es Regina eigentlich anging, daß Naumann sich angeblich verliebt hatte, wozu diese Drohung. Dabei hat er selber behauptet, es sei nichts Ernsthaftes, eine Laune vielleicht nur, eine unbestimmte Lust auf Leben, die mit jener anderen Frau vermutlich ebensowenig zu tun hatte wie mit Regina, die trotzdem aus allen Wolken gefallen ist, obwohl sie zugleich alles sehr merkwürdig, wie eine Bestätigung empfand für etwas, was sie schon lange, eigentlich schon immer erwartet hatte. Ihre Panik, nicht zu genügen und nicht geliebt zu werden, so wie sie ist! Und dann kam ihr alles nur noch wie eine Lüge vor, eine grausame und anstrengende Lüge, diese stundenlangen Wanderungen mit Nada im Rucksack, während Naumann die ganze Zeit von Zukunft redete wie noch nie, Pläne schmiedete ausgerechnet in einem Moment, da Regina nicht die geringste Spur einer gemeinsamen Gegenwart mehr entdecken konnte. Die Lüge schon beim Morgenessen in der kleinen Küche, und später, wenn sie vor der Alphütte in einem Liegestuhl in der kühlen Sonne saß und zu lesen versuchte, während Naumann und Nada die blökenden Lämmer kraulten und mit trockenem Brot fütterten – was sie am meisten erschreckt habe: wie fremd ein Mensch, den man zu lieben meint, einem mit einem Mal werden kann. Es erstaunt Regina allerdings nicht, daß Naumann sich offenbar nicht erinnert an die bedrückende Atmosphäre in der kleinen Hütte am Abend, wenn das Holz im Kaminfeuer knackte, verlogen-heimelig, und er, mit dem Schürhaken im Feuer herumstochernd, seine Theorien von einem freien Zusammenleben entwickelte, seine Vorstellungen vom Leben in einer offenen Beziehung und so fort. Dann, wenn er schwieg, die beklemmende Stille, da Regina nichts zu entgegnen wußte, was nicht die Lügen nur noch vergrößert hätte; das Reden allein war schon die Lüge, da ihr doch alles so entsetzlich klar schien. Und schließlich die Nächte in dem alten bäuerlichen Ehebett unter weißem Gebälk, auf dem so ein gottesfürchtiger Spruch eingeritzt war: DER HERR IST MEIN HIRTE, VOR WEM SOLLTE ICH MICH FÜRCHTEN! und wie sie versuchte, Naumanns Umarmungen zu entgehen. Dabei war er zärtlich und aufmerksam wie schon lange nicht mehr . . . Nie in ihrem Leben, auch wenn er sich absolut nicht daran erinnern kann, ist Regina so einsam gewesen wie in diesen Nächten, und übrigens erzähle sie ihm das ja auch nicht zum ersten Mal –

Was heißt Schuld, da man es ja immer anders gemeint hat schließlich? Was ist Wirklichkeit? Oder habe ich nur nie wissen wollen, was ich wirklich will? Das fragt sich Naumann, nach allem, was geschehen ist, jetzt wieder und wieder, wenn er beispielsweise vor einem Spiegel steht. Und was heißt: Ich?

Es ist ein Gesicht, wenn auch nasenlos, ohne Mund, ohne Ohren, ein großer und kantiger Schädel; die Augen machen das Gesicht. Es leuchtet in allen Farben, mit dicken Farbstiften ausgemalt, die grüne Stirn, das rote Kinn, da und dort eine gelb oder orange flammende Narbe. Man ahnt auch einen Mund, so als wären die Lippen hart zwischen die Zähne gepreßt, die Lippen miteinander verwachsen, vernarbt, ein verwachsener und vernarbter Schrei. Es sieht aus wie die Oberfläche von Tonerde, die nicht glattgestrichen worden ist, wie eine leuchtend bemalte Skulptur von Giacometti. Die Augen sind von einem sehr dunklen, schillernden Violett, wie große, dunkel glänzende Höhlen, und das Ganze hat etwas Maskenhaftes; dennoch ist es keine Maske, sondern ein lebendiges Gesicht. Das Kinn ist kantig und fast so breit wie die breite Stirn, bartlos, aber eindeutig ein Männerkinn.

Bin ich das? wollte Naumann wissen, als er diese Zeichnung von Nada sah –

Sicher nicht! hat Nada nur gesagt und gelacht.

Aber wer ist es dann?

Auch der Hintergrund ist völlig ausgemalt, das ganze Blatt, vermutlich, weil Naumann ihr einmal gesagt hat, sie soll doch auch den Hintergrund ausmalen auf ihren Zeichnungen.

Es blickt maßlos erstaunt, das Gesicht, oder erschrocken, das ist auf den ersten Blick schwer zu entscheiden, aus seinen übergroßen und stummen Augen, ein stummes und taubes, überhaupt ein ganz und gar empfindungsloses Gesicht, so scheint es, ein einziges leuchtendes, aber stumpfsinniges Erstaunen oder Erschrecken, sonst nichts.

Gegen Schwermut hilft manchmal schwimmen, und schon im vergangenen Herbst und Winter ist er mit Nada hie und da ins Hallenbad gegangen, obwohl er sie entsetzlich findet, diese Hallenbäder. Schon der Automat beim Eingang, wo man die Drehpforte passieren muß, indem man das Plastik-kärtchen, das zuvor ein andrer Automat ausgespuckt hat, in einen Schlitz steckt: man kommt sich vor wie in einer Equipe von Astronauten, die eine Raumkapsel betreten, einer hinter dem andern, zuerst Nada, dann er. Dann diese Umkleideräume mit den vergitterten Kleiderschränken, Geruch von Putzmittel, Chlor, von Schweiß und Scham-poo, dazu Musik, dezent aus Lautsprechern irgendwo in der Decke, und dann das Gekreisch und Getümmel der Kinder in der Betonhalle, der geheizte Fußboden und das geheizte Gesimse vor den großen Fensterwänden, weißge-kachelt und staulauwarm, das blaue Flimmern der Wasser-spiegelung an der Decke, und wenn man hineintaucht in das Chlorwasser, das in den Augen brennt und viel zu warm ist, dabei doch fröstelnd kalt auf der aufgeschwemm-ten Haut: die Wolken von Parfüm und Körpermilch im Wasser, ein synthetischer Tümpel, so daß man sich vor-kommt wie ein Molch. Aber das alles macht Nada nichts aus. Sie findet es toll, im Becken zu plantschen, den Vater naßzuspritzen und dann zwischen seinen gespreizten Bei-nen hindurchzutauchen; sie lacht, wenn sie auftaucht mit geröteten Augen und sich das Gesicht reibt. Ihr nasses Haar, das eng am Hinterkopf klebt, ihr schmaler nackter

Oberkörper, ihre Nase voll wäßrigem Rotz. Und hin und wieder faßt Naumann sie bei der Hüfte, wirft sie hoch in die Luft, so daß sie ins Wasser klatscht, einmal, mehrmals, bis sie nicht mehr kann vor Lachen und Husten und nach Luft schnappt. Ihre vergeblichen Anstrengungen, den Vater ins Wasser zu tauchen, ihn umzustoßen, dann die Verfolgungsjagd, wenn er davonschwimmt, ein paar Züge weit, und wieder und wieder in der entgegengesetzten Richtung an Nada vorbeihechtet – es fragt sich, wer dabei rascher außer Atem kommt. Dann wieder muß sich Naumann auf den Rücken legen mit geschlossenen Augen, still, und Nada zieht ihn, seinen Hinterkopf in ihren Händen, durchs Wasser, immerzu im Kreis, bis er nicht mehr weiß, wo die Fensterwand ist und wo die andere Wand mit der Uhr – er irrt jedesmal.

Jetzt du mich! sagt Nada –

Manchmal vergeht eine halbe Stunde im Nu.

Da Naumann sich die Tage aussuchen kann, an denen sie schwimmen gehen wollen, und sich nicht, wie andere Familienväter, an das freie Wochenende halten muß, ist es nicht immer so schlimm mit der Menge der Leute, die sich in den kleinen Becken tummeln. Es kann auch vorkommen, daß sie überhaupt die einzigen sind, so daß man sogar Platz hat zum Schwimmen. Was Naumann dann genießt, ist die Schwerelosigkeit im Wasser, Schwimmen in langen und ruhigen Zügen, Atmen in festen und regelmäßigen Zügen, Länge um Länge, während Nada im Kinderbassin in ihrem Schwimmring sitzend rudert, bis ihr das Alleinsein verleidet. Dann rennt sie am Schwimmbecken entlang hin und her, um Naumann zu überholen, um am Ende des Bassins auf ihn zu warten, bis er wendet.

Komm, sagt er, schwimm doch mit!

Aber Nada ist bereits wieder losgelaufen, barfuß über die glitschigen Steinfliesen, einmal rutscht sie aus und fällt hin –

auch das macht ihr nichts aus, wie es scheint. Und was Naumann ebenfalls genießt: die blaue Unterwasserstille, wenn man eine Länge weit am Boden entlang taucht, oder das dumpfe Geräusch, wenn irgendwo ein andrer Körper ins Wasser fällt, die trägen Schallwellen, überhaupt die seltsam geschmeidige Trägheit im Wasser.

Auch Nada macht das Tauchen Spaß, und sie hat schon die ersten Züge weit schwimmen gelernt. Jetzt, wenn der Vater im Wasser steht, um sie notfalls festhalten zu können, wagt sie es gelegentlich sogar im tiefen Becken: sie schwimmt hastig, in kurzen Stößen, und ihr kleiner Kopf schwimmt wie eine Boje auf dem Wasser. Ihr ernstes, konzentriertes Gesicht dabei, mit geschlossenem Mund, mit um so offeneren Augen: ein paar Sekunden lang, einige Meter weit, dann taucht sie jedesmal wieder weg, weil sie unter Wasser leichter und rascher vorankommt. Ihre weit offenen Augen, wenn Naumann ihr entgegentaucht, ihr bleicher Körper im blauen Wasser, und dann die dunkle Wolke ihrer Haare, wenn sie sich absinken lassen bis auf den Grund, um sich auf den Boden zu setzen, was natürlich selten gelingt. Ihre Zeitlupenbewegungen unter Wasser, und dann, während sie sich prustend und schneuzend mit Armen und Beinen an seinen Leib klammert: ihre Stimme wie aus großer Entfernung, bis man endlich die Wasserpfropfen aus den Ohren hat.

Und du, hast du es geschafft?

Auch dem Vater ist, bevor er sich ganz auf den Grund absinken lassen konnte, die Luft ausgegangen.

Unter Wasser miteinander reden, Küssen unter Wasser, Purzelbaum und Handstand unter Wasser: nur Naumann findet es anstrengend mit der Zeit, wieder und wieder gespannt sein zu müssen, ob man es beim nächsten Mal schaffen wird. Immer wieder hinschauen zu müssen, ob Nada den Purzelbaum diesmal richtig macht, und es beim siebten Mal immer noch lustig zu finden, wenn sie auftaucht, den Mund voll Wasser, grinsend mit geblähten Backen, so daß er weiß, was kommt: anzunehmen ist, daß Naumann die kleine Wasserfontäne, die sie ihm ins Gesicht prustet, bald nicht mehr besonders lustig findet. Dann aber die Anstrengung, sich immer wieder etwas Neues einfallen zu lassen –

Was jetzt?

Auch der Salto vom Sprungbrett, den Nada immer wieder sehen will, wird läppisch mit der Zeit, vor allem, wenn andere Leute zugegen sind und hören, wie das Kind den Vater nun schon zum dritten Mal bittet, den Salto zu machen; nämlich besonders gut kann er ihn wirklich nicht. Also, was sonst? Auch wenn es ihn vielleicht selber ärgern mag, wie rasch es ihm peinlich wird, wenn Fremde sein Gespräch mit Nada mithören: es ändert nichts daran, daß Naumann sich jetzt gehemmt fühlt, was aber Nada nicht zu wissen braucht. Fordert er sie statt dessen auf, ihrerseits zu springen, während er, unter dem Sprungbrett schwimmend, sie ja auffangen kann, wenn sie will, so weiß Nada nicht recht, ob sie sich trauen soll, und er lächelt, wenn jemand zufälligerweise mithört, wie er Nada zu überreden versucht – wie man sich unter Erwachsenen halt zulächelt, wenn es um die Kinder geht, in stillem Einverständnis, halb aus Verlegenheit, aber dann wird es wieder ein überlegenes Lächeln.

Also, komm jetzt, sagt er und macht einen Kopfsprung.

Nadas Zehen, die über den Rand des Sprungbretts hinausschauen, von unten, ihre Beine in perspektivischer Verkürzung, ihr kurzer Bauch in dem leuchtenden blauen Badekleid, ihre leicht abstehenden Arme in gespannter Erwartung, ob sie nun springen wird oder nicht, ihre Finger leicht gespreizt, ihre schmalen Schultern von unten, ihr bleiches Kinn und das verlegene Lachen übers ganze

Gesicht, wenn sie hinunterblickt zum Vater, der unter dem Brett rudert und wartet, dann wieder der gespannte Ernst ihrer Augen und die weit offenen Nasenlöcher: – Nein, sagt sie plötzlich, indem der Körper sich wieder entspannt, ich trau mich nicht! Und da der Bub hinter ihr allmählich nervös wird, geht sie zurück, der Bub soll zuerst. Und wenn sie dann zum ersten Mal doch springt: ihr Gesicht plötzlich, nur für den Bruchteil einer Sekunde vor und während dem Sprung, ohne jeden Ausdruck, und wenn sie neben ihm wieder auftaucht: ihr kindlicher Stolz, während sie zusammen zum Beckenrand schwimmen.

Aber bald ist auch das nichts besonderes mehr.

Auch die Stunde im Hallenbad kann natürlich öd werden, wenn man im Kinderbecken bis zu den Waden im Wasser steht und immer wieder auf diese weiße Uhr blickt. Dabei spielt es doch überhaupt keine Rolle, wie spät es ist, Naumann hat keinerlei Verpflichtungen sonst. Aber das ist es ja gerade. Was bleibt, ist das pure Bedürfnis, daß die Zeit vergehe, und es ist die entsetzliche Erfahrung dieser Stunden, Wochen und Monate mit Nada, wie schwer ihm das fällt: dasein, nur dasein, ohne etwas im Sinn zu haben. Dazu die Mütter, die ringsum auf dem geheizten Sockelgesimse vor der Fensterwand sitzen, mit übereinandergeschlagenen Beinen, Blick ins Wasser, wo sich die Kinder tummeln.

Deshalb, nur deshalb, damit das alles irgendeinen Zweck und ein Ziel hätte, hat Naumann gelegentlich das Bedürfnis, Nada etwas beizubringen, ihr zu zeigen, wie man einen richtigen Kopfsprung macht, was sie natürlich auch lernen will. Aber dann macht es sie nur nervös, wenn der Vater redet und redet: sie steht mit gesenktem Kopf, mit gestreckten Armen, viel zu steif, viel zu zaghaft. Sie geht in die Knie, als wolle sie sich am liebsten flach ins Wasser gleiten lassen, was sie ein paarmal auch macht, aber das ist ja nicht der Sinn. Sie sieht trotzdem nicht ein, wieso sie über seinen auf Kniehöhe ausgestreckten Arm springen soll (was er einer Schwimmlehrerin einmal abgeschaut hat). Sie wird zapplig, sie kann das nicht, so wie er es meint, und dann, wenn sie flach ins Wasser plumpst, erschrocken vom Aufschlag, ist natürlich der Vater an allem schuld: – Siehst du, jetzt hat es wieder weh getan!

Unsinn, sagt Naumann, wir versuchen es gleich nochmal, komm.

Aber auch beim nächsten Mal tut es weh.

Weil du dich einfach fallen läßt! behauptet der Vater.

Beim nächsten Mal geht es schon besser –

Einmal springt sie tatsächlich über seinen gestreckten Arm, aber dann kann sie sich im letzten Moment nicht entscheiden, ob nicht doch lieber mit den Füßen voran. Sie springt hoch und landet so ungeschickt bäuchlings, daß sogar der Vater ahnt, daß es diesmal vermutlich weh getan hat; er beißt sich verlegen in die Lippe.

Wieso grinst er trotzdem, als Nada wieder auftaucht?

Wie sie aus dem Wasser steigt, Nada, ohne ihn anzusehen –

Es tut mir leid, sagt Naumann, aber –

Nada mit Tränen in den Augen, während sie sich abwendet und einfach davongehen will. Sie blickt ihn auch dann nicht an, wenn er sie in die Arme nimmt, um sie zu trösten.

Sein Ehrgeiz, sein väterlicher Ehrgeiz: wozu? Das fragt sich Naumann jedes Mal; auch, wenn sie zusammen schwimmen, ist es nicht besser. Immer wieder meint er, sie müsse doch keine Angst haben, wenn er vom Beckenrand wegschwimmt, immer etwas weiter, als es Nada lieb ist, wenn sie zu ihm hinausschwimmen soll. Es ärgert ihn merkwürdig, wenn sie immer nur am Rand bleibt, was ja eigentlich ein Zeichen von Selbständigkeit ist, er müßte es wissen: sie will sich auf ihre eigenen Kräfte verlassen.

Komm doch! sagt er.

Kannst du dort noch stehen? fragt sie.

Meint er, daß sie ihm nicht vertraut?

Dann klammert sie sich um seinen Hals, während er auf dem Rücken schwimmt, noch weiter hinaus. Es macht sie unsicher, wenn auch der Vater nicht mehr stehen kann, und sie möchte lieber ins Kinderbecken.

Ach, du mit deinem Kinderbecken!

Er will einfach, daß sie richtig schwimmen lernt, und er erklärt, wie sie zu atmen hat, damit es leichter geht, wie sie ihre Arme, ihre Beine richtig bewegen muß, die Finger nicht gespreizt, sondern geschlossen, den Kopf nicht so steif in den Nacken gelegt –

Ruhiger! sagt er.

Nicht so hastig! sagt er.

Bis Nada, vor lauter Eifer, es richtig zu machen, an alles zu denken, was der Vater ihr erklärt, Wasser schluckt, zappelt, hustet und sekundenlang mit entsetzten Augen Halt sucht, seine Hand. Und nachher will sie aber endgültig nicht mehr.

Das hat er davon.

Auch im Hallenbad geht es natürlich leichter, sobald er mit Nada nicht allein ist, wenn er noch ein zwei andere Kinder mitnimmt. Es ist alles überhaupt kein Problem, sowie sie in der Mehrzahl sind und er keinen Ehrgeiz entwickeln muß, bloß, damit es ihm nicht langweilig wird.

Ein Kind allein ist einfach zuviel für einen Erwachsenen.

Und umgekehrt.

Leben mit einem Kind –

Etwas ganz anderes als Ehrgeiz wäre Ernsthaftigkeit.

Es gibt einen, einen Mann in seinem Alter vielleicht, dem sie im Hallenbad schon oft begegnet sind. Vielleicht kommt er immer am selben Wochentag, das ist möglich, immer zur selben Stunde; jedenfalls kommt er immer allein, eine hagere Gestalt, beinah knochig, mit einem kantigen, kleinen Schädel, mit kurzgeschorenem Haar und einer Narbe über der Stirn. Man sieht ihn nie kommen, er ist nur immer plötzlich da und steht im Schwimmbecken, wo das Wasser ihm bis zu den Achselhöhlen reicht, und spielt mit seinen bunten Bällchen. Daß er schwimmen kann, ist eher unwahrscheinlich, jedenfalls hat Naumann ihn noch nie schwimmen gesehen. Er grinst, wenn man ihn ansieht, blöd, und auch Nada sieht ihn oft lange und verwundert an, bis er sie ebenfalls gesehen hat, dann blickt sie unsicher weg. Später will sie wissen, was der Mann eigentlich macht. Er drückt seine Bällchen, drei oder fünf, ins Wasser, heftig, er schnappt sie sich, als wollten sie ihm davonschwimmen, es ist immer das gleiche Spiel, jedes Mal. Plötzlich dann überkommt es ihn, und er schwadert wild mit seinen Gummibällchen im Wasser, dazu spricht er mit ihnen oder mit den Geistern, die über dem Wasser schweben auch im Hallenbad.

Was macht er? will Nada wissen.

Nichts, sagt Naumann, er findet es lustig, nein: lustvoll, mit diesen Bällchen zu spielen.

Ist er zum Beispiel frei von Ehrgeiz? Vollkommen frei davon?

Kommt, Kinder, sagt Naumann, wir gehen.

Und was er dann doch wieder genießen kann: wenn sie zusammen unter der warmen Dusche stehen, das Rauschen des Wassers überm Kopf, so daß man nichts hört außer diesem Rauschen und nicht reden muß. Sie stehen splitternackt und seifen die Haare, den warmen Wasserstrahl auf dem Rücken, auf der Brust, im Gesicht, und Nada zwischen lauter splitternackten Männern, die sie hie und da ungeniert mustert, ihre behaarten Körper, ihre baumelnden Glieder am Bauch.

Schuld, hätte Pius vermutlich nur gesagt, kommt von sollen.

Eine Geschichte, die Pius eines Abends erzählt hat, nachdem Naumann Nada ins Bett gebracht hatte und in die Küche zurück kam, wo Pius dabei war, seine Pfeife auszuklopfen, auszukratzen, um dann wie üblich, so ist anzunehmen, eine andere aus seiner Tasche zu holen: – Habe ich dir eigentlich schon mal die Geschichte von Moll erzählt?

Pius stopfte die Pfeife, während Naumann noch eine Flasche Wein entkorkte –

Er hat in unserem Dorf gewohnt, sagte Pius, da, wo ich aufgewachsen bin . . . Ein Buchhalter, ein absolut zuverlässiger Mensch auf den ersten Blick, Junggeselle zeitlebens.

Mach's nicht spannend! sagte Naumann.

Und dann also allmählich die Geschichte:

Moll wäre sechzig geworden ohne großes Auf und Ab, ein glimpfliches Leben, ein Leben, so hätte es scheinen können, das nichts zu wünschen übrig läßt. Zufrieden mit dem, was einer erreichen kann durch anständige Arbeit, wäre er ausgefüllt gewesen in seinem Beruf (leitender Angestellter einer Filialbank), hätte seine Kollegen und Freunde gehabt und keinen Grund zu klagen. Sein Leben lang hätte er kaum etwas gesagt oder getan, was im Dorf hätte Aufsehen erregen können – abgesehen vielleicht von einer Ehe, die kaum ein Jahr gedauert hat, weil er schon in den ersten Wochen die Frage seiner Frau, die im übrigen eine stille Person war, nicht mehr aushielt: Hast du mich eigentlich noch lieb? Er mochte nicht streiten, und als es darüber einmal doch zum Streit kam und sie sagte: Nämlich ich glaube langsam, das kannst du gar nicht, liebhaben, das kannst du überhaupt nicht! – da wurde es ihm zuviel und er tat, kurzentschlossen, das Einzigvernünftige und reichte die Scheidung ein. Zum Glück ist sie kinderlos geblieben, diese Ehe, obwohl er ja liebend gern ein Kind gehabt hätte.

Seither hatte er den größten Teil seiner Jahre allein verbracht, nicht unglücklich, wie gesagt, aber er hat, nach der einen Erfahrung offenbar, vor dem Weiblichen kapituliert, ein für allemal, wozu andere ein ganzes Leben brauchen. Und nur der Wunsch nach einem Kind tauchte hie und da wieder auf. Hätte man ihn gefragt: Mehr habe er vom Leben gar nicht erwartet. Als Chefbuchhalter in der Firma geschätzt und geachtet, Prokura zu zweien, kein Karrieremensch, nur halt ein zuverlässiger Mann, in der Freizeit Mitglied eines Kegelklubs, in den Ferien viel auf Reisen in aller Welt, Akropolis oder indianische Tempelruinen in Mexiko, die Pyramiden von Giseh oder die Geburtsstätte Christi in Bethlehem, immer allein. Es hätte ein zufriedenes Leben bleiben können, ein unscheinbares Leben, ohne seine fixe Idee.

Es ist doch zum Verrücktwerden, sagte er manchmal. Was macht einer ohne Frau, wenn er ein Kind haben möchte?

So sei doch froh, sagte der Familienvater auf dem Barhocker neben ihm, daß du deine Ruhe hast daheim, sei doch wenigstens froh!

Moll schwärmte, was er dem Kind alles zeigen möchte: Pilze sammeln mit einem Kind, so sagte er, das stelle ich mir schön vor. Durch den Wald streunen wie einst und auf alles achten, was so ein Kind zum erstenmal sieht, mit ihm die Pilze riechen und das Harz, vor einem Ameisenhaufen kauern und ihm alles erklären, Verstecken spielen zwischen den Tannen und seinen Namen rufen durch den hallenden Wald –

Der andere schüttelte bloß den Kopf.

Hier zum Beispiel wurden sie unterbrochen, da Nada nicht einschlafen kann. Sie hat heiß, sie hat Durst, und dann möchte sie ebenfalls die Geschichte hören: – Das ist keine Kindergeschichte, sagt Naumann. Ab ins Bett jetzt!

Moll, als Nada endlich wieder im Bett war, ließ sich natürlich nicht beirren durch das Unverständnis, auf das er meistens stieß: alles wollte er seinem Kind zeigen, alles, was er wußte, und wenig war das nicht; er konnte abendelang schwärmen.

Dann mußt du dir halt eine Frau suchen, sagte der andere und steckte seinen Finger ins Schnapsglas und schleckte ihn ab. Auch das konnte Moll natürlich nicht überzeugen, nur zum Schweigen bringen, und wenn es spät wurde und er mit stierem Blick zwischen seinen flachen Händen hervorsah, während die Barmaid um seine Ellenbogen herum die Theke wischte, sagte auch sie aufmunternd: Nimm's nicht so schwer, Josef, Kinder sind auch nicht das Wahre, das sag ich dir.

Josef, kein Zweifel, hätte viel darum gegeben, einen kleinen Buben adoptieren zu dürfen, aber auch das stand dem Alleinstehenden nicht zu. Dabei beklagte er sich damals noch nicht; er sagte nur, sachlich: Ein Mann ohne Kinder ist doch einfach kein richtiger Mann; ein Mann, der nie Vater gewesen ist!

Im Bekanntenkreis war er natürlich überall der Onkel, auf den die Kinder sich stürzen, so oft er zu Besuch kommt, bis es den Eltern nicht mehr recht ist: So laßt ihn doch wenigstens seinen Stumpen anzünden! Und später am Abend rutschte er mit ihnen im Kinderzimmer auf den Knien herum, zwischen Bauklötzchen und Modelleisenbahnen, und sein Arbeitskollege und dessen Frau sahen sich in der guten Stube allein gelassen. Bis es aber höchste Zeit wurde für die Kleinen! Und bald darauf, um seine Gastgeber nicht zu langweilen mit Wehmut, verabschiedete er sich, dankend für den schönen Abend.

Durch nichts war sein Kinderwunsch zu stillen; auch wenn er mit den Kindern seiner Bekannten einmal auf den Flughafen ging, in den Zirkus oder in den Wald, und es war eine schöne Stunde, wußte er nachher nur, daß er sich etwas vollkommen anderes erträumte: Schon als Kind nämlich habe er sich immer vorgestellt, einmal mit einem Kind zu leben.

Mit seinem Kind!

Er konnte rührend sein –

Andere fanden ihn kindisch.

Als schließlich die abendlichen Einladungen im Freundeskreis seltener wurden, seltener noch, daß jemand ihm auch nur für Augenblicke ein Kind anvertrauen mochte, kümmerte ihn das wenig. Nur konnte er sie schon bald nicht mehr sehen, die Familien mit ihren Kindern auf dem Sonntagsspaziergang, auf dem Jahrmarkt und überall, die munteren Kinder, die eitlen, die trotzigen, die weinenden Kinder. Die Welt war voll davon, und obgleich er sie eigentlich nicht mehr sehen konnte, blieb er immer wieder stehen, Hände in den Manteltaschen, und sah ihnen zu. War er früher nur gelegentlich dran erinnert worden, so schien es jetzt, als habe er keinen anderen Gedanken mehr.

Ein eigenes Kind!

So oft er in seiner Schwermut etwas getrunken hatte, und das kam schließlich immer häufiger vor, hatte er nur noch das eine Thema.

Kauf dir doch einen Hund, sagte jemand.

Er konnte einem schon auf die Nerven gehen.

Ein junger Arzt, ebenfalls nicht mehr sehr nüchtern, dem er einmal gegen Mitternacht sein Leid klagte, lachte nur: Ja, der Mensch ist kein Bandwurm, das ist bedauerlich, mein Lieber, das gebe ich gern zu. Also dann, prost!

Als sogar die Barmaid es offenbar zum Lachen fand, wie sehr er sich ein Kind wünschte, und nachher lange noch lächelnd den Kopf schüttelte, schwieg er, wußte, daß er schweigen mußte. Also, kein Wort mehr davon.

In den folgenden Wochen wurde er, außer bei der Arbeit, kaum mehr gesehen; er war jetzt wirklich sehr mit sich allein.

Aber eines Morgens, kurz vor seinem sechzigsten Geburtstag, er weiß selber kaum, wie es dazu gekommen ist, und macht sich darüber auch gar keine Gedanken, er nimmt's wie im Traum und weiß nur beim Erwachen: er hat ein Kind, einen kleinen Buben, der seine warme Schokolade zum Frühstück will und dann in den Zoologischen Garten, was er ihm versprochen hat. Es ist ein Sonntag mit Kirchenglockengeläute, während er das Kind weckt und die Fenster öffnet, und eine Spatzenschar schwirrt zwischen den Dächern; es ist sein Sohn, sein eigener kleiner Sohn, der nachher im Pyjama durch die Wohnung rennt. Sie spielen zusammen Fußball, und daß dabei eine halbvolle Weinflasche, die vom Vorabend noch dasteht, vom Tischchen fliegt, rote Flecken auf dem Teppich, was macht's. Fabian heißt er übrigens. Und natürlich ist Moll ein stolzer Vater, ein aufmerksamer Vater, wenn er Fabian die Eisbären zeigt, die hin- und herlaufen in ihrem Gehege, die Kamele und die kleinen Löwen, die herumbalgen, während der Alte auf einem Strunk sich räkelt mit gekniffenen Augen, als gehe die Welt ringsum ihn nichts an. Und wenn sein Fabian hinter einem Fasan herrennt, wartet Moll, Hände in den Manteltaschen, und lacht.

Fabian ist ein gesundes Kind, ein munterer Hagel, ein Schlingel hie und da, der dem Vater die Schuhe versteckt. Und für ein paar Tage erscheint Moll nicht mehr zur Arbeit, entschuldigt sich alsdann, erklärt die neuen Umstände: er habe halt jetzt, der Direktor könne sich ja wohl vorstellen, was das heiße, ein Kind auf dem Hals. Er bittet den Direktor unumwunden um seine Entlassung aus der leitenden Stellung, und allerdings wäre er dankbar, wenn der Herr Direktor ihm eine Beschäftigung halbtags zuweisen könnte, Arbeit vielleicht, die sich auch daheim erledigen ließe.

Der Direktor sieht ihn schmunzelnd an, sagt: Ja, da sind Sie wohl schon in sehr besondere Umstände geraten, wissen Sie, Moll, ich habe schon oft gedacht, daß Sie ein sehr anständiger Mensch sind, zu anständig vielleicht. Aber das kann natürlich, unter Männern gesprochen, jedem passieren. Eine Weile überlegte er, nicht ohne dieses verständnisvolle Schmunzeln auf den Lippen: Aber Sie, Moll, mit dem Kind allein, stellen Sie sich vor, das geht ja doch nicht. Geben Sie's in ein Heim, das wird das beste sein.

Moll wird natürlich unwirsch, er denkt nicht daran, das Kind wegzugeben, das er sich so sehr gewünscht hat. Der Direktor lacht stirnrunzelnd, kopfnickend, kopfschüttelnd und schlägt schließlich einen Urlaub vor, drei Monate, bezahlt natürlich, damit Moll die Sache mit dem Kind in Ruhe regeln kann. Aber Moll schüttelt bloß den Kopf: Nein, sagt er, keinen Urlaub. Fabian ist noch klein, sagt er, und er braucht mich noch sehr.

So nehmen Sie doch Verstand an, sagt der Direktor, jetzt ohne Schmunzeln, das Kind braucht Pflege, mütterliche Pflege oder ein Heim.

Das Kind hat aber keine Mutter, sagt Moll, und ein Heim kommt nicht in Frage, das Kind ist mein Schicksal, verstehen Sie, meins ganz allein.

Und eine Stunde später hat er die gewünschte Entlassung.

Man begegnete ihm jetzt oft, gelassen im Park schlendernd, mit seinem Kind spielend oder mit ihm plaudernd auf einer Bank. Er ist ein verwandelter Mensch. Und nur seine ehemaligen Freunde und Bekannten straft er für ihr jahrelanges Unverständnis, indem er sie, stolz seinen Buben an der Hand führend, ignoriert. Und sie drehen ihre Hälse und schütteln den Kopf.

Er kauft Spielsachen für sein Kind, Kleider und was es sonst noch braucht und richtet seine Wohnung ein für das Leben mit dem Kind. Er ist selig. Nur abends zuweilen, allein, wenn das Kind schon schläft, quält ihn eine Art schlechtes Gewissen, macht er sich Vorwürfe aus dem Gefühl, dem Kind doch nicht alles geben zu können, was es braucht. Es ist wohl, so sagt er sich in solchen Momenten, schon unverantwortlich, ein Kind aufziehen zu wollen ohne Mutter, und am folgenden Tag strengt er sich um so sorgfältiger an.

Nur einmal in der Woche, indem er ein Kindermädchen anstellt, gibt Moll sich das Recht auf einen freien Abend. Dann sitzt er in der Bar und plaudert mit der Barmaid über seinen Sohn, klagt vielleicht sogar gelegentlich, welche Strapaze das Leben sein kann, allein mit einem Kind, was die Barmaid ja aus eigener Erfahrung kennt: – Was hab ich dir gesagt, Kinder sind auch nicht das Wahre, jedenfalls nicht immer! sagt sie.

Sie ist überhaupt der einzige Mensch, mit dem Moll noch reden kann.

Nein, sagt sie lachend, wenn Moll erzählt, ist das wahr?

Meistens ist Fabian natürlich ein liebes Kind, ein lebendiges Kind, und dumm ist er auch nicht. Er stellt Fragen, der Bub, die beantwortet sein wollen, alle die einfachen Fragen –

Und am Sonntag geht Moll mit ihm auf den Fußballplatz.

Er zeichnet mit seinem Kind, obschon er selber überhaupt nicht zeichnen kann.

Er streift mit Fabian durch den Wald wie einst und erklärt ihm den Ameisenhaufen und die Pilze. Die Ameisen zum Beispiel, sagt er, sind ein Volk von Weibchen, Arbeiterinnen und Königinnen, und die Männchen haben nur eine kurze Zeit zu leben. Dafür haben sie Flügel, die Männchen, sie fliegen zu Zehntausenden an einem gewitterschwülen Tag in der sommerlichen Luft und paaren sich mit den Königinnen, fliegen bis zur Erschöpfung, ein einziges Mal, bis sie tot vom Himmel fallen oder bis ein Vogel sie frißt. So ist das bei den Ameisen.

Und auch, weshalb er jetzt wohl bald sterben muß, der Wald, erklärt er seinem Sohn, denn er möchte ihm ein wirklicher Vater sein, einer, der die Dinge beim Namen nennt: Der Mensch, sagt er, nein, die Menschen – und er braucht dazu einen ganzen Tag.

Dann wieder füttern sie zusammen die Möwen.

Bisweilen hat er natürlich auch Angst, daß er vielleicht doch schon zu alt sei für den Buben, und nicht bloß, wenn Fabian ihn spielend außer Atem bringt. Hie und da, um zu beweisen, daß er keineswegs zu alt ist, kommt es zu einer Kinderei, die Moll, anstatt sie zu verbieten, selber mitmacht; wie soll das Kind sonst jemals lernen, sich draußen in der Wirklichkeit zurechtzufinden!

Und dann und wann benimmt sich Fabian wirklich unmöglich, trotzig auf offener Straße, so daß man mit ihm schimpfen muß.

Aber meistens muß Moll ihn in Schutz nehmen und sich wehren für seinen Sohn: wenn jemand gehässig reagiert, bloß weil er auf dem Spielplatz einem anderen Kind ein Spielzeug weggenommen oder weil er im Bus mit seiner Wasserpistole herumgespielt hat. Meistens ist es die Welt, findet Moll, die sich unmöglich benimmt gegen Fabian. Und wie einmal ein Radfahrer den kleinen Buben übersieht und beinah überfährt, reißt Moll ihn am Ärmel, den verdutzten Burschen – Ob er denn keine Augen im Kopf habe! – und schimpft noch lange hinter ihm her, schimpft auf die ganze kinderfeindliche Welt.

Allein ist er selig mit Fabian.

Nur die Leute, was ihn im allgemeinen ja nicht stört, wollen nichts wissen von seinem Kind, wenn er ihm in der Gartenwirtschaft einen Sirup bestellt oder wenn sie zusammen in ein Schuhgeschäft gehen, um sich beraten zu lassen wegen einem Paar guter Wanderschuhe. Sie sind es einfach nicht gewohnt im Dorf, daß ein alleinstehender älterer Herr ein Kind hat, und anstatt ihn anständig zu bedienen, schütteln sie nur den Kopf und tun, als gäbe es Fabian für sie überhaupt nicht . . . Sie sind es gewesen, hat Pius gesagt, sie allein, die Moll das Leben mit dem Kind gelegentlich schwer gemacht haben.

Naumann, ist anzunehmen, schmunzelte.

So konnte es natürlich nicht weitergehen! Nicht einmal zur Einschreibung in die Primarschule wollten sie seinen Fabian zulassen. Zu keinem Zahnarzt konnte er ihn anmelden. Und als mit der Zeit auch noch das Geld knapp wurde, da er nun ja nicht mehr allzuviel verdiente und ein Kind trotz allem auch Geld kostet, als Moll also endlich darauf bestand, daß sie ihm die Kinderzulage, die ihm von Gesetzes wegen schon lange zustand, ausbezahlen sollten: nichts! All sein Protest blieb ohne Wirkung. Was hätte er also tun sollen? Die Welt wollte es einfach nicht haben, daß er mit seinem Kind in Frieden und Anstand leben kann. Auf der Kilbi mußte er darum kämpfen, gegen andere Kinder wie gegen deren Eltern, daß sein Fabian sich auf eins der Holzpferdchen setzen durfte, und wurden irgendwo im Dorf für einen Zirkus, der in der Nähe gastierte, Freikarten verteilt: alle Kinder, die zufällig da waren, bekamen eine Karte, nur Fabian nicht. Moll hat es ja nicht gewußt, hat zuvor nicht einmal geahnt, wie ungerecht die Welt sein kann. Im Schuhgeschäft und im Kleiderladen war Fabian, der größer und größer wurde und einfach etwas zum Anziehen brauchte, längst dazu übergegangen, sich heimlich – oft sogar hinter dem Rücken des Vaters – zu nehmen, was er braucht und worauf ein Kind schließlich ein Anrecht hat, während Moll vergeblich versuchte, sich mit den Verkäuferinnen gütlich zu einigen.

Natürlich verbesserte, nebenbei gesagt, dies alles auch nicht gerade die Beziehung zu seinem Sohn. Moll wurde, was er nie zuvor gewesen ist, ein griesgrämiger Zeitgenosse, der nichts anderes mehr kann, als immer nur schimpfen. Er wird es vermutlich ja selber gemerkt haben, und zwar nicht daran, daß er gegen die Leute ausfällig wurde, sondern daran, daß er immer häufiger auch gegen das Kind aufbrauste, wegen nichts und wieder nichts, so daß er sich hinterher die größten Vorwürfe machen mußte. Aber es war natürlich jetzt wichtiger denn je, daß wenigstens Fabian sich anständig benahm, denn die Leute im Dorf, sie sollten denken, was sie wollen, nur nicht, daß Moll nicht imstande sei, das Kind richtig zu erziehen. Und wenn er ihm einmal auf offener Straße eine scharfe Moralpredigt halten mußte, weil er hinterrücks auf den Pfarrer, der sich immer standhaft geweigert hat, Fabian zu taufen, halt seine Steinschleuder abgeschossen hatte, tat ihm selber der Bub gewiß mehr leid als der Pfarrer; trotzdem ging das ja nun wirklich nicht, und er mußte sich bei dem Herrn Pfarrer entschuldigen . . . Wirklich, sagte Pius, es war nicht mehr lustig und nicht mehr friedlich, sein Leben mit dem Kind. Es war ein ständiger Kampf nach allen Seiten, bis Moll sogar selber anfing, seinen Fabian zu verprügeln, vor allen Leuten, wenn es sein mußte, was der Bub jedesmal stumm erduldete. Es war Moll, dem nachher die Tränen in den Augen standen.

Und so sehr er für sein Kind auch kämpfte, die Leute wollten es einfach nicht wahrhaben. Und als Fabian einmal krank wurde, sehr krank, und Moll verzweifelt alle Ärzte aus dem Schlaf holte, fanden sie, als sie endlich kamen, nur

den alten Moll in fiebernassem Hemd und mit wirr verkleb-
tem Haar allein in seiner Wohnung, die aussieht wie ein
verwüstetes Kinderzimmer. Natürlich wehrt er sich, da sie
ihn mitnehmen wollen, für sein Kind, das sie allein in der
leeren Wohnung zurücklassen: Es ist doch krank, schreit er,
so krank, wollt ihr's sterben lassen? Es stirbt!

Sie hören ihn nicht, und er merkt es wohl, daß alle mit
ihm reden wie mit einem Kind.

Später einmal, sagte Pius, bevor er nach seiner vermeintli-
chen Genesung und Entlassung aus der Klinik wieder nach
Hause kam, wo es immer noch aussah wie in einem ver-
wüsteten Kinderzimmer, habe er zu seinem Arzt gesagt –
demselben, ist anzunehmen, der ihn ausgelacht hatte an
jenem Abend in der Bar: Wissen Sie, das eine, was mir jetzt
klar wird, je länger ich darüber nachdenke: meine Frau damals, ich denke, daß sie recht gehabt hat, sie hat recht gehabt.

Der Arzt habe nur genickt: Und das andere?

Mit dem Aufräumen der Wohnung hat Moll sich Zeit
gelassen. Er verpackte die Kindersachen sorgfältig in
Schachteln und Körbe und trug sie auf den Estrich. Dann
nahm er eine Stelle an als einfacher Buchhalter und lebte
wieder sein unscheinbares Leben. Nur ein einziges Mal
noch, Monate später, eines Abends in seiner Bar, habe er
mit der ganzen Geschichte wieder angefangen.

Und also nicht einmal, wo er begraben liegt, der Bub,
hat man Ihnen gesagt?

Moll nickte: Nicht einmal das!

Aber warum ist er krank geworden, so plötzlich? fragte
die Barmaid.

Todkrank ist er geworden, ja, sagte Moll.

Aber warum denn, wissen Sie das?

Moll, da die Barmaid ihm noch einen Schnaps ein-
schenkte und dann weiter ihre Gläser trocknete, zuckte die
Achseln –

Warum werden Kinder krank? fragte er.

Er leerte das Glas in einem Zug.

Und daß er selber, hat Pius gesagt, halt nicht die Kraft gehabt hat offenbar, an sein Kind zu glauben: vielleicht hat er's ja gewußt, und das wäre wohl das andere gewesen.

Einmal, das muß Ende November gewesen sein, fragt Nada mitten aus einem Spiel heraus plötzlich, was der Vater eigentlich lieber möchte: Sterben oder niemals sterben.

Wie kommt sie darauf?

Naumann zuckt die Achseln: – Niemand stirbt gern, aber sterben müssen alle. Aber unsterblich sein, behauptet er, möchte er auch nicht.

Ich möchte aber lieber nie sterben, sagt Nada sehr bestimmt.

Und Naumann lächelt, wagt, es zu bezweifeln: – Hunderttausend Jahre lang möchtest du leben, während alle um dich herum sterben, die du kennst, bis du überhaupt niemanden mehr kennst und eines Tages der letzte Mensch auf Erden bist?

Nada sieht ihn nachdenklich einen Moment lang an: – Nein, erklärt sie dann, das schon nicht. Aber jetzt gerade, jetzt möchte ich lieber nie sterben. Und du?

Erst später dann ist es ihm eingefallen, wie Nada darauf kommt, da sie ja kurz zuvor über Pius geredet haben, über die Frage, ob Pius wirklich hat sterben wollen.

Nie wird Naumann die Stimme von Pius' Mutter vergessen, wie sie ihm am Telefon mitgeteilt hat, daß Pius tot ist, und nie sein Schweigen, Minuten lang, bevor er nur: Nein! sagt und noch einmal nur: Nein! – einfach, weil ihm nichts anderes einfällt, bis es schließlich die Mutter ist, die weiterredet: Er habe sich getötet, der Pius, in der Nacht vom 10.

auf den 11. November, in der Nähe von Zürich, wo er offenbar bei einem Bekannten gewohnt hat, Beerdigung vor ein paar Tagen im engsten Familienkreis. Dann aber, einigermaßen gefaßt, muß Naumann schon nachfragen, um etwas Genaueres zu erfahren, und plötzlich sein maßloser Ärger darüber, daß die Mutter einfach nicht sagen will, wie sich Pius denn umgebracht hat, ihre Scham, es auszusprechen, die Pius wohl ebenfalls geärgert hätte; natürlich sagte er nichts. Er habe einen Brief hinterlassen für Naumann, sagte sie nur, dazu ein Päckchen für das Kind; ob sie ihm beides schicken soll oder ob er einmal vorbeikommen könne. Dann ihre Fragen: Ob er, Naumann, gewußt habe, daß es so schlimm ist; ob Pius ihm denn etwas gesagt, ob er ihm gegenüber jemals die Absicht geäußert habe, daß er sich töten will?

Noch am selben Nachmittag, nachdem er Nada in die Wohngemeinschaft gebracht und sich versichert hat, daß es problemlos ist, wenn sie bei Flo übernachtet, ist Naumann in das Dorf hinaus gefahren – zum zweiten Mal in dieser kurzen Zeit –, wo die Eltern von Pius leben.

An einem Samstag nachmittag, zusammen mit Nada, hat er ihn das erste Mal dorthin gefahren. Er hätte Pius damals auch bloß den Wagen zur Verfügung stellen können, aber Pius hat geradezu darum gebeten, daß sie ihn begleiten. Tatsächlich war es eine entsetzliche Stunde gewesen, die Stunde in der Stube seiner Eltern und später auf der sonnigen Terrasse draußen, wo die Mutter sie bewirtete, Naumann und Nada, mit Kaffee und Orangensaft und Kuchen, während Pius nur auf und ab ging die ganze Zeit, immer wieder erfolglos seine Pfeife anzündend, Pius wie ein Sechzehnjähriger, der seiner besorgten Mutter immerzu erklären will, daß sie jetzt schweigen soll –

Jetzt wirst du einundvierzig, Pius, das sagte sie mehrmals, einundvierzig. Du mußt dich doch endlich, endlich entscheiden, was du eigentlich willst! So sag doch etwas!

Der Vater, ein Volksschullehrer in Pension, stand lange Zeit schweigend im Hintergrund.

Dann wieder war sie sehr beflissen, die Mutter, freundlich zu sein mit den Gästen, lieb zu Nada, und bei Naumann entschuldigte sie sich mehrmals, aber sie mache sich halt wirklich solche Sorgen.

Ja, Mutter, du hast ja recht, sagte Pius.

Sie hatte in ihrer ganzen Besorgtheit etwas Verstörtes, etwas Aufgeschrecktes, und Pius, wie Naumann ihn nie zuvor gesehen hat, sie redete zu ihm wie zu einem Jüngling.

Sie hätte ja überhaupt nichts einzuwenden, wenn Pius wenigstens ein richtiger Künstler wäre, ein Schriftsteller oder Kunstmaler oder was immer, da man es auch als Künstler mit einigem Fleiß zu etwas bringen kann, aber entscheiden müßte er sich doch endlich, was er eigentlich will, und nicht immer alles nur anfangen und nie etwas zu Ende führen –

Hochmütig ist er, sagte endlich der Vater, die Hände in den Hosentaschen und ebenfalls die ganze Zeit, ohne sich zu setzen: – Ein eingebildeter Kerl, das ist er!

Nada mochte keinen Orangensaft mehr, auch kein Eis: – Nein, danke, sagte sie mit der Höflichkeit eines entsetzlich wohlerzogenen Kindes, so daß Naumann sich wunderte, woher sie das hat.

Pius mit einer Flasche Bier in der einen Hand, mit seiner erloschenen Pfeife in der andern: – Im Augenblick sei er eben in der Enge, sagte er, und er hoffe ja, das Geld, das er brauche, um da herauszukommen, bald einmal aufzutreiben, alles halb so schlimm –

Besucht seine Eltern endlich wieder einmal, und dann ist er betrunken, sagte der Vater.

Bub, sagte die Mutter. Wann willst du denn endlich erwachsen werden? Jetzt bist du einundvierzig! Sieh doch deinen Bruder, der schließlich auch nie ein Streber gewesen ist, aber immerhin zufrieden in seiner kleinen Firma, glücklich mit der Familie.

Nichts arbeiten will er, sagte der Vater –

So ging es weiter, bis Pius verärgert seine leere Bierflasche auf das Tischlein stellte und sagte: – Komm, wir gehen!

Nun, in schwarzer Trauerkleidung, kam Naumann die Mutter sehr viel älter vor als damals, auch kleiner, in ihrer stillen und gefaßten Ratlosigkeit. Ihr Haar, vielleicht auch nur im Kontrast zur Kleidung, war noch heller geworden, dabei nicht weiß, nur gelblich bleich, und sie wollte immer wieder wissen, ob Pius ihm denn auch gesagt habe, daß er sich töten wolle?

Der Vater wieder in seiner mürrisch verschwiegenen Art, als gebe es überhaupt nichts zu sagen –

Erschossen habe er sich, erklärte die Mutter jetzt, des Nachts in einem öffentlichen Park. Und in Zürich hätten es anscheinend alle gewußt, die Pius gekannt haben, daß er sich töten will. Er habe es allen gesagt, und niemand, niemand sei auf den Gedanken gekommen, die Eltern zu benachrichtigen, daß man hätte helfen können.

Ich glaube nicht, daß sie ihm hätten helfen können!

Das hat Naumann nicht sagen wollen, es ist ihm einfach so herausgerutscht, aber es schien die Mutter gar nicht zu beleidigen. Sie fragte sehr sachlich: – Meinen Sie?

Pius ist ja alt genug gewesen, um zu wissen, was er will, sagte Naumann.

Ja, das haben sie uns auch alle gesagt, in Zürich, aber das sehen wir halt nicht so, sagte sie. Man darf doch einen Menschen nicht einfach so gehen lassen, das darf man doch nicht. Wenigstens die Eltern hätten sie benachrichtigen müssen.

Der Abschiedsbrief an Naumann, den sie ihm überreichte, war sehr kurz, und für Nada hinterließ er jenes hölzerne
Kästlein, worin man eine Münze verschwinden lassen und
wieder hervorzaubern kann.

Macht's gut, ihr beiden! schrieb Pius, und an Naumann
gerichtet: Ich nehme an, daß du mich verstehen wirst, es ist
so eng hier, überall so eng, wohin ich auch komme, die
Enge, ich weiß es ja, ist in mir selbst, und wenn ich wirklich
ins Weite will, muß ich endlich aus mir heraus! Ich finde es
gut, daß du versuchst, deine Vorstellung von Leben zu
verwirklichen, dein Leben mit Nada, ich glaube, du
schaffst es. Verzweifle nur ja nicht so leicht wie ich, weil du
dich selber auch nie annehmen kannst, zum Beispiel als
Vater, so wie du bist; ich denke, wir sind eben dazu
verdammt, daß wir uns selber niemals annehmen können,
so wie wir sind, so falsch wie wir alle sind, uns gar nicht
annehmen dürfen! Und vielleicht wäre es auch nur diese
Verdammnis, was wir annehmen können müßten – ich
kann's nicht. Ich wünsche dir die Kraft dazu, die ich nicht
mehr habe, meine Vorstellung ist aus. Raus hier, bloß raus!
– Pius.

Für die meisten von uns, hat Pius einmal gesagt, ist das
Leben halt nichts als ein fauler Kompromiß mit dem Tod.

Das Kind steht da mit leeren Händen, mit gestreckten
Armen und gespreizten Fingern, es steht ganz vorn im Bild,
aus dem es mit ausdrucksleerem, aber offenem Gesicht
herausblickt, mit kleinen Punktaugen und einem schmalen,
geraden Mund; es zeigt dem Betrachter des Bildes seine
leeren Hände. Es steht still und blickt nach vorn, während
seine Füße nach links gehen. Es ist mit Bleistift gezeichnet
und trägt einen Rock, der mit blauer Farbe ausgemalt ist,
ebenso wie der kurze, ovale Oberkörper. Alles andere ist

bleistift-grau. Blau ist der schmale Streifen Himmel am oberen Bildrand, grau hingegen ist auch das Haus, das links von dem Mädchen im Hintergrund des Bildes steht, halb wie hinter einem Hügel versteckt, einem Hügel, der sich als dicker grüner Strich quer durch das Bild zieht. Das Haus blickt mit großen, eckigen Augen, verwundert oder verdutzt, hinter diesem Hügel hervor. Wirklich grau ist nur das Dach, eher flüchtig mit Bleistiftstrichen ausgemalt, ein grauer spitzer Hut mit einem rauchlosen Kamin, und grau ist zudem die verschlossene Tür. Vor dem Haus schlängelt sich über den Hügel nach vorn eine Straße. Beidseits dieser Straße, die über den linken Bildrand hinausläuft, stehen wie zur Seite geklappt beziehungsweise liegen ein paar Blumen, Nelken vielleicht oder Rosen, mit roten Blüten und dünnen grünen Stengeln. Das Mädchen steht abseits von der Straße und wirkt jetzt sehr traurig mit seinen leeren Händen.

Was macht es? hat Naumann wissen wollen, als Nada diese Zeichnung beendet hatte.

Nichts, hat Nada gesagt, es wartet. Es ist ihm langweilig, es ist niemand im Haus. – Es hat kein Geld, hat sie nach einer Weile noch hinzugefügt.

Einmal, im Kindergarten, als Regula die Kinder gefragt hat, was denn der Unterschied sei zwischen Kindern und Erwachsenen, ist es Flo gewesen, der gesagt hat: Kinder haben kein Geld.

So allein, wie Naumann manchmal meint, ist er mit Nada natürlich auch wieder nicht. Er hat zum Beispiel wie alle, die mit Kindern wohnen, seine Schwierigkeiten mit den Nachbarn.

Da ist einer frisch eingezogen, Anfang Oktober, in der oberen Wohnung, ein empfindlicher Zeitgenosse, wie es scheint, der beim geringsten Lärm, aber wirklich beim geringsten, den Nada macht, mit seinem Besenstil, oder womit auch immer, auf den Boden klopft, und das wird ärgerlich, auch wenn Naumann es manchmal sogar einsieht: – Du kannst wirklich nicht vom Tisch springen, daß das ganze Haus zittert. Aber auch, daß da ein Meer ist, rund um den Tisch herum, der Tisch eine kleine Insel, sieht er natürlich ein, und eigentlich macht es ja überhaupt keinen Lärm, wenn Nada wie die Seelöwen, denen sie im Zoo kürzlich bei ihrem Spiel zugeschaut haben, ins Wasser springt.

Noch schwieriger ist es aber, wenn Nada nicht allein ist, wenn Flo oder ein anderes Kind im Kinderzimmer mitspielen, und klar, es geht nicht lang, bis es von oben klopft. Zwei drei Mal am selben Nachmittag muß Naumann sie zurechtweisen. Aber er will halt seine Ruhe, der Nachbar in der oberen Wohnung; dabei haben sie gerade gar keinen Lärm gemacht, behaupten die Kinder, und sitzen still auf ihren Stühlen. Eigentlich hat auch Naumann nichts gehört, als er von draußen in die Wohnung gekommen ist und es kurz darauf wieder einmal geklopft hat.

Jedenfalls weißt du es, sagt er zu Nada, daß er's halt einfach nicht verträgt!

Dabei ist dieser Nachbar kein alter Mann, der keine Nerven mehr hat oder nichts besseres zu tun – im Gegenteil. Manchmal begegnet er ihnen im Treppenhaus, ein junger Typ, freundlich, ein Pfeifenraucher mit schlanker, gerader Pfeife, einer, der seinen feinen grauen Schal vermutlich auch in der Wohnung nicht auszieht, ein eleganter Sonderling, aber ein netter Mensch, wenn er einem auf der Treppe begegnet. Naumann kann es sich gar nicht vorstellen, wie er dasteht mit seinem Besen in der Hand und klopft.

Später nennen sie ihn nur noch den Klopfgeist.

Nachdem er damals frisch eingezogen war, sind Naumann und Nada an einem Samstagmorgen zu ihm hinaufgegangen, um sich vorzustellen; sie mußten zweimal läuten. Er blieb unter der Tür stehen, als seien sie Hausierer, gab kaum einen Blick auf seine Wohnung frei; nur das Schuhkästlein in der Diele war zu sehen mit zwei Reihen von blankgeputzten Halbschuhen, darüber ein rundes Spiegelchen mit hellem Holzrahmen und neben der Wohnzimmertür an die Wand gelehnt: der Wischer mit dem langen Stiel. Allerdings: damals klopfte er noch nicht.

Ein Helikopter des nahen Krankenhauses flog grad übers Dach, so daß der Nachbar die Handmuschel hinters Ohr hielt und Naumann wiederholen mußte, was er will: Nichts bestimmtes, sich und Nada vorstellen als Mitbewohner dieses Hauses. Der Nachbar nickte. Und daß es schon drei Wochen her war seit seinem Einzug, bei dem sie einander im Treppenhaus einmal begegnet waren, das stimmte schon; der Nachbar erwähnte es aus Freundlichkeit, um irgend etwas zu sagen vermutlich. Aber dann entschuldigte er sich, weil er grad an einer Arbeit sei, und Naumann wollte ja nicht stören: Es sei nur manchmal besser, so habe er gedacht, wenn man sich ein wenig kennt.

Daß er Bibliothekar ist, weiß Naumann aus dem Telefonbuch.

Auch Nada, als sie zusammen die Treppe wieder hinuntergingen, fand ihn einen Komischen –

Das erste Klopfen kann Naumann allerdings verstehen: es ist schon spät am Abend, und er hat Nada mehrmals gesagt, sie gehöre jetzt ins Bett. Sie will aber nicht hören, blödelt und tollt herum wie üblich, bis der schlanke, hohe Spiegel, der im Wohnzimmer an der Wand lehnt (und eigentlich Regina gehört), ihr entgegenkommt und an einer Steingutvase (ebenfalls Eigentum von Regina) zerdonnert. Nada ist selber erschrocken. Und Naumann sagt bloß: Gottverdammich! – denn was soll er sonst sagen, bleich wie Nada ist.

191

Es klopft nicht sogleich.

Der Spiegel, von Regina einmal im Brockenhaus erstanden, stand am falschen Ort und viel zu steil an die Wand gelehnt, provisorisch seit einem halben Jahr, ein schwerer Spiegel mit Metallrahmen, den Naumann ursprünglich in seinem Zimmer an die Wand montieren wollte. Er weiß auch nicht, wieso er nie dazu gekommen ist.

Erst, während er schon dabei ist, die Scherben zusammenzuwischen und aus dem Teppich zu pflücken und er zu Nada sagt: – Jetzt mach aber, daß du ins Bett kommst! klopft es.

Siehst du, sagt er, das ganze Haus ist erschrocken.

Das kommt noch etliche Male vor, daß er selber gar nicht unfroh ist über den Klopfgeist, manchmal schon, bevor es klopft: Nada soll nicht so in der Wohnung herumschreien!

Du schreist ja selber, schreit Nada zurück.

Aber daß er keinen Streit will mit dem Nachbarn, das versteht sie natürlich, vergißt es nur immer wieder, und wenn es ihr dann doch bisweilen einfällt, hält sie sich die Hand vor den Mund mit großem Grinsen in den Augen: das Gefühl von Verbündetsein.

Zuweilen kann Naumann sogar sagen, sie müsse ja nicht übertreiben – vor allem, wenn Nada anfängt, ihre Spielkameradin aus der Nachbarschaft zurechtzuweisen, weil die zu laut ist: Schließlich wohnen wir hier, sagt Naumann, Kinder machen halt Lärm. Und dann muß Nadas Freundin ihm recht geben: Sie haben daheim auch einen Nachbarn, der ständig reklamiert.

Zuverlässig ist er übrigens nicht, ihr Nachbar aus der oberen Wohnung. Es kommt vor, daß Nada in ihrem Zimmer herumrennt oder daß Naumann laut Musik hört, und einmal, als Flo bei ihnen übernachtete, tollt er mit den beiden Kindern in der ganzen Wohnung herum, Kissenschlacht auf den Betten mit schlechtem Gewissen, ohne daß

192

es klopft. Dabei weiß er mit Sicherheit, daß der Nachbar zu Hause ist. Er ist fast jeden Abend zu Hause. Aber es klopft, wie gesagt, nicht.

Dann wieder gehen beide zusammen Naumann auf die Nerven: Nada, die herumtrödelt, obwohl er längst beim Zahnarzt sein müßte, und der Klopfgeist, nur weil Nada nochmal in ihr Zimmer gerannt ist, um etwas zu holen: – Jetzt reicht's allmählich! schreit Naumann an die Decke.

Und hie und da, wenn Naumann mit Nada zum Beispiel im Schaukelstuhl sitzt und ihr ein Kapitel aus der Kleinen Hexe vorliest, klopft es plötzlich in die Stille hinein –

Was soll das?

Bis Naumann aber genug hat!

Er muß zweimal klingeln –

Ihre ewige Klopferei, sagt er, wie der Nachbar endlich die Tür öffnet, ist ziemlich ärgerlich! Naumann sagt es durchaus anständig, aber erregt, und er muß sich schon zusammennehmen, weil der Klopfgeist tut, als wisse er von nichts, freundlich wie immer, ein unerträglicher Zeitgenosse einfach, und obendrein tut er, als sei er schwerhörig.

Ihre Klopferei! das schreit Naumann schon fast –

Entschuldigen Sie, sagt der nette Nachbar, und: – Es tut mir leid, wenn es Sie stört. Er wisse ja, erklärt er, daß er das Ding längst zur Reparatur bringen sollte, diesen kleinen Staubsauger nämlich, der irgendeinen Wackelkontakt hat, aber jedesmal, wenn man ihn auf den Boden klopft, läuft er plötzlich wieder –

Die Technik, sagt er lächelnd, und es tue ihm wirklich leid. Er entschuldigt sich mehrmals.

Und der unerträgliche Zeitgenosse ist Naumann, der die Entschuldigung schweigend entgegennimmt, sich wieder zurückzieht. Weshalb er nicht einfach gelacht und alles aufgeklärt hat, sowie ihm der Sachverhalt klar geworden ist, so daß niemand eine Schuld gehabt hätte und man zusammen vielleicht ein Glas Wein hätte trinken können: das fragt sich Naumann auch, wenn er nachher in seiner Küche sitzt, allein bei einem Glas Wein, laut auflachend von Zeit zu Zeit und den Kopf schüttelnd. Auch Nada, die unten im Treppenhaus vor der offenen Wohnungstür stand, als er wieder herunterkam, wollte es nicht glauben und lachte mit Naumann wie über eine Pointe, die sie vielleicht nicht ganz verstanden hat –

Natürlich klopft es nie mehr, nicht ein einziges Mal.

Im Winter, vor allem in der Übergangszeit, ist es manchmal eine kalte Wohnung, da die Hausverwaltung sich weigert, Fenster und Fensterrahmen neu machen zu lassen. Schon einmal ist Nada krank geworden, eine heiße Stirn, als Naumann sie am Mittag aus dem Kindergarten abgeholt hat, Kopfweh mit Übelkeit und Erbrechen am Abend, ziemlich hohes Fieber auch noch am zweiten Tag, so daß Naumann nicht zur Arbeit gehen kann, wofür der alte Gehrig natürlich Verständnis hat. Das ist Anfang November gewesen, und Regina hätte vielleicht den Arzt gerufen, was auch Naumann sich einen Moment lang überlegt hat. Dann hat er sich für Fieberzäpfchen und Essigwickel entschieden, Bettruhe mit Kamillentee, was einen natürlich daran erinnert, wie man selber als Kind krank im Bett gelegen und von der Mutter verwöhnt worden ist.

Regina, deren Mutter selber gekränkelt und oft die ganze Familie terrorisiert hat mit ihren Unterleibsbeschwerden und ihrer Migräne, mit ihrem Schwindelgefühl und ihrem Herzflattern, Regina, die dann nicht nur, schon als Zehn-, Zwölfjährige alle Haushaltsarbeit allein erledigen mußte, sondern obendrein der Mutter dabei nichts recht machen konnte: Regina erträgt es kaum, wenn jemand in ihrer Umgebung krank wird. Sie reagiert geradezu trotzig. Auch wenn Nada einmal krank gewesen ist und länger als einen

Tag im Bett liegen mußte, hat Regina es schier nicht ausgehalten in der Wohnung. Es macht sie einfach hilflos, wenn jemand auf ihre Hilfe angewiesen ist. Naumann dagegen hat es Spaß gemacht, Nada zu verwöhnen, auf dem Bettrand sitzend eine Geschichte vorzulesen, dann wieder nebenan irgend etwas zu arbeiten, während Nada schläft oder spielt. Zeichnen und Malen geht auch im Bett – oder an den Pulswärmern für Regina weiterstricken, was Nada inzwischen ganz gut allein kann.

Drei Tage später, da Nada auf den Messerummel will, ist sie auch wieder gesund. Der Vater muß nicht nur auf die Geisterbahn mit ihr, auf den Scooter und die Himalaya-Bahn; auch auf diese verrückten neuen Bahnen will sie, wo man sich vorkommt wie ein Käfer, der in einen Schüttelbecher gefallen ist: Enterprise oder Der Fliegende Teppich, die Rock'n'Roll-Bahn oder wie diese Verrücktheiten alle heißen: – Das ist doch kein Vergnügen, findet Naumann, wenn man sich vorkommt, als wäre man in einen industriellen Verarbeitungsprozeß geraten. Aber Nada, mit einer Wolke von rosafarbener Zuckerwatte vor dem Gesicht, ist begeistert. Das Riesenrad bei Nacht mit Blick über die erleuchtete Stadt läßt Naumann sich ja noch gefallen, ebenso das lustige Spiegellabyrinth. In die große Zentrifuge aber, in der man mit dem Rücken zur Wand in einen Käfig gepreßt wird, während sie sich dreht, die immense Trommel, so daß man sekundenlang – zehn, fünfzehn Meter hoch waagrecht über der Menge schwebt und hinunterblickt auf ein Meer von Köpfen, von Mänteln und Röcken und Schirmen über dem Asphalt, bevor es wieder hinabgeht, immer ringsum, daß es einem schier den Magen dreht: da muß Nada schon allein gehen, wenn sie unbedingt will. Nada, die ihn bei der Hand nimmt: – Komm, es ist lustig, sagt sie, du mußt nur immer ganz locker bleiben!

Regina, seit ein paar Wochen wieder in New York, wohnt bei einer Frau, Schweizerin und ebenfalls Grafikerin von Beruf, die mit ihren beiden Buben, sieben und neun Jahre alt, irgendwo in der Lower East Side lebt. Sie hat sich erst kürzlich von ihrem Mann getrennt und ist froh nicht nur um Reginas gelegentliche Hilfe. Regina macht viel mit den Buben, vor allem der ältere erinnert sie sehr an Nada, nach der sie jetzt oft Heimweh hat. Und was Naumann betrifft: es sei ihr, vor allem in den Gesprächen mit Sibylle (so heißt die Frau), jetzt manches viel klarer geworden, so daß sie das Bedürfnis hätte, auch mit ihm wieder einmal über alles zu reden. Ja, wenn sie seine Briefe liest, so scheint es ihr manchmal, als hätten sie überhaupt noch nie miteinander geredet, wirklich geredet; sie hat alles, woran er sich dann und wann erinnert, vollkommen anders erlebt. Und hätte Naumann zum Beispiel wirklich (wie sie jetzt behauptet) von Anfang an gemeint, daß er im Bezug auf Nada immer alles besser weiß, das wäre natürlich eine andere Geschichte.

Naumann, wie er ihr das Kind einmal einfach aus den Armen genommen hat – zuerst die Flasche, dann Nada, die nicht recht trinken will – und bloß, weil Regina gefragt, eher beiläufig gefragt hat: – Meinst du, sie hat gar keinen Hunger? Und wie Naumann dann gesagt hat: – Zeig! Laß mich das machen! in einem Ton, als hätte sie wirklich keine Ahnung – daran erinnert er sich jedenfalls nicht. Dabei habe er sie ja schon in den ersten Monaten, so schreibt Regina, ob sie nun grad dabei war, Nada zu baden, zu wickeln oder zu stillen, in einem fort immer nur kritisiert. Was sie auch getan oder gesagt hat, Naumann hat es stets ein bißchen besser gewußt.

Regina ist auch (laut Regina) gar nicht immer so unsicher gewesen, was Nada betrifft. Zwar hat sie ganz am Anfang oft Angst gehabt, ungewollt schwanger zu werden, während er (laut Regina) sich immer sehr sorglos benommen hat, als spiele es überhaupt keine Rolle (dabei hat er immerhin Präservative benutzt, solange Regina die Pille noch nicht nahm, und nachher nahm sie ja die Pille –).

Aber dann, nach all den gemeinsamen Gesprächen (an die Naumann sich ebenfalls nicht erinnern kann), sei sie zumindest sehr sicher gewesen: nicht nur, daß sie ein Kind, sondern vor allem, daß sie mit ihm zusammen ein Kind haben will. Und daß sie trotzdem nie eine perfekte Mutter sein wird, das ist Regina von Anfang an klar gewesen, damit, so meint sie, hat sie sich schließlich abgefunden. Das Einzige, was sie bis heute nicht versteht: wieso sie sich seine ewige Besserwisserei immer hat gefallen lassen!

Naumann also, wie er Regina im Bus zurechtweist, weil sie nicht will, daß Nada, sechs oder acht Monate alt, auf dem Boden herumkrabbelt: – So laß sie doch! Dabei hat sie ihn ausdrücklich gefragt, ob er meint, daß das geht, und Naumann hat nur die Achseln gezuckt. Ebenso fand er es (laut Reginas Brief) einfach läppisch, wie sie auf Schritt und Tritt (so habe er damals gesagt) hinter der kleinen Nada her ist. Dabei möchte Regina ja nur das Kind kennenlernen, das Temperament des Kindes. Sie will wissen, wie die kleine Nada sich in einer ungewohnten Situation verhält, wenn sie zum Beispiel zu einer Treppe kommt, wo es abwärts geht. Er hält es bloß für übertriebene Ängstlichkeit. Im Sommer ist es das rosafarbene Sonnenhütlein, immerhin empfohlen von der amtlichen Säuglingsschwester, was er maßlos übertrieben findet: – Ein richtiger Tropenhelm wäre wenigstens lustig! –, ebenso Reginas Angst im Schwimmbad, daß Nada gestochen werden könnte von einer Biene oder Wespe – Sie wird es ja wohl überleben! soll er gesagt haben –, und im Winter ist es Reginas Sorge, daß das Kind sich erkälten könnte. Irgend etwas gibt es immer, was Naumann übertrieben oder sonstwie unangebracht findet.

Und manchmal versteht Regina wirklich nicht, weshalb er so gehässig reagiert, geradezu heftig.

Ich will einfach nicht, so soll er einmal in einer solchen Auseinandersetzung gesagt haben, daß mein Kind behütet und verhätschelt wird. Ich will ein selbständiges Kind, das auf sich selber aufpassen lernt!

Als wäre Regina nicht froh gewesen um jede wirkliche Selbständigkeit von Nada.

Daß sie oft nicht sicher weiß, was richtig ist, und sich Gedanken macht über allerlei, was er für selbstverständlich hält, wer leugnet es; daß sie manchmal Mühe hat, den Ansprüchen des Kindes gerecht zu werden, ohne dabei die eigenen Bedürfnisse zu leugnen, sie weiß es ja; bei all dem möchte Regina aber überhaupt nur das eine: nämlich wissen, was sie dem Kind wirklich zutrauen kann, was nicht. In diesem Zusammenhang dann auch einmal ihr Ausspruch, daß er sich immer alles so einfach vorstellt.

Daß er aber damals von seinem Kind gesprochen hat, auch wenn es ihr im Augenblick überhaupt nicht bewußt geworden ist, das hat Regina sehr genau gehört. Tatsächlich hat sie sich schon damals oft gefragt, wieso Naumann nicht einfach alles selber macht, wo er doch stets am besten weiß, was gut und richtig ist für sein Kind. Mehr als einmal hat Regina bereut, so schreibt sie jetzt, daß sie nicht von allem Anfang an darauf bestanden hat, daß sie sich beide in die Arbeit mit dem Kind teilen, wobei Naumann – halt als einfacher Bauzeichner, wenn es anders nicht ginge – vorerst ebenfalls nur eine Halbtagsstelle hätte suchen können, wie es ja ihr (?) ursprünglicher Vorschlag gewesen sei.

Natürlich war sie aber auch froh, wenn Naumann am Abend von der Arbeit kam und das Zusammensein mit dem Kind als Abwechslung genießen konnte, daß er manchmal noch Geduld mit der Kleinen hatte, wenn ihre eigene längst zuende war. Geradezu dankbar war sie, wenn man einmal auswärts essen ging, dafür, daß Nada dann jeweils neben dem Vater saß beziehungsweise auf seinen Knien herumrutschte und er sich um das Kind kümmerte, mit ihm spielte und schäkerte, denn in der Öffentlichkeit hat sie immer am meisten Mühe gehabt mit Nada. Wagte sie aber doch einmal zu sagen, daß Nada nicht im ganzen Lokal umherrennen, daß sie nicht allen Leuten in den Teller schauen und sie beim Essen stören soll, war natürlich Naumanns prompte Frage: – Und wieso nicht? Hätte Regina darauf beharren sollen? Was sie auch sagte oder tat, es war falsch. Wenn sie aber zuerst ihn nach seiner Meinung fragte, dann sah er überhaupt nicht, was das Problem ist.

Übertrieben fand Naumann ihre ewige Sorge um Nada im Straßenverkehr, unnötig ihre Angst, wenn sie einmal eine halbe Stunde lang nicht weiß, wo Nada gerade steckt. Übertrieben fand er schon die Hygiene mit dem Säugling, ebenso später Reginas Bedürfnis, daß Nada sich vor dem Essen die Hände waschen oder den Mund abwischen soll, bevor sie auf die Straße geht. Und wie er einmal am Mittagstisch Regina, die ausnahmsweise darauf besteht, daß Nada ihren Teller leert, geradezu anherrscht und sagt, sie solle das Kind gefälligst in Ruhe lassen mit solchem Erziehungsterror – das kann Naumann sich schlicht nicht vorstellen. So ist es aber (laut Regina) gewesen, und es ist wohl verständlich, daß sie heute findet, im Grund, indem er ihre Selbstzweifel noch und noch verstärkte durch seine Ignoranz, habe er ihr das Kind weggenommen. Mit seiner ewigen Besserwisserei habe er systematisch verhindert, daß sie ihre eigene Art entwickelt, mit dem Kind zurechtzukommen, ihre eigene Vorstellung.

Andererseits wieder war Naumann ja lieb. Er war die Rücksichtnahme in Person, wenn Regina einmal ausgehen wollte, wenn sie an der Kunstgewerbeschule einen Kurs besuchen wollte; immer war er für Nada da. In mancher

Hinsicht ein vorbildlicher Vater, das meinte sie wirklich, wenn sie es sagte. Nur verstand sie dann um so weniger, wieso er nicht einfach akzeptieren kann, daß Regina halt nie eine vorbildliche Mutter sein wird. Und wozu braucht denn Nada gleich zwei vorbildliche Elternteile? Nur Naumann wollte das nicht begreifen; immerzu mußte er Regina belehren, sei's mit dem, was er sagte, sei's mit dem, was er tat. Regelrecht erziehen habe er sie wollen. Und mehr als Nadas Quengelei bisweilen, mehr als ihr kindlicher Trotz oder ihre Launen, mehr als ihre Ansprüche immerzu ging ihr in solchen Augenblicken Naumann auf die Nerven. So war es auch an dem Abend, kurz bevor sie sich getrennt haben, mit dieser dummen Schlüssel-Geschichte, zu der es überhaupt nicht gekommen wäre ohne sein ewiges Bedürfnis, zu beweisen, daß ihre Sorge übertrieben ist. Im Grund hat er einfach nicht verstehen wollen (laut Regina), daß sie ein anderer Mensch ist als er, ein Mensch mit anderen Schwächen und Stärken, weil er nur immer sich selber sieht, weil er offenbar immerzu, als hätte er's nötig, seine Stärke unter Beweis stellen muß, seine Überlegenheit, die vermutlich eben genau so lange währt, wie er sie vor aller Welt unter Beweis stellen kann.

Daß sie sich dann nicht zugetraut hat, mit dem Kind plötzlich allein zurechtzukommen, wen könnte es erstaunen. Dabei ist sie natürlich (ebenfalls laut Regina) an allem selber schuld, sie hat es ihm schließlich sehr leicht gemacht. Sie hat ihn ja nie vor eine Entscheidung gestellt, wie Lotte es beispielsweise getan hat, so daß er klar hätte sagen müssen, was er eigentlich will. Ja, sie hat es nicht einmal gewagt, damals von sich aus den Vorschlag zu machen, daß Nada bei ihm bleiben soll. Sie hat nur erwartet, das allerdings stimmt, daß Naumann diesen Vorschlag macht, sie hätte sich gewundert, wenn es anders gekommen wäre. Daher ihr Ausspruch damals, von dem sie bis heute nicht recht weiß, ob er großzügig gemeint war oder zynisch: – Wenn du meinst, daß du mit Nada allein zurechtkommst . . . Und hätte sie das alles schon damals gewußt und es so erlebt, wie sie schreibt, und nicht erst in ihrer Erinnerung, das wäre eine ganz andere Geschichte.

Wie sie einmal hinter ihm her geht, Nada, in ziemlicher Entfernung, immerhin so, daß er sie im samstäglichen Einkaufsstrom der Passanten gerade noch sehen kann, wenn er sich nach ihr umsieht, und wie sie jedesmal trotzig stehenbleibt, sobald er sich umdreht, um auf sie zu warten: sie steht da und beißt in einen Zipfel ihrer Jacke. Und alles nur, weil er sie nicht zu Hause alleinlassen wollte! Den ganzen Weg schon ist sie mißmutig mitgegangen, dabei hat er ihr allerlei gezeigt: eine lustige Graffiti an einer Hausmauer, einen Luftballon, der zwischen den Dächern aufsteigt, einen enormen Schleppkahn auf dem Wasser, eine Taube, die über das Pflaster hinkt – nichts hat sie interessiert, rein gar nichts. Sie stand und schaute, als müßte sie es ihm zuliebe tun. Nur einmal, bei einer Gruppe von Musikern mit Gitarren und Saxophon, blieb sie stehen und hörte zu, bis er sie bitten mußte, weiterzugehen; schließlich hatte man noch einiges zu erledigen. Und kurz darauf in einer Bäckerei, wo er sie fragte, ob sie Lust hat auf irgendein Gebäck, zuckte sie nur die Achseln: es ist ihr egal –

Weißt du was, hat Naumann gesagt, du ödest mich an!

Er hat sie in der Bäckerei stehenlassen, und seither geht sie hinter ihm her, schmollt und geht nicht weiter, so oft er sich umdreht, um auf sie zu warten.

Was diese Schlüsselgeschichte betrifft: natürlich hat auch Naumann gewußt, daß Kleinkinder gelegentlich mit Schlüsseln spielen und dann die Zimmertür nicht mehr aufschließen können, und Nada war vielleicht drei Jahre alt, als Regina zum ersten Mal fand, es wäre vielleicht klüger, reine Vorsichtsmaßnahme, überall in der Wohnung die Schlüssel abzunehmen. Naumann hat nicht gesagt, daß er dagegen sei. Es war Pius, der an jenem Abend fragte, ob Kinder denn kein Recht hätten, sich einzuschließen? Worauf Regina indes nicht eingehen mochte; es ging ihr ja nicht um das Recht, sondern um die Vermeidung eines Mißgeschicks, um die Folgen einer kindlichen Spielerei. Aber ob sie denn wirklich denke, fragte Pius, daß Kinder sich grundlos irgendwo einschließen? Und wenn, warum sollen sie nicht möglichst früh lernen, daß es Konsequenzen hat, wenn man handelt, und manchmal eben unangenehme?

Naumann, wenn er sich recht erinnert, äußerte sich überhaupt nicht dazu. Er fand es, so ist anzunehmen, eine unnötige Vorsichtsmaßnahme. Er sah nicht ein, was denn Schlimmes passieren konnte, wenn Nada sich irgendwo aus Versehen einschließt, und vielleicht hat er das sogar gesagt, das ist möglich. Aber auch später, wenn Regina gelegentlich wieder darauf zu sprechen kam, sagte er nie, daß er dagegen sei. Nur fand es Regina offenbar selber nicht so wichtig, da ja nie das Geringste passierte. Es war einfach Unsinn, daß sie dann so tat, fast zwei Jahre später, als habe es ja so kommen müssen – wie zur Strafe dafür, daß sie sich damals nicht durchgesetzt hat.

Natürlich, Naumann war ausgerechnet an jenem Nachmittag unerreichbar, und er verstand ihre Aufregung durchaus. Regina mußte zuerst eine Nachbarin, dann den Hauswart rufen, und als der Hauswart endlich mit dem passenden Dietrich kam, während Regina durch die verriegelte Tür hindurch immer wieder versucht hatte, Nada zuzureden, daß sie es doch nochmals versuchen soll, Nada, die heulte, dann aber immer wieder tapfer war, und eben, während der Hauswart ihr erklärte, daß sie ihren Schlüssel aus dem Schloß abziehen muß, klappte es plötzlich. Die Tür ging auf, und Nada stand da mit verheultem Gesicht, die ganze Aufregung wie umsonst, alle lachten, nur Regina war es peinlich –

Aber wieso denn, fragte Naumann, der natürlich sofort, als sie ihm Reginas Anruf ausgerichtet hatten, nach Haus gefahren war, wieso hat sie sich denn eingeschlossen?

Einen Augenblick lang, Regina stand am Küchentisch, er saß auf einem Schemel, einen Augenblick lang sah sie ihn verständnislos an.

Aber klar, sagte sie dann mit einer merkwürdig tonlosen Stimme, aber klar.

Sonst sagte sie nichts. Sie wollte ihn einfach stehen- beziehungsweise sitzenlassen; er hatte keine Ahnung, was plötzlich los ist. Er habe es doch nicht so gemeint, sagte er, indem er aufstand und ihr folgen wollte. Dabei wußte er nicht einmal, wie er es nicht gemeint hatte, da Regina schwieg wie immer, wenn sie sich unverstanden fühlt, als müßte man es doch einfach merken, erraten, hellsehen, was sie hat, und zum ersten Mal war Naumann wütend, wütend aus purer Hilflosigkeit, er wußte nicht, was diese Frau eigentlich glaubt.

Komm, verreis, sagte sie, vermutlich ohne sich Rechen- schaft zu geben über die Widersprüchlichkeit dieser Auffor- derung – ging in ihr Zimmer und schloß hinter sich die Tür. Und als er sich umdrehte, stand am Ende des Korridors Nada, und er hätte auch noch erklären sollen, was Regina jetzt hat.

Im Winter kann man Skifahren gehen, wie übrigens schon im Jahr zuvor, als Regina gelegentlich noch mitgekommen ist, und Skifahren ist vielleicht das einzige, was Naumann wirklich mühelos kann allein mit Nada.

So hat er wenigstens gemeint.

Seit fernen Bubenzeiten ist er kaum mehr Ski gefahren, ein paarmal noch mit Regina, im ersten Winter, als sie sich kennengelernt hatten, seither nie mehr. Erst Nada hat ihn wieder dazu gebracht, denn was soll man sonst mit einem Kind an sonnigen Wintertagen unternehmen. Nada, drei Jahre alt und zum ersten Mal auf Skiern, ohne die leiseste Ahnung, was sie mit den umständlichen Brettchen an ihren Füßen soll, die immerzu wegrutschen, abgleiten, dann wieder steckenbleiben, sich verhaken, und keinen normalen Schritt kann man ja tun, als wären die Füße plötzlich nicht mehr die eigenen Füße, der Boden kein rechter Boden mehr – wer besteht denn eigentlich darauf, daß sie sich damit abmüht und quält? Naumann lachte, er bestand durchaus nicht darauf. – Dann ziehst du sie halt wieder ab, sagte er gelassen, während die Dreijährige schreiend und zappelnd im Schnee lag und tat, als sei es einzig und allein seine Schuld, daß sie so daliegt mit verrenkten Beinen, Schnee und Tränen im Gesicht. Also, was soll's! Aber kaum hat man ihr die Ski endlich abgezogen, ist es natürlich auch nicht recht; Nada versuchte es immer wieder.

Später dann, wenn er sie auf der Abfahrt sieht, im Stemmbogen mit gestreckten Knien, freut er sich natürlich, wie leicht es schon geht, freut sich mit ihr. Und in der Menge der Wartenden am Skilift, Sportsleute jeden Alters und ausstaffiert nach der neuesten Mode, steht Nada ungeduldig im bunten Dickicht der Skihosen, Blick von unten herauf in die Gesichter, die alle noch freundlich grinsen, wenn sie an ihnen vorbeischlüpft, immer weiter vorrückend in der Schlange, so daß Naumann sie doch zurückrufen muß –

Schon im letzten Winter, wenn Regina mitkam, fuhren sie ein paarmal zusammen mit dem Bügellift in die Höhe, Nada zwischen seinen Knien, während Regina die Stöcke nahm. Auf der Abfahrt folgte sie dann in Nadas Spur, langsam, während der Vater eine Zeitlang nebenher fuhr: – Rechtes Bein anstemmen, ja, gut so, und die Schulter nach vorn drehen, nein, die andere Schulter, drehen, gut, und das linke Bein wieder heranziehen. Prima!

Später blieb er stehen und sah den beiden Frauen nach, die über die weiße Ebene davonfahren, Nada stets brav in Reginas Spur, etwas ungelenk noch, und Regina, die immer wieder über die Schulter zurückblickt, ob Nada noch da ist. Einmal allerdings fand er's übertrieben, daß Nada stets in der Spur fahren muß: – Hier kannst du's doch laufen lassen, sagte er, und Nada ließ es laufen, den Hügel hinab in gestreckter Fahrt, breitbeinig und mit fliegenden Armen, lustig anzusehen, ein Pinguin auf Skiern, und er verstand wirklich nicht, wovor Regina Angst hatte, auch wenn die Piste da und dort eisig war oder etwas steiler wurde. Ihre Manie, stets das Schlimmste vorauszusehen – dabei fuhr Nada keineswegs unvorsichtig, im Gegenteil.

Immer diese ängstlichen Mütter! foppte er.

Aber Regina, wie stets, wenn etwas sie unsicher macht, verstand keinen Spaß: – Wenn sie sicher ist, kann sie fahren, wie sie will, sagte sie. Aber ich will sicher sein, daß sie sicher ist.

Und wie soll sie je sicher werden, wenn du ihr nichts zutraust?

So fahr doch du mit ihr, sagte Regina, drehte sich ab und fuhr davon.

Dabei ging ja alles tadellos –

Erst später, als die Abfahrt wirklich zu steil wurde, nahm er Nada zwischen seine Knie, fuhr mit ihr im Stemmbogen, vorgebeugt, die Hände in ihren kleinen Achselhöhlen, und als es anstrengend wurde, hob er sie vom Boden weg, ließ seine Ski laufen, Nada in seinen Armen, Wind im Gesicht, daß es eine Lust war: Nadas lachende Schreie, und dann und wann allerdings auch ein bißchen Angst: – Nicht so schnell, rief sie, nicht so schnell!

Naumann fand es überhaupt nicht schnell. Seine Jauchzer, während der Wind in den Ohren pfiff, waren aufmunternd gemeint, halfen aber nichts gegen Nadas wachsende Unsicherheit, und nachher – der Sturz in den vereisten Bodenwellen, die er tatsächlich nicht hatte sehen können, war nicht mehr aufzufangen gewesen mit dem Kind in den Armen – nachher fand er's natürlich selber kindisch, sein Verhalten, während Nada heulend, Schnee in den Haaren und Schnee im Gesicht, dalag, als hätte der Sturz ihr alle Glieder ausgerenkt. Eine kleine Schramme über dem linken Auge, als Naumann ihr den Schnee aus dem Gesicht rieb: – Das tut mir leid, sagte er und versuchte es noch mit einem Scherz: – Das kann halt vorkommen bei den Rennfahrern!

Später hat Nada oft mit Stolz von diesem gemeinsamen Sturz berichtet, weil sie wie die Rennfahrer gerast seien: – Stimmt's?

Naumann hat es immer nur bestätigen können.

Und es war auch weiter gar nichts passiert, zum Glück. Als Regina dann dazukam und bloß Nada fragte, ob ihr etwas weh tut, hingegen lachen mußte, als sie Naumann ansah: dieses helle, spöttische, fast befreiende Lachen damals –

Jetzt, da Nada auf dem Bügellift schon neben ihm fahren kann – Naumann mit dem hölzernen Bügel in den Kniekehlen, was im Steilhang zwar anstrengend wird – genießt er es, so allein dazusein mit dem Kind, irgendwo in dieser blauen Stille, seinen Arm um ihre Schultern gelegt. Auch er ist mit seinem Vater oft und gern Skifahren gegangen, jedes Winterwochenende, Zweisimmen oder Grindelwald: es ist seine einzige Erinnerung an ein zärtlich-männliches Zusammensein mit dem Vater. Und was davon im Gedächtnis geblieben ist, sind Sonntage unter kalter Himmelsbläue und alle möglichen Arten von Schnee: Pulverschnee und nasser Neuschnee, hart gepreßter Pistenschnee und Schnee, der an den Skiern klumpt; knirschender Schnee, brüchiger Harsch in der kalten Sonne und Sulzschnee in der Märzensonne; Schnee wie weißer Samt auf Pisten im Hochgebirge und der fauliggelbliche Schnee unten im Tal; graue Tage mit Schneegestöber, eisiger Wind im Gesicht und Schneefall im Nebel, Tannen im Nebel, und dann schon wieder Schneeböen in der blauen Luft über dem Grat und auf den flachen, unberührten Hängen am Pistenrand die jagenden Schatten von verwehtem Schnee. Erinnerung an das Aufstehen in morgendlicher Finsternis, Schinkenbrote in Alufolie und die speckigen Lederschuhe mit doppeltem Schaft. Vaters Hände, wenn sie die Ski zusammenbinden, Vaters Hände am Steuer, sein Hinterkopf mit Ansatz von Glatze. Sein Schweigen während der Fahrt und dazu die vertrauten Klänge von Radio Beromünster. Der schulmeisterliche Ernst, wenn er vorzeigt, wie man auf den Ski steht, Bergski vorn und leicht und locker mitgeführt, wippen in den Knien, Oberkörper vom Berg abgewandt, den Blick ins Tal. Seine wirsche Ungeduld, wenn man etwas einfach nicht begreifen will. Dazu Orangenschalen im Schnee, der offene Rucksack während der Mittagspause, Geruch von Sonnencreme. Skistöcke im Schnee mit aufgesteckten Handschuhen. Erinnerung an das Dämmerlicht bei der ersten Abfahrt, an vereiste Schuhbändel, Eiströpfchen in den Socken, und Vaters Hände, wenn sie die Füße warmreiben mit kaltem Schnee. Die Eisnadeln in den tauenden Füßen –

Dabei ist es ja, genau genommen, eine öde Sache, diese Skifahrerei. Warterei an Seilbahnen und Bügelliften, Gedränge überall, Gedrängel hinten und vorne, nachher die Raserei auf den gewalzten Pisten, dazu die Bergluft, Sonne über dem Grat, ein industrialisiertes Idyll.

Eigentlich ist man ja blöd, sagt Naumann auf dem Lift, einfach um irgend etwas zu sagen.

Warum? fragt Nada; sie findet es toll.

Rauf mit dem Lift und runter auf der Piste, dann anstehen, warten und wieder rauf und runter – ihr macht das nichts aus.

Wie Konserven auf einem Fließband, findet Naumann, aber Nada findet den Vergleich lustig: Konserven auf einem Fließband – sie lacht.

Also ißt man ein Stück Schokolade, später zusammen ein Schinkenbrot auf dem Lift, oder Nada plaudert, wie gut sie jetzt schon fährt, und man sieht, während man hinangleitet, gedankenverloren auf das bunte Wimmeln an den Hängen ringsum. Stille im weißen Gleißen zwischen den schwarzen Tannen, Stille und das Klappern des Lifts an den Masten: tadadak, tadadak; dazu das ferne Surren aus der Talstation. Das Knirschen und Brechen des Schnees unter den Brettern, Stille zwischen den bewaldeten Bergkämmen in violettem Dunst. Einmal ein Flugzeug, das wie ein riesiger, glänzender Fingernagel die Himmelsbläue kratzt – dahinter eine klaffende Schramme, weißlich und wolkig. Und wenn sie dann oben stehen, Naumann und Nada, auf dem windigen Grat, macht er es genau wie damals sein Vater und wie alle die Väter ringsum. Er erklärt unermüdlich und zeigt: bergantreten und rutschen, wippen in den Knien, Stöcke nach hinten, Gewicht auf dem Talski und so weiter.

Hier ist es so windig, sagt Nada in ihrer zugeschnürten Kapuze, sie will jetzt fahren.

Manchmal ist sie mit Eifer dabei, mit Fleiß und flatternden Haaren. Sie will es können, was der Vater gezeigt hat, sie fährt langsam, während er wieder und wieder erklärt: Bergski nach vorn, aber Stöcke nach hinten. Er fährt nebenher, er lacht, wenn Nada einmal purzelt: auch Aufstehen muß gelernt sein. Und dann wieder Bergski und Schul-

ter, wippen und den Blick ins Tal, Nada gibt sich eine Hei-
denmühe – bis plötzlich überhaupt nichts mehr geht und sie
mit Tränen in den Augen wütend die Stöcke in den Schnee
schmeißt, Tränen vor Zorn, und kein Zureden hilft mehr.

Ja, wenn du immer nur redest-redest-redest-redest, heult
sie, dann kann ich grad überhaupt nichts mehr!

Tut mir leid, sagt Naumann, du hast natürlich recht. Ich
sage jetzt nichts mehr.

Und eine Weile schweigt er –

Es geht tatsächlich leichter, sobald er nicht mehr redet,
nur vorausfährt, um weiter unten auf Nada zu warten.
Stück für Stück schafft sie die Abfahrt, die wirklich nicht
überall einfach ist, so daß der Vater am Ende sagen kann:
– Siehst du!

Aber später kann er's wieder nicht lassen, sie zu belehren
mit schulmeisterlichem Ernst, nicht ohne leisen Ärger,
wenn Nada trotzdem meint, daß sie schon alles kann, und
nicht ohne sich an diesen Satz zu erinnern: – Immer meinst
du, daß du alles schon kannst!

Und einmal dann, Ende Februar vielleicht, da Nada nun
schon leidlich gut fährt, gehen sie zusammen nach Grindelwald, wohin er mit seinem Vater immer gefahren ist.
Aufstehen in aller Frühe, Schinkenbrote in Alufolie, Nada,
die verschlafen, ihre Jacke in den Armen, die Treppe
hinuntertaumelt und auf dem Rücksitz im Auto kurzdarauf
wieder einschläft. Als sie in Grindelwald ankamen, war es
im Tal noch ein eisig-kalter Morgen; Nada trampelte in
offenen Skischuhen und jammerte, fror an den Fingern,
stand steif herum, während er ihr die Jacke, die Handschuhe
anziehen mußte: – So beweg dich doch ein bißchen! sagte
Naumann.

Das Geklapper von Skiern, Stöcken und Schnallenschu-
hen, während sie in einer dicken Traube von Sportsleuten
vor der kleinen Station warteten; im Gedränge überall die

frierenden Kinder, die den Eltern auf die Nerven gehen mit ihrem Gejammer. Auch Nada heulte vor Kälte, so daß er sich zusammennehmen mußte. In der gläsernen Wartehalle war es dann wenigstens windstill, und Nada lehnte sich verschlafen an sein Bein.

Hie und da eine Quengelei: – Wie lange müssen wir hier eigentlich noch warten –

Naumann sagte nichts, war aber froh, als endlich das Bähnchen kam. Dann rappelte man an den verschneiten Tannenwäldern und kleinen Flühen vorbei bergan, vorbei an ersten Flecken von besonntem Schnee, kurz darauf der Blick hinunter ins Tal, das noch immer in bläulichem Dunst lag, der kleine Bahnhof, wo man eben noch in der Kälte gestanden hatte, und Naumann erklärte Nada, wie sie funktioniert, diese Zahnradbahn, während ihr Blick still über die fremden Gesichter ging. Auf der Kleinen Scheidegg tranken sie zusammen eine warme Ovomaltine im Bergrestaurant und warteten auf die Sonne.

Alles in allem wurde es ein schöner Tag, ein heißer Tag, so daß man im Pullover fahren konnte, ein blendender Tag mit einem ascheschwarzen Himmel rings um die Mittagssonne herum. In der Ferne die bläulichen Gletscher und Alpengipfel, ein starres Meer aus Fels und Firn. Ein paarmal wartete Nada unten am Lift, während er allein eine Abfahrt machte, saß im Schnee und baute eine Schneefrau, dann wieder fuhren sie zusammen. Im trockenen Pulverschnee ging es auch für Nada leichter denn je, und er hatte sich schon am Morgen vorgenommen, nicht zu belehren, heute wirklich nicht. Alles in allem hat sich die Gegend seit jenen Bubentagen kaum verändert, nur die Skilifte haben sich verdoppelt. Dazu gibt es ein paar Lifte, an die er sich nicht erinnern kann, Hektare von gewalzter Piste voll buntem Gewimmel. Ein Tag voller Erinnerung –

Einmal massiert er Nadas kalte Füße.

Nada im Stemmbogen auf der breiten Piste, sie fährt unverkrampft, leicht, sie lacht, wenn sie plötzlich im Schnee liegt. Dann und wann wieder sein väterlicher Stolz, wenn er ihr zuschaut oder wenn jemand in seiner Nähe sagt:
– Sieh mal die Kleine dort!

Natürlich ist es ein läppischer Stolz, das weiß er.

Einmal stand Nada lange, um ein Raupenfahrzeug zu beobachten, das sich den Berg hinaufschiebt.

Später machten sie ein Picknick im Schnee –

Naumann und Nada auf dem Sessellift, ihre baumelnden Ski in der Luft, ihr Schatten, der weit unten über die Piste gleitet.

Es war gegen vier Uhr, als Naumann beschloß, mit Nada die Abfahrt nach Wengen zu wagen, von dort dann mit der Seilbahn auf den Männlichen und schließlich die Abfahrt zurück nach Grindelwald: schwer ist diese Abfahrt wirklich nicht, wie er sie in Erinnerung hat. Da und dort gibt es ein steiles Stück, wo er Nada zwischen die Knie nehmen muß, oder ein langes und flaches Stück, wo er sie am Stock hinter sich herziehen kann. Als er schließlich merkte, daß Nada allmählich müde ist und es für sie vielleicht doch zu anstrengend werden könnte, war es zum Umkehren zu spät. Sie hatten schon ein gutes Stück hinter sich, Nada stürzte jetzt oft, bald fand sie es überhaupt nicht mehr lustig. Und der Vater mußte doch wieder reden und reden, ihr gut zureden vor allem, damit Nada nicht einfach im Schnee sitzenbleibt. Einmal ein steiles Stück mit großen, zerklüfteten Wellen, wo Nada alle paar Meter hinfällt, und zwischen die Knie nehmen konnte er sie hier nicht: sie rutschte Meter um Meter. Daß ihr am Ende die Knie schlottern vor Erschöpfung, sah er, aber er mußte sie doch zur Weiterfahrt drängen, da es sonst nicht mehr auf die letzte Gondel reicht. Später ging es wieder leichter, die ebene Strecke bis zur Talstation der Seilbahn wurde ein

Fußmarsch für den Vater, während er Nada am Stock hinter sich herzieht wie auf einem kleinen Tellerlift, was Nada genießt. Er kam ins Schwitzen dabei und war auch allmählich geschafft, aber es blieb jetzt nichts anderes, als mit der letzten Gondel, die sie gerade noch erwischten, hinaufzufahren auf den Männlichen. Dort erst sah er, daß seine Erinnerung ihn getäuscht hat: die Männlichen-Abfahrt, die er mit seinem Vater so oft gemacht hat, war stellenweise doch sehr viel steiler als erwartet. Schon am ersten Hang zaudert Nada; dann geht es plötzlich nur noch mit Glück. Müde wie sie ist, fährt sie viel zu verkrampft, und der Vater redet und redet, während sie schweigt oder höchstens sagt, daß sie das einfach nicht kann. Immer wieder ist sie den Tränen nahe.

Unsinn, sagt Naumann, natürlich kannst du das, komm!

Langsam, Stück für Stück fuhr er neben ihr her, im Steilhang dicht unter ihr, um sie aufzufangen, falls sie rutscht: Meter um Meter mit vielen Pausen, während die Bergschatten über die Pisten wuchsen. Nur weiter drüben und weiter unten gab es noch sonnige Felder, die Bergkämme glänzten im rötlichen Licht unter einer makellosen Himmelsbläue, und dann und wann sah man weit unten im schattigen Tal Grindelwald. Andere genossen die letzte Abfahrt. Laufend wurden sie überholt von einzelnen und von ganzen Gruppen von Fahrern, momentweise war auch schon weiterum niemand mehr zu sehen auf der ganzen Piste. – Komm, sagte Naumann, weit ist es nicht mehr, aber Nada fand den Blick ins Tal hinunter entmutigend: – Was, noch so weit!

Und plötzlich, an einer dummen Stelle, rutschte Nada doch, rutschte ihm in die Beine, so daß er den eigenen Sturz nicht mehr auffangen konnte, und dann ging es allerdings rasch bergab, kopfüber in einer weißen Wolke. Immerhin kam man so ein gutes Stück voran. Nada natürlich heulte jämmerlich, während er ihr den Schnee aus dem Gesicht rieb, aus den Kleidern klopfte, Schnee auch unter dem Pullover und überall. Eine Weile saßen sie am Pistenrand, um auszuruhen; er rieb seine Brillengläser trocken, dann ihre Hände, ihre Arme und Beine, bis es zu kühl wurde, um sitzenzubleiben.

Komm, sagte Naumann, ich trage dich ein Stück.

Er fuhr mit Nada auf den Armen, die nur noch schwieg, langsam und schräg über den Hang, der wieder flacher wurde; später nahm er sie zwischen die Knie. Er war jetzt froh um jede Menschenseele, die dann und wann noch auf der Piste auftauchte, zumal zum wachsenden Schatten aufsteigende Nebel kamen. Es gab bange Augenblicke, obwohl natürlich gar nicht viel passieren konnte. Am nächsten Steilhang schließlich, wo Nada die Weiterfahrt einfach verweigerte, konnte er einer Frau, die in der Nähe stand, ins Tal hinunter blickte und eben abfahren wollte, Nadas Ski und Stöcke übergeben; dann nahm er Nada vor die Brust. Sie klammerte sich an seinen Hals und seine Hüften, während er in die Hocke ging – zum Glück ging es ohne Sturz. Unten, vor dem letzten Wegstück, wo es wieder flach durch Waldschneisen ging und dann den Waldweg entlang ins Tal hinunter, wartete die Frau.

Naumann dankte, Nada zog schweigend ihre Ski wieder an und schwieg noch, als man endlich in Grindelwald ankam. Sie saß still im Auto, während er die Ski aufs Dach schnallte, kein Wort, auch als Naumann fragte, ob sie hungrig sei. Sie sagte auf der ganzen Heimfahrt nichts. Einmal, als Naumann sich nach ihr umdrehte, lag sie auf dem Rücksitz und schlief.

Alltag in Afrika, hat Lotte erzählt, vor allem der Alltag der Frauen, wie sie ihn kennengelernt hat – natürlich ein unerbittlicher, bisweilen grausamer und trostloser Alltag –

ist in mancher Hinsicht auch wieder leichter, nämlich sozialer, gerade der Alltag mit den Kindern. Lotte war schon seit Anfang Dezember wieder in der Schweiz, zehn Monate hat sie in Afrika gearbeitet, länger als ursprünglich vorgesehen; eines Abends ist sie vor der Tür gestanden, und ihr kurzer Besuch hat Naumann sehr gefreut. Auch ein gemeinsamer Nachmittag dann Ende Januar – Ausfahrt ins Elsaß, Wanderung durch bleiche Wälder, Flecken von weißem Sonnenlicht auf dem grauen Laub – ist ein Nachmittag voller Erinnerung geworden, aber ohne Wehmut, Erinnerung nicht nur an die Zeit vor mehr als einem Jahr, sondern Erinnerung an die Gegenwart. Naumann hat seine Erfahrung mit Nada geschildert, Lotte die Erfahrungen bei ihrer Arbeit: – Im Grund, das hat sie mehrmals gesagt, ist es ein Schwachsinn, unsere Art, mit diesem Dasein umzugehen, und gerade auch, was die Kinder betrifft, ein absoluter Schwachsinn.

In dem Dorf zum Beispiel, wo sie gearbeitet hat, werden die Kinder, sobald sie nicht mehr gestillt werden, zweijährig vielleicht, von ihren Müttern erbarmungslos getrennt – für unsere Begriffe erbarmungslos, eine zweite Abnabelung sozusagen. Nachher ist es die Gemeinschaft der älteren Frauen im Dorf, die für die Kinder da ist. Ihr Leben lang vertrauen demzufolge diese Menschen auf die Geborgenheit in der Gemeinschaft mehr, als wir es je vermöchten. Der Preis, den sie dafür bezahlen, ist der stärkere Gemeinschaftszwang; ob das eine denn wirklich nicht zu haben wäre ohne das andere, Gemeinschaft in Freiheit und Freiheit in der Gemeinschaft: das hat sich Lotte in dieser ganzen Zeit immer wieder gefragt. Denn auch dort zerfällt sie ja mehr und mehr, diese soziale Tradition, nicht nur durch die Gewalt-Einflüsse der weißen Zivilisation. In der Stadt, wo sie gelebt hat, bleibt es zwar vorderhand beim Leben in Großfamilien, aber nur aus wirtschaftlicher Not; das Ideal wäre ein anderes. Ihre Wunschvorstellung: weg von Familie und Tradition, die Zwang bedeutet und Pflicht, und dann Leben im europäischen Stil. Was besser ist für die Menschen dort, wer möchte es entscheiden, vor allem, sagt Lotte, weil wir ja die Wahl haben, und sie haben nicht die Wahl.

Lotte mit ihrem roten Kraushaar im bleichen Licht, ihre sanfte, aber körpervolle Stimme, ihre schmalen, aber ganz und gar unzierlichen Hände, ihr intellektueller Ernst und ihre Herzlichkeit, wenn sie lacht: Sie habe sich soeben wieder verliebt, gesteht sie. Dabei sei es ihr in Afrika, nach gewissen Mühen in der ersten Zeit, sehr wohl gewesen ganz ohne Mann; kein Mann in ihrer Nähe, und keiner, der irgendwo in der Ferne auf sie wartet. Selbst die afrikanischen Männer haben nicht begreifen wollen, daß sie kein Bedürfnis gehabt hat nach einem Mann. Dabei leben da die Geschlechter bis heute in ihrem Alltag weitgehend getrennt voneinander, das Gemeinschaftsleben hat viel mehr Gewicht als eine einzelne Bindung. Was zählt, sind einzig und allein die Menschen, die gerade anwesend sind, keinesfalls eine Braut oder ein Bräutigam irgendwo in der Ferne. Was zählt, ist die Gegenwart, die Anwesenheit der Menschen, denen man im Augenblick nahe ist. So wenigstens ihr Eindruck als Europäerin. Niemals wäre (sie hat für ihre Arbeit mehrere Frauen dazu interviewt) die wichtigste Person im Leben einer schwarzen Frau ihr Mann. Es ist in den meisten Fällen die Mutter, aber auch eine Schwester, eine Enkelin gelegentlich, eine Nachbarin oder eine besonders freundliche und hilfreiche Schwiegertochter. Und was Naumann vor allem im Gedächtnis geblieben ist, ist der Ausspruch einer alten Frau in einem Dorf, die von europäischen Bräuchen gehört und gesagt hat: – Die Europäer müssen verrückt sein. Sie lassen sich von der Liebe schütteln. Sie wollen nicht erwachsen werden. Sie wollen nicht verstehen, daß die Liebe in der Wildnis nichts zu tun hat mit dem Leben von Mann und Frau im Haus.

Tja, hat Lotte gesagt, mit diesem tiefen Seufzer einer vorläufigen Resignation, den sie offenbar auch in Afrika nicht verloren hat, so ist das mit uns Europäern. Und sie selber, wie gesagt, eigentlich möchte sie leben können ohne Mann, ohne dieses ewige Durcheinander, obwohl sie jetzt aber sehr gern ein Kind möchte.

Lotte wie je: verwickelt in ihre Widersprüche –

Warum hat er sich damals nicht entscheiden können für diese Frau, was alles geändert hätte?

Es ist ein kurzer Winter gewesen, alles in allem kein strenger Winter, auch an die kalte Wohnung bisweilen haben sie sich bald einmal gewöhnt. Lustig war die Weihnachtsfeier mit den Kindern im Kindergarten, die die Eltern zusammen organisiert haben, Weihnachtsfeier mit Tannenbaum und Christstollen, und einmal, als sie zum Fenster hinausgeschaut haben, hatte es zu schneien angefangen. Die Kinder wollten hinaus und tanzten im Hinterhof in den dünnen Flocken; natürlich blieb der Schnee nicht. Danach zwei Tage bei seiner Mutter, wo Nada sich wie immer dagegen wehren muß, daß die Großmutter sie am liebsten behalten möchte.

Lustig ist es auch an der Fasnacht gewesen. Nada verkleidet als Kleine Hexe, maskenlos mit einem grünen Hexenkostüm, das die Großmutter ihr geschneidert hat, mit Hexenbesen und einem kleinen Bären auf der Schulter anstelle der schwarzen Katze, Nada im fasnächtlichen Gewimmel, unermüdlich mit ihrem Konfetti und ihren Papierschlangen. Sie sammelt Kaugummi und Orangen, bis Naumann nicht mehr weiß, wohin damit, denn natürlich ist er es, der alles tragen muß. Nada beim Umzug, wie er sie bei jedem vorbeiziehenden Wagen in die Höhe heben muß, damit sie nicht übersehen wird, wenn Orangen, Lakritze und Gummibärchen verteilt werden. Von Zeit zu Zeit sitzt sie auf seinen Schultern, wo sie es aber nie sehr lange aushält, zum Glück auch für ihn, für seinen Rücken und seine Beine. Sie will zurück ins Gewühl, wo sie ein paarmal verlorengeht, so daß Naumann sich schon fast ängstigt. Nada um Mitternacht auf dem Andreas-Platz, wo sie zu Sambarhythmen tanzen, Getrommel auf Blechbüchsen, dazu Sambarasseln und Saxophon, aus jeder Ecke des kleinen Platzes ein anderer Rhythmus, ein wildes Durcheinander; einmal eine schwarze Frauengestalt mit Fistelstimme, die Naumann lang umtanzt, sich aber nicht zu erkennen geben will. Dann wieder die üblichen Gruppen mit Querflöten und Trommeln, die durch alle Gassen ziehen, auch allerlei Läppisches wie üblich, die Männer mit riesigen Busen, Rüpeleien auch, die man aber nicht zu beachten braucht. Nada in der Wirtschaft mit käsblassem Gesicht, wenn sie kaum mehr die Augen offenhalten kann, aber nach Hause will sie noch lange nicht. Es ist Naumann, dem es irgendwann zuviel wird und der sagen muß, daß jetzt aber Schluß ist. Dann die Straßen im Licht der blauen Dämmerung auf dem Heimweg, der bunte Teppich von Papierschnitzeln im Wind, während die Mannschaften vom Straßenbauamt schon mit den Aufräumarbeiten begonnen haben, der nüchterne Lärm der Straßenreinigungsmaschinen.

Und was für Nada, ein paar Tage später an einem Samstagmorgen, nachdem es die ganze Nacht geschneit hat, natürlich ein Ereignis ist: watteweicher Schnee auf allen Trottoirs, still und trocken, parkierte Autos mit dicken Schneemänteln, Bäume und Gesträuch mit weißen Kragen auf ihren schwarzen Ästen und die Leute mit Schirmen und Hüten, da es immer noch in großen Flocken schneit, und Naumann, der Nada auf einem Schlitten durch die Straßen zieht, durch die Kulisse der Stadt hinter einem wirbelnden Vorhang von Schnee. Bleibt man einmal stehen und blickt in den Himmel, so meint man davonzufliegen, senkrecht aufwärts in den Spiralen von wirbelnden Flokken, ein endlos fallender Schleier, bis man glaubt, daß alles rings um sich selber tanzt, ein berauschender Wirbel, ein wirbelndes All, und Nada, den Kopf im Nacken, steht mit offenem Mund und läßt es sich auf die Zunge schneien. Stockend schlittert der Verkehr durch die Straßen und hinterläßt Spuren von glasigem Matsch, da und dort schippen Männer in orangenen Mänteln den Schnee auf kleine Lastwagen, und überall begegnet man Gruppen von Kindern, die sich freuen. Sonst natürlich die gewohnte Geschäftigkeit. Einmal ein lärmendes Schneeräumungsfahrzeug, das an der Straße entlang eine weiße Fontäne aufschleudert, dann wieder Stille in allen Straßen, vor allem in den Gassen der Innenstadt, die trockene Stille des Schnees, eine schier traumhafte Stille mit plätschernden Brunnen, mit Glockengeläute in der kalten Luft. Was Nada fasziniert, so daß man immer wieder stehenbleiben muß, ist das knisternde Feuerwerk an den Fahrleitungen der Trambahnen und Busse.

Später hörte es auf zu schneien. Einmal ein Schneepflug, dessen Schaufel über den Asphalt kratzt, dann wieder die weiche Stille und das Lachen von Nada, wenn Naumann mit dem Schlitten um eine Straßenbiegung rennt, so daß der Schlitten beinah kippt: Nada liegt bäuchlings, ihre rote Kapuze über den Augen, und klammert sich an die Kufen – einmal kippt er wirklich, so daß Nada über den weißen Teppich rollt. Ihr Lachen in hellem Übermut, während Naumann stehengeblieben ist und eine Zigarette anzündet. Dann wieder rennt Nada hinter ihm her und wirft Schneebälle, die meist schon in der Luft zerstäuben, bis er sich umdreht und Nada kreischend davonläuft. Auf dem

Marktplatz scheuchen sie mit Schneebällen die trippelnden Tauben auf; übrigens sind sie nicht die einzigen, die den Schlitten mitgenommen haben. Die ganze Stadt ist an diesem Morgen Augenblicke lang verzaubert in ihrer weißen Stille, eine andere Welt, so daß man sich fragt, wieso es nicht immer so sein kann, so still und trocken und warm wie jetzt. Da und dort, wo die Straße steil genug abfällt, nimmt Naumann Nada auf dem Schlitten zwischen seine Knie, und die Fußgänger, wenn man Obacht ruft, geben die Bahn frei. Nicht alle natürlich; ein älterer Herr, dem sie fast in die Füße gefahren wären, hat zweifellos recht: Dies ist noch immer ein Trottoir und keine Schlittelbahn. Naumann entschuldigt sich mehrmals; weil er aber die Entschuldigung nicht gelten lassen will, lassen sie den Unlustigen schließlich einfach stehen.

Gegen Mittag, während sie in einem Café eine warme Ovomaltine trinken und der Besitzer draußen einen Weg freischaufelt, ist der Schnee schon wieder schwer und naß. Auf den Brücken und Hauptstraßen glänzt wieder die schwarze Nässe des Asphalts, in den kleineren Straßen und Gassen stapft man durch Matsch. Wie soll er auch lange halten, der Schnee, wo die ganze Stadt durch Industrie und Gewerbe raumgeheizt wird. Der Verkehr bewegt sich wieder in gewohntem Tempo, so daß man besser an den Hausmauern entlanggeht; auch Naumann, weil Nada neben ihm her durch den Pflotsch stampft, sagt ärgerlich: – So hör doch auf damit!

Seine ganze Hose ist naß bis an die Knie.

Was zählt, ist die Gegenwart.

Die Socken gehören nicht hinter das Sofa und die Schuhe nicht vor den Schrank. Manchmal, wie gesagt, geht es ihm halt doch auf die Nerven, das Durcheinander in allen Zimmern. Nadas Spielsachen auch in der Küche, der

Zeichenblock auf dem Küchentisch mit lauter losen Blättern, wenn er anfangen will zu kochen, ihre Neo-Color-Farben auf dem Kühlschrank, Legobausteine im Spülbekken. In der Badewanne die Puppe, die gebadet worden ist, Puppenkleider auf dem Deckel der WC-Schüssel. Dazu ihre eigenen Strumpfhosen und Pullover überall, ihre Hausschuhe mitten im Wohnzimmer, ihre Stiefel auf der Schwelle und die Windjacke auf dem Fußboden. Auf dem Bücherregal in seinem Schlafzimmer liegt plötzlich ein Handschuh, Stricknadeln im Bett, nasse Socken im Wohnzimmer. Dabei hat er Nada schon hundertmal gesagt, daß sie ihre Kleider nicht einfach herumliegenlassen soll. Wo die schmutzige Wäsche hinkommt, weiß sie. Dann ihre Unschuldsmiene! Vom Durcheinander in ihrem eigenen Zimmer ganz zu schweigen; es kommt vor, daß Naumann ihre Abmachung, daß das Kinderzimmer nicht aufgeräumt zu werden braucht, wenn Nada es nicht will, einfach vergißt.

Das ist ein Saustall, sagt er.

Natürlich erinnert Nada ihn prompt an diese Abmachung. Sie findet es ungerecht, daß sie aufräumen helfen soll, wo sie doch nun wirklich keine Lust hat.

Es war auch abgemacht, sagt Naumann verärgert, daß Kindersachen in meinem Zimmer nichts zu suchen haben – und was ist das?

Ein angefressener Apfel!

Sie weiß genau, daß er das nicht leiden kann!

Im Sommer sind es Kieselsteine gewesen, Feldblumen, Colabüchsen, Vogelfedern, Kleeblätter, was sich immerfort angesammelt hat in ihrem Zimmer, im Herbst dürre Blätter, vertrocknete Nüsse, ein verrotteter Regenschirm, leere Zündholzschachteln. Daß sie dann beim Aufräumen lustlos herumtrödelt, alles in die Hand nimmt, um es irgendwoanders wieder liegenzulassen – Was soll denn diese Schachtel jetzt da drüben? Und diese zerfaserte Schnur, warum auf den Fenstersims? – so daß man rascher vorankäme allein, es nervt einen natürlich, auch wenn es im Grund noch so begreiflich wäre. Warum sagt er nicht einfach, daß er Nada in solchen Momenten unausstehlich findet?

Ach, Kinder sind doof! sagt er statt dessen in einem Ton, als wäre sein ganzer Ärger nur gespielt.

Nein, Erwachsene sind doof! sagt Nada, da sie den Spruch schon kennt.

Wenn er ihr Zimmer aber allein aufräumt, ist es auch nicht recht, und Nada ist zornig, weil er zum Beispiel ihre Höhle kaputtgemacht hat. Dabei hat er von einer Höhle überhaupt nichts entdecken können, nur ein sinnloses Gebirge von Unrat.

Ja, und meine Scherenschnitte hast du auch alle wegge-worfen –

Hättest du beim Aufräumen geholfen! sagt Naumann, vielleicht barscher als nötig, geradezu schroff, aber manch-mal macht sie ihn einfach hilflos, Nada, mit ihrer trotzigen Kraft.

Dann wieder hilft sie, ohne daß er etwas sagen muß. Man arbeitet und plaudert, und im Nu ist das Kinderzimmer aufgeräumt. Vielleicht liegt es überhaupt nur an ihm, wenn Nada unwillig reagiert, weil er einfach nicht verstanden hat, was sie meint.

Aber man hat schließlich seine Grenzen!

Der Meerschweinchenkäfig, der allmählich stinkt, und wer hat sie denn haben wollen, diese Meerschweinchen?

Ein andermal sind es Fußtritte auf dem Küchenboden, den er vor einer Stunde erst aufgenommen hat. Sie sieht es ja selber schon nach den ersten Schritten, und es ist ihr peinlich. Sie hat es einfach vergessen, hat nur rasch etwas holen wollen.

So wisch's wenigstens auf! sagt Naumann gehässig, und sie tut es ja auch, widerspruchslos, so gut sie's eben kann, und wenn er nach dem zweiten Mal immer noch sagt, daß der Boden nach wie vor nicht sauber sei, so ist er ein Griesgram.

Also, laß' gut sein! sagt er vermutlich mehr zu sich selbst als zu Nada.

Vielleicht ist es auch gar nicht die Unordnung allein, die ihn stört.

Natürlich entdeckt man immer noch irgendwo etwas, was nicht an seinem Platz ist, und nicht die ganze Unordnung ist von Nada. Seine eigene kommt dazu. Aber was macht eine vertrocknete Bananenschale neben dem Wäschekorb im Bad? Nein, nicht einfach nichts macht sie dort, wie Nada meint, sondern sie ärgert ihn wie alles, was einfach herumliegt. Und es gibt Tage, an denen Naumann endlos beschäftigt ist mit dieser Aufräumerei, die eine geradezu besinnungslose Tätigkeit werden kann, unsystematisch und zielloser von Minute zu Minute, weil einem immer wieder irgend etwas anderes in die Quere kommt, bis man sich selber fragt mit der Zeit, was das eigentlich soll.

Manchmal möchte er schlicht nichts mehr wissen und nichts mehr hören und nichts mehr sehen von Nada, aber wirklich nichts –

Geh, sagt er, geh jetzt nach draußen, ich will eine Weile meine Ruhe haben!

Natürlich gibt es immer wieder auch friedliche Augenblicke: ein Samstagvormittag mit Morgenessen in der Küche, dann Geschirrspülen zu zweit mit Jazz aus dem Kassettenrekorder, und nachdem sie eine Partie Mühle gespielt haben, hilft Nada die Schuhe putzen. Später sitzen sie zusammen in der Badewanne, Nada seift ihm den Rücken und er wäscht ihr die Haare, die Füße, daß sie gickelt; natürlich kommt es auch zu Momenten von erotischer Zärtlichkeit zwischen Vater und Tochter.

Aber Tag für Tag mit ihr allein in diesen viermalvier Wänden, dazu ist sie einfach zu klein, die Wohnung. Er kann aber Nada nicht einfach vor die Tür setzen; ohnehin kennt sie, noch nach einem Jahr, nur wenige Kinder in der Nachbarschaft, mit denen sie spielen könnte. Die meisten sind älter, und dann steht sie da und schaut den andern zu. Sie traut sich nicht zu fragen, ob sie mitspielen darf, während Naumann, oben am Fenster stehend, zusieht, wie sie still auf einem Mäuerchen sitzt und wartet, daß die andern sie auffordern. Manchmal muß er sich zusammennehmen, damit er nicht einfach hinuntergeht wie oft schon, um ihr beizustehen. Aber sie soll endlich lernen, mit solchen Situationen allein fertigzuwerden. Und manchmal macht ihn auch diese Zauderei nervös, wenn sie den ganzen Nachmittag in der Wohnung herumhängt. Dabei langweilt sie sich bloß und liegt ihm in den Ohren mit ihrer Quengelei, obwohl draußen immerhin ein halbwegs sonniger Tag ist. Sie will und will einfach nicht auf die Straße.

Und ich will dich jetzt aber nicht mehr hier drin, sagt der Vater, mach, daß du raus kommst!

Bis Nada einmal trotzig zur Antwort gibt: Immer immer immer muß ich hinaus. Das ist schließlich auch meine Wohnung, nicht nur deine – oder etwa nicht?

Das mußte, wie es scheint, einfach einmal gesagt sein, bevor sie dann verdrossen in ihre Gummistiefel steigt, ihre Windjacke nimmt und geht.

Es ist manchmal ihre bloße Anwesenheit, die anstrengend wird, auch wenn sie kaum etwas von ihm will: nur rasch einen Faden einfädeln, damit sie etwas nähen kann, und ein paar Minuten später braucht sie eine Schere, weil sie ihre eigene im Augenblick nicht finden kann. Kurz darauf will sie wissen, wie spät es ist, da sie das Fernsehprogramm nicht verpassen will. Es wäre nicht nötig, daß er ihr zum wiederholten Mal die Uhr erklärt: sie nickt beflissen, will aber nur wissen, ob es schon vier ist. Zeigt dann die Armbanduhr, die er ihr überlassen hat, endlich vier Uhr, dann möchte sie ja nur, daß er es bestätigt.

Aber das habe ich dir doch soeben erklärt, sagt Naumann, daß es vier Uhr ist, sobald die Zeiger so stehen wie jetzt!

Schließlich hat man noch anderes zu tun!

Ich möchte jetzt wirklich ein bißchen meine Ruhe haben: wie oft hat er das gesagt in diesem Jahr. Bis sie eines Tages dasteht in Stiefeln und Jacke: – Ich gehe jetzt in den Hof hinaus spielen, sagt sie, damit du ein wenig deine Ruhe hast! Und das sagt sie nicht ironisch, Kinder in ihrem Alter kennen keine Ironie. Sie meint es lieb. Aber eben das ist es, was ihn beschämt. So schnell lernen Kinder, und alles, was man sagt, und alles, was man tut, kommt zurück eines Tages.

Wie oft schon hat er versucht, sie zum Mitgehen zu überreden, wenn jemand sie zu einem Wochenendausflug mit anderen Kindern eingeladen hat, und Nada hat gezögert, nicht recht gewußt, was sie wollen soll: – Bei mir, hat Naumann dann vielleicht gesagt, langweilst du dich ja doch nur, geh doch mit.

Bis auch das eines Tages zurückkommt –

Ende März laden die Eltern von Flo sie ein, am Wochenende mit ihnen nach Rust zu fahren in den Europa-Park, wohin Nada schon lange einmal hat gehen wollen, nämlich alle sind schon in diesem Park gewesen, nur Nada nicht, weil der Vater sich bislang standhaft geweigert hat. Am selben Wochenende aber fragt Lotte, ob er nicht Lust hätte, mit ihr zusammen nach Zürich zu fahren, an eine Ausstellung über den Kinderalltag in Afrika, bei deren Gestaltung sie mitgearbeitet hat, eine Ausstellung, die auch Nada interessieren könnte: – Ach, ich geh lieber mit den anderen, sagt sie tapfer, bei euch langweile ich mich ja doch nur!

Und immer wieder gibt es Tage, an denen Nada recht bekommt, weil er tatsächlich nichts anzufangen weiß mit ihr, Tage mit endlosen Viertelstunden, Hallenbad oder Zoologischer Garten, an denen er wieder und wieder auf die Uhr schaut, als wäre sein einziges Ziel und Bedürfnis, daß die Zeit vergeht, einerlei wie; Tage, an denen er Nada oft los sein möchte, auch wenn er Mühe hat, sich das einzugestehen. Das Bedürfnis nach gedankenverlorener Ruhe, nach einer Beschäftigung vielleicht auch, einer männlichen Aufgabe, nach deren Bewältigung man wieder einmal wüßte, was man geleistet hat, Heimweh nach dem Zeichenbrett, seinen Grundrißplänen, Verlangen nach einem richtigen Beruf, während Nada dasteht und mit ihm spielen möchte.

Was denn spielen?

Irgend etwas!

Dann macht sie vielleicht sogar Vorschläge, aber er, je länger er dasteht, tatenlos wie einer, der nichts geringeres erwartet als einen Wink des Schicksals, er wird entschlußloser von Minute zu Minute. Warum darf man nicht einfach in der Wohnung herumstehen, die Arme vor der Brust verschränkt, gedankenverloren?

Er brauche nichts, sagt er, da Nada unbedingt will, daß er in ihrem Krämerladen, den sie von der Großmutter vor einem Jahr zum Geburtstag bekommen hat, etwas einkaufe, er brauche zurzeit wirklich nichts.

Warum nicht?

Ja, warum nicht.

Immer dieser Konsumterror! sagt er, und Nada will wissen, was Konsumterror ist. Dann, nachdem er's erklärt hat, hat sie natürlich recht: Bei ihr muß er ja nicht immerzu etwas kaufen, nur eben jetzt, nur ein einziges Mal, nämlich er hat noch nie mit ihr mit diesem Krämerladen gespielt.

Wieso es offenbar zu seinen väterlichen Pflichten gehört, mindestens ein Mal in seinem Leben mit diesem Krämerladen gespielt zu haben, das ist nicht die Frage. Es ist überhaupt nicht Nada, die ihn anödet. Es ist nur dieser Krämerladen, dieser absolut lächerliche Krämerladen.

Dann wieder tut er, als denke er nach, was sie zusammen unternehmen könnten, aber je länger ihn Nada erwartungsvoll anschaut, desto weniger fällt ihm ein. Warum kann man zusammen nicht einfach nichts tun?

Froh ist Naumann um alles, was Nada mit anderen Kindern machen kann. Froh ist er, mehr und mehr, wenn sie am Nachmittag in die Wohngemeinschaft gehen kann, und hie und da geht er selber mit, seinerseits dankbar für Gesellschaft, vor allem aber, weil er nicht möchte, daß der Eindruck entsteht, er will Nada nur abschieben. Darum geht es ihm wirklich nicht. Und froh ist er immer wieder um alles, was es noch zu erledigen gibt, was sich keinesfalls aufschieben läßt, wenn er Nada einfach mitnehmen muß auf das Büro der kantonalen Steuerverwaltung, auf das Krankenversicherungsamt und so weiter. Froh ist er, wenn man auf dem Heimweg einen Bekannten trifft, mit dem man in der nächsten Wirtschaft noch ein Bier trinken gehen kann, auch wenn Nada auf ihrem Stuhl mit den Füßen ungeduldig gegen das Tischbein schlägt. Danach hat er schon eher wieder Lust, mit Nada noch etwas zu unternehmen. Nur ist es bald wieder Zeit zum Kochen, und vor dem Essen sollte Nada noch in die Badewanne. Froh ist er um jede Arbeit im Haushalt, bei der Nada mithelfen kann, auch wenn dazu manchmal etwas mehr Geduld seinerseits hilfreich wäre. Froh ist Naumann, wenn unverhofft Besuch kommt, man trinkt zusammen einen Tee, und auch Nada kann den Besuch in Beschlag nehmen für eine Weile. Froh ist er auch, wenn plötzlich eine Mutter anruft, ob ihre Tochter, eine Kindergartenfreundin von Nada, zu ihnen kommen kann für zwei, drei Stunden, und froh ist er natürlich wieder und wieder um das Fernsehprogramm. Nachher, während er kocht, kann ihm Nada erzählen, was sie in der »Sendung mit der Maus« gemacht haben.

Aber immer wieder steht er da, die Arme vor der Brust verschränkt, und fragt sich, was Nada eigentlich von ihm will.

Mit ihm spielen will sie! Das hat sie schon gesagt.

Immer öfter, so kommt es Naumann vor, sieht er sie dann an, wie ein Hund sein Frauchen etwa ansieht, wenn er einfach nicht begreift, was sie von ihm will. Sieht er gelegentlich, wie andere Eltern sich in gespielter Begeisterung ihren Kindern hingeben, bloß damit die Kinder nicht merken sollen, wie wenig das Spiel die Eltern in Wirklichkeit interessiert, ärgert sich Naumann. Sein Stumpfsinn aber, indem er sich für absolut nichts begeistern kann, ist auch nicht das Wahre. Er hat ja offenbar nichts zu tun, der Vater, er steht und geht bloß in der Wohnung herum, er sitzt im Schaukelstuhl und schaukelt, er sitzt am Küchentisch und denkt krampfhaft nach. Aber alles, was er vorzuschlagen hat, begeistert Nada nun einmal nicht: Museum oder Möwen füttern, das Velo putzen oder ein Waldspaziergang, auf dem er ebenfalls immer nur schweigt, sobald sie allein sind.

Aber was willst du dann? fragt er verzweifelt.

Mit dir spielen! sagt Nada schon zum dritten Mal.

Herrgott, fragt Naumann, bin ich denn dein Spielzeug?

Oft macht er sich's schwerer als nötig, das weiß er.

Und schlimm sind immer wieder die Abende, die Winterabende, wenn Naumann sich weigert, einfach den Fernseher einzuschalten: die Stille in der nächtlichen Wohnung, die sich im schwarzen Fenster verdoppelt, die hellen Geräusche, wenn er eine Weinflasche öffnet, eine Zigarette anzündet, oder auch nur das leise Knacken der eigenen Fingernägel, das Quirren des Schaukelstuhls, das Blättern in einer Zeitung, das Zuschlagen eines Buchs, das Getropf des Wasserhahns in der Küche und dann und wann die ruhigen Atemzüge aus dem Kinderzimmer, ein Stöhnen plötzlich, ihre Kinderstimme, die plaudert im Schlaf –

Regina hätte vielleicht gestrickt in solchen Momenten, was Naumann nicht kann und auch nicht mehr lernen wird.

Oder sie hätte sonst etwas gearbeitet, jetzt, da sie endlich Zeit dazu hätte.

Dabei hat Naumann sich den ganzen Abend auf den Augenblick gefreut, wenn Nada endlich schläft. Jetzt steht er bloß am Fenster, die Stirn an der kühlen Scheibe, und blickt hinunter auf die verlassene und verregnete Straße, auf ihren schwarzen Glanz unter der Straßenlaterne –

Bis er es einfach nicht mehr aushält!

Es ist der Nachbar aus der oberen Wohnung gewesen, der nette Bibliothekar mit dem grauen Schal um den Hals, der einmal, gegen zwei Uhr morgens, als Naumann endlich wieder nach Hause gekommen ist, im Wohnzimmer gesessen und gelesen hat, weil Nada, plötzlich aus dem Schlaf erwacht und allein, draußen im Treppenhaus geheult hat. Der Nachbar hat es gehört, und er entschuldigt sich, daß er sich einfach in Naumanns Schaukelstuhl gesetzt und gelesen hat, aber dabei ist das Kind wenigstens bald wieder eingeschlafen –

Am anderen Morgen hat Nada den Schrecken schon fast vergessen. Dann wieder geht es tagelang ohne nennenswerte Schwierigkeit; sie haben zusammen ein Kartenspiel entdeckt, Naumann und Nada, das beiden Spaß macht, oder der Vater zeigt ihr allerlei Kartentricks, über die Nada sich wieder und wieder nur wundern kann. Später steht er einmal mehr am Tisch, faltet und stapelt die trockene

Wäsche, versorgt sie im Kleiderschrank, und ist er damit fertig, will Nada wissen, ob er es lesen könne, was sie unter eine von ihren Zeichnungen gemalt hat, in großen, kritzeligen Buchstaben ein Wort, zum ersten Mal. Natürlich ist sie sehr stolz, daß der Vater tatsächlich lesen kann, was da geschrieben steht: NADA steht da.

Was Naumann sich ebenfalls nicht vorstellen kann: wie er Nada eines Tages ohrfeigt, links und rechts, und nur, weil es draußen ein wunderschöner Frühlingstag ist beziehungsweise weil sie trotzdem nicht mitgehen will auf einen Spaziergang – an die frische Luft, wie er sagt, was natürlich Unsinn ist. Er weiß es, aber immerhin ist es der erste sonnige Tag nach Wochen von Nebel und Regen, und was ihn wütend macht, ist weniger Nadas Unwille gegen diesen Spaziergang als ihr Unmut schon den ganzen Vormittag, ihre entsetzliche Trägheit, ihre demonstrative Art, sich zu Tode zu langweilen, so daß man sie einfach aufrütteln möchte, und dann die Art, wie sie bei jedem Vorschlag, den er macht, nur mißlaunig die Nase rümpft, bis man sich blöd vorkommt, wenn man überhaupt noch irgendeinen Vorschlag macht. Und da er endlich, aus purer Kompromißbereitschaft, vorgeschlagen hat, auf den Robinson-Spielplatz zu gehen – der allerdings am Sonntag meistens leer ist, immerhin hat er's für einen Kompromiß gehalten – ist Nada bloß liegengeblieben, langgestreckt auf ihrem Bett, die Füße über den Bettrand hinaus, ohne Reaktion, und hat an die Wand gestarrt, dann geredet mit einer lahmen Zunge, daß einem übel werden könnte davon, und ihn mit entsetzlich gelangweilten Augen angesehen: – wie er sie dann also hochreißt und tatsächlich schüttelt, sie schüttelt, als wolle er ihr ihren ganzen Stumpfsinn aus den Gliedern schütteln, wobei sie ihn nur anstarrt mit einem geradezu blödsinnigen Blick, halb Erschrecken, halb Erstaunen, und der ihn nur noch rasender macht, wie er sie schlägt, wie gesagt, sie hinaustreibt aus diesem verdammten Zimmer, bis sie stolpert und ihr Kopf irgendwo gegen einen Türpfosten schlägt, wie er, blind vor Ärger, aber keineswegs taub, so daß ihr Geheul ihn nur noch wütender macht, sie an ihren Haaren durch die Wohnung zerrt und immerzu: – Was meinst du eigentlich! brüllt, und: Was glaubst du eigentlich? und wie sie sich schließlich im dunklen Korridor in einem Haufen durcheinandergeworfener Schuhe und heruntergerissener Jacken sitzt, während er wartet, schwer atmend wartet, zitternd am ganzen Leib wartet, daß sie endlich ihren Mantel und endlich ihre Jacke und endlich ihre Stiefel angezogen hat, wie er dabei schweigt und sich in die Lippen beißt –

So ist es jedenfalls auch nicht gewesen.

Anzunehmen ist, daß Naumann auch an diesem Samstagnachmittag, Ende April, nicht recht gewußt hat, was er Nada hätte bieten können außer dem Wetter, das allerdings prächtig war. Aber was ist schönes Wetter, wenn man immer nur geht und geht und der Vater die ganze Zeit schweigt – langweilig ist es.

Was ihn seit ein paar Tagen beschäftigt, ist der letzte Brief von Regina gewesen. Sie will in einem Monat zurückfliegen und freut sich auf das Wiedersehen, vor allem natürlich auf das Wiedersehen mit Nada. Sie möchte jetzt gern wieder mit ihr zusammenleben, und auch mit ihm, Naumann, so schreibt sie in einem Nebensatz, eigentlich. Naumann hat keine Ahnung gehabt, wie sich Regina das vorstellt, indes wird sie es selber nicht recht gewußt haben, und mehr ist ihm im Augenblick dazu nicht eingefallen. Es hat also gar keinen Zweck gehabt, länger darüber nachzudenken.

Nada hat natürlich schon gemerkt, daß mit dem Vater nicht viel anzufangen ist. Ihr absurder Vorschlag nach dem Morgenessen, daß sie am Nachmittag ins Kino gehen könnten, in irgendeinen Trickfilm, den alle andern aus dem Kindergarten bereits gesehen haben: – Du spinnst ja, bei diesem Wetter! hat Naumann gesagt. Sie dagegen hat sich überhaupt nicht erwärmen lassen für seinen Vorschlag, mit Bleistift und Zeichenblock in den Zoo zu gehen – vermutlich, weil ihr der Vater beim letzten Mal immer nur erklärt hat, wie Elefanten in Wirklichkeit aussehen. – Oder wir könnten wieder einmal Federball spielen! hat sie gesagt. Bis es Naumann schließlich verleidet ist, in der Wohnung herumzutrödeln, bloß weil Nada am liebsten überhaupt daheim bleiben würde.

Sein Bedürfnis wäre es allerdings gewesen: gehen, nur ziellos gehen durch irgendeinen Wald, einen Weg unter den Füßen, oder querfeldein, die Sonne im Gesicht. Es hat also noch einige Überredungskunst gebraucht, ferner ein Elasticband, den roten Ball, den sie in Rom gekauft haben, dazu die Kleine Hexe, aus der immer noch das letzte Kapitel vorzulesen bleibt, bis Nada schließlich, wenn auch widerwillig, mit zum Auto gegangen ist.

Im elsässischen Hagenthal-Le-Haut, vor der Gartenwirtschaft, in der sie dann am Abend noch lange gesessen sind, hat er den Wagen abgestellt, auf dem Parkplatz, der zu dieser Stunde noch leer gewesen ist. Auch an den Blechtischlein unter den Kastanien ist nur der Wirt mit zwei alten Männern, vermutlich aus dem Dorf, gesessen.

Was meinst du, hat Naumann beim Aussteigen noch gefragt, einfach um irgend etwas zu sagen, munter, um auch Nada ein wenig zu ermuntern: Ob wir das Auto hätten daheimlassen sollen?

Darauf immerhin Nadas Frage: – Wieso?

Nachher aber, als sie schon lange aus dem Dorf heraus gewesen und auf einem Feldweg Richtung Wald gegangen sind, ist sie ihm wieder stur mit zwei Schritt Abstand gefolgt, lustlos aus purem Trotz, Blick auf den Weg. – Sei kein Spielverderber! hat er einmal gesagt und ihr den Ball zugeworfen, den sie natürlich, aus trotzigem Ungeschick, nicht hat auffangen können; danach hat sie ihn auch nicht getragen, den Ball, sondern bloß mißmutig mit den Füßen vor sich her geschoben. Und kurz darauf fragt sie, wozu man eigentlich diesen Ball mitgenommen habe.

Daß er vermutlich selber schuld ist an Nadas Laune, das hat er gewußt. Denn am Morgen, nachdem sie ihn hat ausschlafen lassen, ist sie zunächst sehr kribbelig gewesen, voller Tatenlust. Sie ist in der Wohnung herumgehüpft und hat auf ihn eingeschwatzt, kaum daß er richtig sein Gesicht gewaschen und die Brille aufgesetzt hat, und erst nach und nach, da er wie immer und immer seine Brille putzend dastand, erst nach und nach ist sie unmutig geworden. Im Wissen darum hat Naumann sich Mühe gegeben, ihr diesen Unmut wieder zu vertreiben.

Zum offenen Streit ist es erst gekommen, als Nada noch nach einer Stunde auf jeden Versuch seinerseits, mit diesem Nachmittag etwas anzufangen, nur mit ihrer öden Quengelei reagiert hat. Überhaupt nichts, was er gemacht oder vorgeschlagen hat, ist recht gewesen. Gummitwist tanzen zum Beispiel auf einer Waldlichtung, mit dem Elasticband, das er eigens zu diesem Zweck mitgenommen hat, macht keinen Spaß auf unebenem Boden, wo das Band einem immer unter den Füßen hervorrutscht, dann an einer Wurzel hängenbleibt, bis man selber stolpert: daheim im Hinterhof wäre es viel besser gegangen.

Ach, du willst einfach nicht! hat Naumann gesagt.

Auch dieses Ballspiel, das Regula den Kindern kürzlich gezeigt hat, ging nicht, weil ein Baum keine Hausmauer ist und der Ball nicht geradewegs zurückkommt, sondern wegfliegt und irgendwo im Gestrüpp landet.

Schließlich haben sie sich auf den Waldboden gesetzt, damit Naumann endlich das letzte Kapitel aus der Kleinen

Hexe vorlesen kann. Sie hat keine Sekunde ruhig zuhören können, immerzu hat eine Wurzel sie gedrückt, hat sie plötzlich einen Käfer in den Haaren gehabt, und dann hat sie nicht verstanden, was der Vater soeben vorgelesen hat.

Nicht zugehört hast du! hat er gesagt und gefragt, ob sie denn gar nicht zuhören will. Das hat sie aber abgestritten.

Also. Bitte! hat Naumann gesagt –

Als er dann nochmals angefangen hat mit der Geschichte und Nada daneben noch immer unlustig im Laub herumgerutscht ist, hat er sie einen Moment lang angeschaut. Dann, den Ball unter den Arm geklemmt, ist er aufgestanden und hat ihr erklärt, daß sie ihm den Buckel runterrutschen soll. Er hat sie auf dem Waldboden sitzen lassen, ohne sich nochmals nach ihr umzusehen. Einmal hat er einen trockenen Stecken aufgehoben und gegen einen Baumstamm geschleudert. Erst als er wieder auf dem breiteren Weg angelangt ist und auf Nada gewartet hat, die halb trotzig, halb eingeschüchtert ihm in einigem Abstand gefolgt ist, hat er gefragt, was sie eigentlich glaubt. – Meinst du, hat er gesagt, daß ich dein Alleinunterhalter bin und daß du einfach nach Lust und Laune klatschen oder pfeifen kannst, je nachdem, ob dir das Programm gerade paßt oder nicht?

Nach ihrem Gesicht zu schließen, hat er da ziemlich laut geredet.

Du bist eine Egoistin! hat er gesagt, obwohl er gewußt hat, daß das nicht stimmt.

Meinst Du, du bist die Einzige, die sich ab und zu langweilt? hat er gefragt.

Nada hat ihn wortlos angesehen, verunsichert, da sie einen solchen Ärger des Vaters noch nicht erlebt hat.

Du machst mich wütend, hat Naumann gesagt, wenn ich dir einfach nichts recht machen kann, und ich frage mich, was soll das? Was hast du davon?

Da sie die Antwort darauf natürlich nicht hat wissen können, sind sie schweigend weitergegangen, eine ganze Weile, bis es dann Nada gewesen ist, die plötzlich wieder angefangen hat zu reden, betont unbefangen, als wäre nichts gewesen. Und einmal ist sie vom Weg abgegangen über einen Teppich von braunen Tannennadeln, kurz darauf ist sie mit sehr großen Tannenzapfen zurückgekommen. Ob er ihn haben will, hat sie gefragt, und Naumann hat nicht gesagt, daß er ja eigentlich nicht weiß, was er damit soll. Während sie dann über offenes Feld gegangen sind, hat er seinen rechten Arm um ihre Schulter gelegt; ihr Kopf an seiner Hüfte, ihre Füße auf dem steinigen Weg, die immer etwas schneller gehen müssen als seine. Ihr gemeinsamer Schatten auf dem Acker am Wegrand. Später, da ihr Weg jetzt in eine andere Himmelsrichtung geht und die Schatten vor ihnen auf dem Weg liegen, Nadas Spiel, immer wieder auf seinen Schatten zu springen, während er ausweichen muß, ihr Lachen, als gebe es überhaupt keinen Streit in der Welt, keinerlei Mißverständnis, nichts dergleichen. Als Naumann schließlich, auf einer Bank am nächsten Waldrand sitzend, doch noch dieses letzte Kapitel vorliest – nachdem die Kleine Hexe also hat einsehen müssen, daß sie und ihre älteren Kolleginnen offenbar nicht dasselbe verstehen unter einer »Guten Hexe« und sich nun überlegen muß, welche Konsequenzen sie daraus zu ziehen hat – ist er selber gespannt, wie die Geschichte ausgeht.

Dann ihr Gespräch über Zauberei, Nada will wissen, ob es eigentlich Leute gibt, die wirklich zaubern können –

Es fragt sich, was wir »wirklich zaubern« nennen, hat Naumann gesagt.

So ist es also, alles in allem, doch noch ein gar nicht so übler Tag geworden bis zum Abend. Und während Nada in der Sonne neben dem Vater hergegangen ist, ihren Kopf weit in den Nacken gelegt, da sie immerzu den Ball in die

Luft wirft und fängt, ist ihm plötzlich dieser Satz von Regula wieder eingefallen: – Weißt du eigentlich, was du dem Kind zumutest?

Was hat Regula damit gemeint?

Daß Nada es immerzu toll finden muß, zusammen mit dem Vater, und daß sie sich niemals langweilen darf? Kinder haben ein Recht auf Langeweile! Und daß sie also geradezu Schuldgefühle haben muß, wenn sie sich trotzdem einmal langweilt, ja, wenn er sie vielmehr regelrecht anödet mit seinem ewigen Bedürfnis, es ihr recht zu machen, mit seinem kleinlichen Scheitern vor dem eigenen Anspruch, vor der eigenen Vorstellung, wie ein Vater zu sein hätte?

Einmal hat Nada heiß gehabt, und er hätte ihr die Jacke tragen sollen, damit sie mit dem Ball spielen kann: er hat ihr die Jacke um die Hüfte gebunden.

Ist nicht Pius eben daran zugrunde gegangen, daß er nicht die Kraft gehabt hat, das Leben wahrzunehmen und anzunehmen jenseits aller Ansprüche, wie dieses Leben zu sein hätte, jenseits aller Vorstellung? Und ist es nur das, was Nada ihm vorhin gezeigt hat mit ihrer Quengelei: daß Naumann sie gelegentlich überhaupt nicht mehr wahrnimmt mit seinem Anspruch? Ist es das, wogegen sie sich gewehrt hat?

Das hat Naumann sich gefragt, bevor er Nada, die jetzt wirklich müde gewesen ist von der Marschiererei, schließlich doch noch erzählt hat, was Regina in ihrem letzten Brief schreibt, und daß er sich nicht vorstellen kann, mit Regina wieder zusammenzuleben.

Und warum nicht? hat Nada natürlich wissen wollen.

Weil ich nicht will, hat er gesagt.

Es ist etwa halb fünf gewesen, als sie sich in der Wirtschaft an eines der Tischlein gesetzt haben, die noch in der Sonne gestanden sind. Und hier – nachdem er einen Sirup für Nada, eine Portion Speck und einen Halben Edelzwikker für sich bestellt hat – hat Naumann Nada gefragt, was sie denn nun möchte, wenn sie selber entscheiden müßte: Ob lieber mit Regina zusammenwohnen, wenn sie wieder zurückkommt, oder mit ihm?

Wie meinst du entscheiden? hat Nada prompt gefragt.

Dann hat sie nach kurzem Zögern erklärt, daß sie natürlich lieber mit beiden zusammensein würde, mit ihm und Regina.

Und wenn das nun nicht geht?

Ihr Blick von unten, während sie ihre Hände auf dem roten Blechtisch faltet, ihr wacher Blick, während der Wirt die Getränke bringt, die Abendsonne auf ihrem Gesicht, sie hat vorerst einmal Durst, dann ihr Gesicht mit dem roten Sirup-Rand um den Mund: Naumann weiß, daß er viel verlangt von ihr.

Du mußt es natürlich nicht allein entscheiden, hat er gesagt, Regina und ich werden schon auch sagen, was wir dann wollen. Ich möchte aber trotzdem wissen, was du meinst –

Lieber mit Regina! hat Nada plötzlich sehr bestimmt gesagt, und was Naumann in diesem Augenblick geradezu heiter gestimmt hat, ist nicht diese Antwort an sich gewesen, sondern die Bestimmtheit, mit der Nada weiß, was sie will, und das auch sagen kann. Er ist stolz gewesen auf sie. Und dann hat er ihr erzählt, daß ihm diese Frage seit Tagen durch den Kopf gegangen sei, da Reginas Brief seit bald einer Woche auf dem Bücherregal in seinem Zimmer liegt. Wohl deshalb sei er so ungeduldig gewesen am Mittag, und das habe sie ja vermutlich auch gemerkt, daß ihn immerzu etwas anderes beschäftigt hat. Später im Wald habe er sich sehr anstrengen müssen, nicht immerfort daran zu denken, was jetzt wird, wie es weitergeht und was er selber will, während sie nur die Nase gerümpft habe über alles, was man gemacht hat. Daher dann plötzlich seine Wut! . . .

Und Nada, mit baumelnden Füßen auf ihrem Klappstuhl sitzend, hat ihm zugehört wie eine Erwachsene beziehungsweise wie eben ein Kind, das immerhin schon seinen Namen schreiben kann.

Naumann war noch immer am Reden, als sie unterbrochen worden sind durch eine muntere Gruppe von Freunden und Bekannten, die in dieser Gegend ebenfalls einen Spaziergang gemacht haben, unter ihnen ein ehemaliger Studienkollege, den Naumann seit Jahren nicht mehr gesehen hat. So sind sie sitzen geblieben bis in die Dunkelheit, da es auch Nada eine Zeitlang ganz gut gefallen hat in der Runde. Man hat miteinander zu Abend gegessen, und einmal, als es noch hell gewesen ist, ist eine von den Frauen mit Nada auf die Dorfstraße hinaus gegangen und hat mit ihr Ball gespielt. Weil sie später dann angefangen hat zu frieren, hat Naumann Nada auf seine Knie genommen. Als man einander kaum mehr hat erkennen können, sind alle zusammen noch in die Gaststube gegangen, wo der Wirt wieder eine Flasche Edelzwicker gebracht hat. Und natürlich hat Nada mehrmals sagen müssen, daß sie jetzt müde sei und nach Haus möchte –

Wir gehen gleich! hat Naumann gesagt.

Dann hat sie aber doch noch einen Sirup trinken wollen, und auch Naumann hat nicht die Hand über sein Glas gehalten, als jemand die Gläser gefüllt und gleich noch einen Liter bestellt hat. Schließlich ist Nada aufgestanden und hat ihn am Ärmel gezogen, daß er endlich aufhört, weiterzureden. Es ist gegen halb elf Uhr gewesen, als sie sich verabschiedet haben.

Also, hat Naumann lachend halb zu Nada, halb zu den anderen gesagt, dann füge ich mich halt, für heute haben wir ja genug gestritten.

Daß er einiges getrunken hatte, in diesen Stunden, steht außer Frage.

Und was Nada betrifft, so ist sie jetzt zweifellos sehr müde gewesen, sie hat im Gehen gegähnt. Trotzdem versteht er nicht, wieso sie dann offenbar plötzlich gemeint hat, daß er ohne sie davonfahren will. Die andern, die alle noch geblieben sind, haben später gesagt, daß sie davon überhaupt nichts bemerkt hätten ... Der FIAT, zur Mittagszeit auf dem Parkplatz allein, steht nun ziemlich eng zwischen anderen Wagen, und Naumann geht voraus, um ihn aus der Lücke herauszufahren. Er meint, daß er Nada das auch gesagt hat, bevor er vorausgelaufen ist, das Schlüsselchen bereits in der Hand, damit sie nicht noch länger auf ihn warten muß. Sie geht langsam über den Platz, mit hängendem Kopf, mit müden Schritten: das meint er in der Dunkelheit noch gesehen zu haben, bevor er eingestiegen ist. Anzunehmen ist, daß er dann auch etwas brüsk anfährt. Jedenfalls die Zeit, nachdem er Nada schräg hinter dem anderen Wagen hat hervorlaufen sehen, reicht nicht, um zu reagieren. Dann nur noch der Aufprall ihres Körpers. Da er nur halb aus der Lücke herausgekommen ist, und noch näher am benachbarten Auto steht als zuvor, muß er sich umständlich aus der Tür zwängen, bis er zu Nada durchschlüpfen kann. Sie liegt still, ohne zu heulen, ohne sich zu bewegen, während er neben ihr niederkauert. Der FIAT steht mit laufendem Motor –

Es ist ein unasphaltierter Erdboden, von Steinen übersät, so daß Naumann sich nicht wundert, daß ihr offenbar der Hinterkopf wehtut. Erst jetzt, da er sie in die Arme nimmt, weint sie natürlich, furchtbar erschrocken, das zumindest. Was sonst? Der Kopf tut ihr weh, wie gesagt.

Später tut auch das linke Knie weh, es blutet. Ansonsten sieht es aus, als hätten sie Glück gehabt. Naumann hält sie noch eine Weile still in seinen Armen, und da sie endlich nicht mehr weint und auch nicht mehr schluchzt, holt er aus der Autoapotheke im Scheinwerferlicht, nachdem er den Wagen noch ganz aus der Lücke gefahren und den Motor abgestellt hat, Merfen und einen Heftverband für das Knie. Mehr kann man im Augenblick nicht tun. Was eine Zeitlang bleiben wird, ist eine Beule am Hinterkopf.

Was hast du dir denn bloß gedacht? hat Naumann noch gefragt, als wäre das im Augenblick das Wichtigste. Während er sie dann hinten im Fond auf den Sitz gebettet hat, ein Kissen unter den Kopf, und bis über die Schultern mit der Wolldecke zugedeckt, die immer im Kofferraum liegt, hat Nada erklärt, daß sie plötzlich erschrocken ist: sie hat gemeint, er fährt ohne sie weg. Sie hat gemeint, er hat sie einfach vergessen, oder sie weiß auch nicht was –

Naumann sieht sie schweigend an, streicht mit der Hand durch ihr Haar, bevor er die Wagentür ins Schloß drückt.

Nachdem er selber eingestiegen und losgefahren ist, erst nach einer Weile, während er still mit Blick in den Scheinwerferkegel auf der Straße durch die Nacht gefahren ist, haben seine Hände angefangen zu zittern. Er hat ein paarmal nur ausgeatmet, ruhig, immer wieder. An der kleinen Grenzstation, wo er ausnahmsweise seine Identitätskarte zeigen muß, ist Nada auf dem Rücksitz so still, daß der Zöller sie übersieht. Und als Naumann sich dann nach ihr umgedreht hat, hat sie geschlafen.

Sie schläft noch, während er sie daheim aus dem Wagen nimmt und bis ins Bett trägt; sie erwacht kaum, während er sie auszieht. Am anderen Morgen hat sie den Vorfall schon fast vergessen. Das Knie ist nahezu verheilt, die Beule am Hinterkopf tut nur noch weh, wenn man direkt darauf drückt. Gleich nach dem Morgenessen, weil es draußen jetzt wieder geregnet hat, als habe der April sich auf sein gutes Recht besonnen, haben sie zusammen in der Küche ein Mensch-ärgere-dich-nicht gespielt. Es ist sehr friedlich gewesen eigentlich, ein Sonntagmorgen, als wäre nichts geschehen, und es ist ja, in Wirklichkeit, auch gar nichts geschehen.

Es tut mir leid, hat Naumann später noch einmal gesagt, es tut mir wirklich leid! Aber wie kommst du darauf, daß ich ohne dich wegfahren könnte?

Ich weiß es auch nicht, hat Nada gesagt, vielleicht habe ich es gar nicht wirklich gemeint, nur plötzlich.

Wie sie daliegt, Nada, sehr ruhig jetzt, etwas blaß vor Erschöpfung, in diesem Spital-Kinderbett, und unter dem blanken Leintuch zeichnen sich die Konturen ihres Körpers ab, ihre schmalen Schultern, die hochgezogenen Beine; man kann nichts tun als warten. Von Zeit zu Zeit schließt sie die Augen, ihr Atem geht flach, und es hat keinen Sinn, sich immer wieder den Kopf zu zerbrechen, zum Beispiel über andere Krankheiten, weniger schwere vielleicht, mit denselben Symptomen, während die Ärzte auf das Ergebnis der Laboruntersuchung warten. Irgendwo schreit ein Säugling, es riecht nach Medizin, nach Sterilisiertem, dieser bleiche Geruch, der schwindlig macht. Einmal sind im Korridor draußen die Schritte einer Krankenschwester zu hören, dann wieder Stille. Man kann nichts tun, als auf und ab gehen oder auf dem Stuhl zwischen den beiden Betten sitzenbleiben, sich an Nadas kleiner Hand festhalten oder am eisernen Gestänge des Bettes. Einmal kommt die Schwester: endlich der Anruf aus New York. Kurz darauf wieder in dem weißen Zimmer, einmal am Fenster mit verschränkten Armen, dann wieder auf dem Stuhl neben dem Krankenbett. Plötzlich macht Nada die Augen auf, leicht, als hätte sie überhaupt nicht geschlafen, und ihre Blicke gehen tastend durch das fremde Zimmer, streifen Eisenbettgestelle, Lederschlaufen mit Handgriff, Wandschrankapotheke, Plastikflaschen an der Wand, das fleckenlose Weiß vom Leinen überall, bis hin zum Fenster, auf das

Bild, das mit dickfarbigen Pinselstrichen auf die Scheibe gemalt ist: eine Hütte, ein Kind, eine Krähe auf einem Baum, über allem eine Sonne, während es draußen nach wie vor in Strömen regnet. Nadas Haar im weißen Kissen: ein mit Bleistift gekritzeltes Geäder. Sie löst ihren Blick nicht vom Bild am Fenster, sie öffnet kaum ihre Lippen, während sie fragt: – Wann gehen wir endlich wieder nach Hause? Ihre Zunge stößt an beim Reden, als sei sie betäubt, und wenn es stimmt, was die Ärzte vermuten, ist die Antwort auf ihre Frage ungewiß.

Tags darauf, an einem regnerischen Sonntagmorgen, wie gesagt, sind wir in der Küche gesessen, friedlich, als wäre nichts geschehen, und es ist ja zum Glück auch nichts geschehen. Angenommen, ich hätte es glauben können, daß wir offenbar Glück gehabt haben, ich hätte den Vorfall einfach vergessen beziehungsweise wäre froh gewesen, daß alles so glimpflich abgegangen ist, und ich hätte mich nur später von Zeit zu Zeit noch gefragt, wie Nada auf die absurde Idee kommt, daß ich ohne sie wegfahren will –

So ist es aber nicht gewesen, und ich kann nur versuchen, alles anzunehmen, so, wie es dann gekommen ist: ein regnerischer, ein friedlicher Sonntagmorgen, und gegen Mittag rufen wir in der Wohngemeinschaft an, um zu sehen, was Flo macht, was Armin und Ines an diesem Sonntag vorhaben. Später, da es aufhört zu regnen, wird es wieder ein warmer Tag, sogar schwül, und wir verbringen den Nachmittag im Hinterhof der Wohngemeinschaft damit, daß die Erwachsenen Kaffee trinken und reden, später Bier, dann Wein, und reden und reden, während die Kinder ums Haus herum spielen.

Einmal, da das Heftpflaster auf ihrem Knie sie daran erinnert, muß Nada natürlich allen erzählen, was gestern

abend passiert ist, die ganze Geschichte. Ich höre zu, ich hebe, da mich Armin dabei einmal schräg über den Tisch hinweg anschaut, bloß meine Brauen zum Zeichen, daß ich mir sehr wohl vorstellen kann, was hätte passieren können:
– Wir haben Glück gehabt! sage ich.

Dann, ist anzunehmen, reibe ich wieder einmal die Brillengläser mit meinem Taschentuch.

Aber den ganzen Nachmittag lang, nicht immer, nur in Abständen immer wieder werde ich diesen Gedanken nicht los, was hätte sein können: wie sie hinfällt, Nada, und ich sehe sie überhaupt nicht, ich fahre einfach zu, so daß der FIAT erst zum Stehen kommt, nachdem er das Kind erfaßt (ich kann mir gar nicht genau vorstellen, was das heißt) hat, und jedenfalls bliebe es nicht bei der einen Schürfung und einer Beule. Oder wie Nada (ich höre noch immer das Geräusch, wie ihr Körper von der Karosserie abprallt) hätte aufschlagen können mit dem Hinterkopf oder mit der Schläfe auf einem dieser Steine: Hirnerschütterung zumindest – was auch so ja nicht ausgeschlossen ist – Schädelfraktur, ich habe keine Ahnung, oder eine innere Blutung, worüber ich auch nicht mehr weiß, als allgemein bekannt ist: ein wenig Kopfweh, ein Schwindelgefühl vielleicht, sonst nichts; es ist, als wäre nichts geschehen; und zwei, drei Tage später oder eine Woche, ich weiß es nicht, plötzlich eine Ohnmacht, oder man erwacht eines Morgens einfach nicht mehr . . . Den andern sage ich nicht, was mir durch den Kopf geht. Aber wenn ich Nada sehe, wie sie mit Flo ganz hinten im Hof auf diesem Wellblech herumhüpft, ihre laute, ausgelassene Blödelei –

Meine Schuld an allem stand ja außer Frage, auch wenn man davon absehen will, daß ich zu viel getrunken hatte. Hat übrigens nicht eine der Frauen am Tisch in der Wirtschaft gesagt: – Und du willst wirklich noch fahren?

Was sonst? Da ich ja Nada nicht dreißig Kilometer zu Fuß in die Stadt zurücktragen kann. Und ich hatte wirklich nicht das Gefühl, daß ich nicht mehr fahren kann.

Ich habe Nada nicht eigentlich beobachtet an jenem Sonntagnachmittag, noch nicht. Ich bin nur erschrocken, wie sie einmal plötzlich zu uns an den Tisch kommt und sagt, jetzt sei ihr ganz schwindlig. Sie haben aber bloß sehen wollen, Flo und sie, wer von beiden sich länger im Kreis drehen kann. Unsicher wurde ich zunächst also nicht wegen Nada, die gesund und munter aussah, sondern in bezug auf meine Wahrnehmung. Nada kommt mir vielleicht etwas bleich vor, aber welches Kind ist nicht gelegentlich bleich im Frühjahr. Ich mag nun einmal diese übertriebene Ängstlichkeit, wenn es um Kinder geht, nicht. Sie ist nur die Kehrseite der alltäglichen Achtlosigkeit, finde ich, mit der man ihnen sonst immerzu begegnet. Regina hätte es wohl trotzdem selbstverständlich gefunden, in einer solchen Situation einen Arzt aufzusuchen, einfach um sicher zu sein; ich wußte nicht, ob das wirklich nötig ist.

Wenn ich heute daran zurückdenke: Nada hat es offensichtlich auch genossen, daß ich mir insgeheim Sorgen gemacht habe. Nachdem sie den Vorfall erzählt hat und dann für eine Weile im Mittelpunkt des Gesprächs steht, in dem alle nur bestätigen können, daß wir Glück gehabt haben und daß ja nicht auszudenken ist, was hätte passieren können, sitzt sie auf meinen Knien, als müßte sie immer noch ein wenig getröstet werden; sie legt ihren Kopf an meine Brust und folgt dem Gespräch mit halboffenem Mund.

Sie saß dann noch ziemlich lange so, sehr still, auch als längst wieder von anderem geredet wurde. Einmal fragte ich, ob sie sich nicht wohlfühlt, ob sie Kopfweh hat –

Nein, wieso?

Müde war sie, sonst nichts.

Jedenfalls hatte ich schließlich das Gefühl, daß es nicht mehr als vernünftig ist, sie in den folgenden Tagen ein wenig zu beobachten. Und noch am selben Abend, da sie einmal in der Küche bei den Meerschweinchen kauert, finde ich, daß sie plötzlich einen merkwürdig abwesenden Eindruck macht, mit teilnahmslosem Blick, als horche sie in sich selber hinein – blöd gesagt: gerade so, als wäre sie dabei, in die Hose zu machen. Ich frage, was denn mit ihr los sei? – Nichts.

Dann wieder sagte ich mir, daß sie ja in den letzten Tagen oft ein wenig verschlossen gewesen ist und daß ich es jetzt erst wirklich bemerke –

Zugleich, um diese Unsicherheit endlich zu überwinden, beschließe ich, sie am folgenden Tag zu einer Kontrolle bei unserer Kinderärztin anzumelden. Dabei weiß ich gar nicht, was ich dieser Ärztin denn sagen soll, ohne mir dabei dumm vorzukommen. Soll ich sagen, daß das Kind auf der Straße hingefallen ist? Oder soll ich, obwohl es mir natürlich sehr peinlich ist, den ganzen Hergang berichten mit dem Risiko, daß sie wohl verstehen kann, daß ich Schuldgefühle habe, deshalb aber um so weniger dazu neigen wird, die Angelegenheit wirklich ernst zu nehmen? Ich wußte eigentlich nur: darum geht es jetzt überhaupt nicht, sondern einzig und allein um Nadas Gesundheit geht es. Aber am folgenden Morgen war Nada beim Aufstehen wieder so munter, daß ich mir lächerlich vorgekommen wäre, mit einem so gesunden Kind zum Arzt zu laufen. So ging es weiter. Manchmal änderte ich meinen Entschluß von einer Viertelstunde zur nächsten.

Am Mittag, da ich Nada aus dem Kindergarten abhole, sagt Regula, sie habe sich im Nebenzimmer etwas hingelegt, die Kinder hätten wieder einmal den ganzen Morgen herumgetollt wie wild. An Nada ist ihr sonst aber nichts aufgefallen; sie will wissen, wieso ich frage. Und sie hat kaum ausgeredet, steht Nada schon unter der Tür, weil sie meine Stimme gehört hat. Im Park dann, wo es ein blendend klarer Frühlingstag ist – einer von diesen Tagen, an denen man den Eindruck hat, alle Bäume und Sträucher haben nach dem langen Winter ihre Schatten zum Trocknen in die Sonne gelegt –, ärgere ich mich allmählich darüber, daß ich offenbar außerstande bin, einfach diesen Tag zu genießen, diese Gegenwart mit Nada, die ihre ersten Versuche macht, auf dem blauen Zweirad zu fahren, das ich ihr zu Ostern geschenkt habe (halb ist es ja ein Geschenk vom alten Gehrig gewesen, der es mir weit unter dem Einkaufspreis überlassen hat). Statt dessen ertappe ich mich wieder und wieder dabei, wie ich Nada fast argwöhnisch beobachte. Zuweilen bin ich mir geradezu sicher, daß ihr irgend etwas fehlt, obwohl ich Mühe gehabt hätte, das zu begründen. Und ich sagte mir mehrmals, daß ich mich nicht verrückt machen darf wegen nichts und wieder nichts. Vermutlich war es ein Föhntag, ich fühlte mich selber ziemlich schlapp. Ich sagte mir, daß ich doch einfach abwarten kann, was wirklich geschieht. Als Nada am Abend dann aber sagte, daß sie sich nicht sehr wohl fühlt – Irgendwie komisch! sagte sie –, stand mein Entschluß abermals fest. Und da ich endlich die Nummer der Kinderärztin wähle, höre ich die Tonbandauskunft, daß die Praxis geschlossen bleibt bis Ende April.

Ich weiß bis heute nicht, wieso ich in diesen ersten Tagen nach dem Zwischenfall offenbar einfach nicht wahrhaben wollte, daß zum Glück nichts passiert ist, daß ich aber zweifellos schuld wäre, ich allein, an allem, was hätte passieren können. Vielleicht ist es das erst Mal gewesen, daß ich mir wirklich bewußt geworden bin, was es heißen kann, für das Kind verantwortlich zu sein. Jedenfalls hatte ich Angst, eine kleinliche Angst, von heute aus gesehen, eine idiotische Angst vor dieser Schuld.

In einem Traum, den ich in diesen Tagen gehabt habe, weiß ich plötzlich, daß wir – ich und ein paar andere, die ich näher gar nicht kenne – jemanden umgebracht haben. Es ist schon eine ganze Weile her, es ist, wie ich mich im Traum erinnere, leichtsinnig geschehen, ohne Absicht eigentlich. Aber nun haben sie die Leiche gefunden und sind hinter uns her, meine Reue ist hoffnungslos, es gibt kein Entkommen, es ist alles sehr erbärmlich. Dabei weiß ich nicht einmal, wer das Opfer gewesen ist. Und beim Erwachen brauchte ich ziemlich lange, um wieder zu wissen, was stimmt.

Alles, was danach geschehen ist, kommt mir bisweilen vor wie eine Strafe für meine dumme und kleinliche Angst. Dabei weiß ich, daß das natürlich Unsinn ist. Durch puren Zufall hat sich dieser eine, kurze Augenblick von sträflicher Unaufmerksamkeit schließlich so verhängnisvoll auswirken können. Und dann frage ich mich, ob nicht mein Schuldgefühl (was ja nicht dasselbe ist wie Schuldbewußtsein), ob nicht letztlich bloß dieses Schuldgefühl an allem Schuld ist.

Außer Frage steht, daß ich mich, als Nada dann wirklich krank geworden ist, anders verhalten hätte ohne diese Stunden und Tage in banger Unsicherheit. Ich wußte einfach nicht, was ich soll, was meine Pflicht ist, und es sind zermürbende Tage gewesen, vor allem auch, weil ich mit niemandem darüber geredet habe.

Der junge Arzt im Kinderspital, Assistent vermutlich, ein sehr herzlicher Mensch mit sonderbaren Augenbrauen, buschig und schwarz mit silbergrauen Strähnen darin, untersuchte Nada nicht eben lang. Er sah ihr in die Augen, um den Pupillen-Reflex zu testen, stellte einige Fragen, um dann zu versichern, daß ich beruhigt sein könne, dem Kind fehle nichts.

Ich weiß nicht, wieso ich nicht den ganzen Hergang erzählt habe. Ich hatte es auch Nada vor der Visite noch gesagt: – Wir brauchen dem Doktor ja nicht alles zu erzählen, das geht im Grund nur uns etwas an. Nada ist hingefallen, sagte ich mir, auf steinigem Boden auf den Hinterkopf, und wieso, das macht ja keinen Unterschied.

Er war sehr jung, wie gesagt, der Doktor, aber ich hatte eigentlich keine Ursache, seiner Diagnose nicht zu glauben, bloß weil er dann gewisse Schwierigkeiten beim Ausfüllen seines Formulars hatte. Ich fragte mich nur, ob man mit wenigen Tests tatsächlich mit solcher Bestimmtheit fest-stellen kann, ob dem Kind etwas fehlt oder nicht. Ich überlegte, während er Nada noch einige Fragen stellte, ob ich nicht doch den genauen Hergang hätte erzählen sollen, auch wenn ich nicht einsah, welche zusätzliche Information er dadurch gewonnen hätte. Statt dessen fragte ich nur: – Und Sie sind hundertprozentig sicher?

Nach einem kurzen Blick offenbar auf die Personalien des Vaters meinte er, daß er nicht wisse, wie das in der Architektur sei, aber in der Medizin gebe es hundertprozen-tige Sicherheit nicht.

Ich verstand natürlich, was er meinte; ich nickte und merkte nur, daß ich eigentlich etwas anderes wissen wollte. Ich wußte aber nicht genau, was. Er war sehr symphatisch, dieser junge Arzt, dabei beflissen, mir zu erklären, wie er zu seiner Diagnose kommt; nur hörte ich vermutlich über-haupt nicht zu.

Ich verließ das Krankenhaus keineswegs beruhigt, ich kam mir plötzlich mit Nada allein vor wie noch nie. Dabei hüpfte sie auf dem Heimweg die ganze Zeit plaudernd neben mir her, als wollte sie mir zeigen, wie gesund sie ist. Einmal hatte sie eine furchtbare Lust (so sagte sie) auf ein Eis, später Durst. Zu Hause, während ich die Post öffnete, spielte sie draußen auf dem Balkon.

Ich weiß nicht, was ich mir dabei gedacht habe, als ich, vielleicht zwei Stunden später, noch einmal im Kinderspital anrief und den jungen Arzt verlangte. Jetzt, am Telefon, erzählte ich doch noch ziemlich detailliert, unter welchen Umständen Nada hingefallen ist, was an seinem Befund natürlich nichts ändern konnte. Ich kam mir nun wirklich sehr lächerlich vor. Ich zweifelte endgültig an mir und war sicher, daß meine Angst mit Nada selber nicht das geringste zu tun hat. Alles bloß meine eigene Projektion. Eine fixe Idee, mein vages, dummes Schuldgefühl, lächerlich, zwecklos, dumm; ich bin offenbar einfach nicht imstand, wahrzunehmen, was ist.

Was mich ein oder zwei Tage später in dieser Überzeugung bestärkt hat, ist ein anderer Traum gewesen: Plötzlich bin ich in der Stadt unterwegs, angemeldet zur Autoprüfung, aber ich verfehle wieder und wieder den Weg zum Gebäude der Motorfahrzeugkontrolle. Ich kenne mich einfach nicht mehr aus in der Stadt, alles sehr fremd, ich steige in Straßenbahnen ein und an irgendwelchen Plätzen wieder aus, die ich zu erkennen meine, bis ich mich umsehe – nichts, woran ich mich orientieren könnte. Dabei begegne ich immerfort Leuten, die mir den Weg weisen, darunter auch Regina, die aber nur lacht, genauso hell und spöttisch, wie sie damals gelacht hat, als ich beim Skifahren mit Nada gestürzt bin. Es ist alles sehr öd, zum Verzweifeln, und im Grund, ich weiß es, ist es längst zu spät, die Prüfung hat ohne mich angefangen. Was mich aber am meisten irritiert: ich habe diese Prüfung doch schon vor Jahren bestanden. Ich weiß überhaupt nicht, wieso man mich nochmals aufgeboten hat.

Alles weitere, als Nada ein paar Tage später dann wirklich krank geworden ist, geht ziemlich schnell. Sie hat schon am Morgen im Kindergarten geklagt, daß ihr übel sei, und kaum sind wir zu Hause, erbricht sie. Natürlich bin ich erschrocken. Ich weiß nicht, was ich denken soll, nehme mir aber vor, keine Panik zu machen. Ich sage mir, daß Regula vermutlich recht gehabt hat, es ist die übliche Frühjahrsgrippe. Zudem ist fast eine Woche vergangen seit diesem Vorfall.

Nada friert, sie ist blaß und hat einen heißen Kopf, heiße Hände. Sie will schlafen, ich helfe ihr beim Ausziehen, sitze eine ganze Weile noch an ihrem Bettrand. Vermutlich hätte sich das ganze Unheil zu diesem Zeitpunkt noch abwenden lassen, wenn ich den Mut gehabt hätte, halt noch einmal jenen jungen Arzt anzurufen. Verärgert vielleicht über den aufsässig besorgten Vater, hätte er sich dennoch, ist anzunehmen, oder eben deshalb vergewissern wollen, was los ist mit dem Kind. Diesen Mut habe ich aber nicht gehabt; ich wäre mir zu blöd vorgekommen. Statt dessen ist mir dann eine andere junge Ärztin eingefallen, die ich von meiner Studienzeit her kenne und der ich kurz meine Unsicherheit schildere. Ich sage, daß alles ja schon ein paar Tage her ist, und bloß um ganz sicher zu gehen –

Ihre Antwort, wörtlich: – Hat sie Fieber? Wenn das Mädchen Fieber hat, kannst du sicher sein, daß es irgendeine Infektionskrankheit ist, die mit diesem Sturz nichts zu tun hat.

Ich erinnere mich so genau daran, weil es mir augenblicklich sehr peinlich gewesen ist, daß ich vor lauter Bangnis nicht einmal daran gedacht habe, Nada die Temperatur zu messen. – Ja, ja, sage ich, sie hat Fieber, achtunddreißig fünf.

Ich weiß nicht, wieso ich das gesagt habe.

Kurz darauf, da Nada wieder erwacht – sie liegt weinend in ihrem Bett, wie ich ins Zimmer komme – bin ich geradezu erleichtert, daß sie sogar achtunddreißig neun Fieber hat. Ich versuche, sie zu trösten, mache Tee, den sie aber kaum trinken mag. Sie klagt jetzt über Kopfschmerzen, die allerdings jämmerlich sein müssen. Ich gebe ihr ein Fieberzäpfchen, mache Essigwickel um ihre Waden, und irgendwann schläft sie wieder ein. Sie träumt im Fieber, sie redet, ihr verschwitztes dunkles Haar im Kissen. Ich sitze am Bettrand, und es ist pervers, aber ich genieße es regelrecht, sie pflegen zu dürfen: ich werde sie verwöhnen, sobald es ihr wieder besser geht, ich bin dankbar dafür, daß es weiter nichts ist als eine Grippe.

Schlimm wird die Nacht! Nada erwacht oft, weint, wie ich sie nie habe weinen hören, und ihr Fieber ist durch nichts zu senken. Ich gebe Fieberzäpfchen, so viele wie überhaupt erlaubt laut Dosierung auf der Packung. Gegen Morgen schüttelt es sie, dabei schwitzt sie mit Gänsehaut; ich weiß nicht, ob man es einen Schüttelfrost nennen kann, so viel Erfahrung habe ich mit kranken Kindern ja nicht. Jedenfalls komme ich kaum zum Schlafen. Dann, da sie wirklich sehr mitgenommen aussieht, frage ich mich, ob ich nicht doch nochmal diese Ärztin anrufen soll. Nada sieht sehr mitgenommen aus, ihr Gesicht sehr weich, ausdruckslos, erbärmlich, ihre Lippen zittern. – Komm, sage ich, du mußt doch etwas trinken! Im Laufe des Freitags steigt das Fieber weiter, und plötzlich wird Nada sehr unleidig. Sie schreit, einen Augenblick hat sie einen Anfall von jammerndem Jähzorn, ich frage mich, was das soll. So schlimm kann es ja gar nicht sein, sage ich mir, bis ich sie plötzlich einfach anschreie –

Entschuldige, sage ich.

Dann weint sie. Mit der Zeit geht ihr Weinen über in ein monotones Jammern, eine Art wehklagender Singsang. Später, aus purer Erschöpfung vermutlich, wird sie ruhiger. Sie schläft ein, und irgendwann bin auch ich dann eingeschlafen. Ich liege ein paar Stunden wie erschlagen, bis ich, am späteren Nachmittag bereits, jäh aus dem Schlaf auffahre . . . Was mich geweckt hat, ist aber nicht Nada, die heult, sondern das Telefon.

Zwei, drei Stunden später, abermals in diesem Kinderspital, während ich mich an Nadas kraftloser Hand festhalte, sehe ich überhaupt nicht ein, wieso die beiden Krankenschwestern sie so hart, geradezu brutal bäuchlings auf einer Operationspritsche festhalten, damit der Arzt ihr Rückenmark punktieren kann. Ich sage aber nichts, ich beiße nur auf meine Lippen.

Es ist Regula gewesen, deren Anruf mich aus dem Schlaf gerissen hat. Zuerst hat sie gefragt, wie es Nada geht, und dann hat sie gesagt, daß soeben zwei andere Kinder aus dem Kindergarten ins Krankenhaus gebracht worden seien mit Verdacht auf akute Hirnhautentzündung. Ich habe zu diesem Zeitpunkt bloß eine vage Vorstellung davon, was das heißt.

Dann der Arzt mit der langen Nadel, und Nadas kleiner Körper versucht sich aufzubäumen im Schmerz. Sie schreit nicht eigentlich, es gibt überhaupt kein Wort für diesen Laut, den nicht sie ausstößt, sondern bloß ihr Körper, der sich zur Wehr setzt. Das einzige, was ich dabei empfinde: ich schäme mich vor dem Kind. Es ist eine ohnmächtige und sinnlose Scham, ich weiß, wieviel ich falsch gemacht habe, und ich weiß, das ist gar nicht die Frage im Augenblick.

Später – Nada sehr erschöpft in ihrem Kinderbett, wie gesagt, es geht ihr etwas besser, sie spricht wieder, wenn auch wie mit schwerer Zunge – kann man nichts mehr tun als warten. Nachdem das Ergebnis der Laboruntersuchung endlich da ist, erklärt mir der junge Arzt den Befund: Meningokokken-Meningitis, eine bakterielle, vermutlich epidemische Entzündung der Hirnhaut, die sehr selten ist, aber auch bei den beiden anderen Kindern hat sich der Verdacht bestätigt. Der junge Arzt mit den schwarzen buschigen Augenbrauen mit silbergrauen Strähnen darin: er ist sehr freundlich, sehr sachlich. Eine wirkliche Prognose möchte er nicht stellen. Und während sie mir vorsichtshalber ebenfalls eine Injektion machen, werde ich das Gefühl nicht los, daß sie mir nicht alles gesagt haben.

Ich weiß nicht, ob ich wirklich anders reagiert hätte in dieser Situation, unvoreingenommener, also sachlicher, wäre nicht zwischen Samstagabend, da ich Nada beinah überfahren habe, und ihrer Erkrankung eine knappe Woche vergangen. Ich nehme es eigentlich an. Fest steht nur, daß ich mich anders hätte verhalten können! Fest steht, daß Nada die Krankheit ebenso hätte überleben können wie Stefan und Tobias, die Kinder aus dem Kindergarten, die mit denselben Symptomen ins Kinderspital eingeliefert werden mußten. Offenbar ist es eine Frage von Stunden gewesen; genau hat es auch der Arzt nicht sagen können, obwohl ich natürlich wieder und wieder danach gefragt habe. Es scheint aber, daß die eigentliche Hirnhautentzündung durchaus erfolgreich bekämpft werden konnte durch die Penicillin-Injektion und daß Nada an einer Blutvergiftung gestorben ist, infolge des fortgeschrittenen Stadiums der Erkrankung – aber was ändert das.

Man kann nur hoffen: das hat sogar die Krankenschwester gesagt, als Nada nach der Punktierung tief eingeschlafen ist; mir haben sie die Wahl gelassen, bei ihr im Zimmer zu bleiben oder mich in einem anderen Krankenzimmer etwas auszuruhen. Ich habe es vorgezogen, eine Weile allein zu sein, und sie haben gesagt, daß sie mich rufen werden, wenn Nada wieder erwacht.

Ich weiß nicht, wie lange ich dann am Fenster gestanden bin. Ich habe geheult wie ein Kind, aus Wut oder Traurigkeit oder Erschöpfung. Ich habe mir immer wieder mit kaltem Wasser das Gesicht gewaschen, ich habe nicht gewußt, ob ich aus Mitleid mit Nada weine oder aus Selbstmitleid. Bei all dem habe ich immer wieder dran denken müssen, daß es eine Frage von Stunden ist, bis ich Regina gegenüberstehe, die am Telefon gesagt hat, daß sie mit der nächstmöglichen Maschine zurückfliegen wird. Ich habe aus dem Fenster gesehen und jeden Augenblick erwartet, daß sie unten im kleinen Hof aus einem Taxi steigt. Dabei merke ich plötzlich, daß ich Reginas Gesicht wie vergessen habe. Ich kann mir einfach nicht vorstellen, wie es sein wird, wenn sie mich ansieht –

Irgendwann bin ich dann eingeschlafen.

Es ist später Vormittag gewesen, Samstag, als ich aufgewacht bin; und dann habe ich Nada noch einmal gesehen: sie schläft mit offenen Händen, mit offenem Mund. Ihr Haar im weißen Kissen: ein mit Bleistift gekritzeltes Geäder. Ihr Atem ist leicht, gleichmäßig, ihre Stirn ist kühl, fast kalt. Ich bin gesessen, ohne ihre Hand zu halten, und einmal hat sie sich gedreht im Schlaf, etwas geredet. Es scheint, daß sie sich ein wenig erholt hat.

Nachdem die Schwester mir einen Kaffee gebracht hat, gehe ich in den Hof hinunter, um mich ein wenig zu bewegen. Später verlasse ich das Spitalgelände. Ich gehe flußaufwärts, es ist ein grauer Apriltag, ich gehe ohne Jacke oder Mantel, ich gehe und gehe, bis ich anfange zu frieren.

Offenbar bin ich länger weggewesen, als ich dachte. In der Zwischenzeit war Regina eingetroffen, und wie es scheint, ist es plötzlich sehr schnell gegangen. Ich weiß nicht, was los ist, Regina allein am Krankenbett, und das erste, was mir auffällt: wieviel älter sie geworden ist in diesem Jahr. Sie sieht mich an, über das leere Kinderbett hinweg, ich weiß nicht wie lange, mit ihren dunklen Augen, die sehr trostlos sind, sehr leer und müde, sehr alt und erwachsen, bevor sie mir dann unvermittelt sagt, daß ich zu spät komme. Kurz darauf die Krankenschwester, die uns in die Intensivstation führt, wo sie Nada aufgebahrt haben –

Er weiß nur, daß alles nicht stimmt, so, wie er es in Erinnerung hat, daß es immer eine ganz andere Geschichte ist.

Wie sie dasteht, Nada, und: Uh, immer nur reden, reden-reden-reden-reden-reden, sagt – wann ist das gewesen und wo? Man vergißt so schnell! Komm, hat sie gesagt, und immerzu am Ärmel seines grauen Regenmantels gezerrt: – Komm jetzt endlich!